ちくま文庫

むしろ幻想が明快なのである

虫明亜呂無レトロスペクティブ

虫明亜呂無
高崎俊夫 編

筑摩書房

目次

Ⅰ　女王と牢獄　9
女王と牢獄　10
春は目黒　20
北斗七星　29
言葉の背後に感じる〝女〟——太地喜和子さん　52
貧乏時代に励ましてくれた恩人——三田佳子さん　55
飛行機がゆれるから歩かないで⁉——岩下志麻さん　58
かわいそうだから挿絵描いてあげる——石岡瑛子さん　61
メダルより一つの微笑が欲しくて……——木原光知子さん　64
春のにおい　67
Ⅱ　芝生の上のレモン——スポーツへの誘惑　71
名選手の系譜——野球について　72
芝生の上のレモン——サッカーについて　103

Ⅲ　朽ちぬ冠——長距離走者の孤独　153

大理石の碑　154
朽ちぬ冠——長距離走者・円谷幸吉の短い生涯　172

Ⅳ　佐渡に鬼を見た——コラム「うえんずでい・らぶ」抄　201

唐十郎はタイ式ボクシングだ　202
佐渡に鬼を見た　205
原辰徳は笛吹童子　209
女への誤解　213
『ベルばら』の原点　217
続『ベルばら』論　女の意気地　221
〝花〟の映画2題　225
これは大傑作『カッコーの巣の上で』　228
野望の軌跡——ポール・マザースキー監督『グリニッチ・ビレッジの青春』　231
怪物は死んだが……——『キング・コング』のギラーミン監督　236

都はるみが見事に歌い上げた二つの女心　239
『アニー・ホール』と3冊の本　243
小説的な『フェイク』　246
映画〝ボーヴォワール〟　250
W・アレンの短編小説　253
渡辺貞夫さんに尊敬の念　256
〝奇怪な時代〟への予感　259

V　シーレの女――「ときには馬から離れますが」「虫明亜呂無の音楽エッセイ」抄　263

冬晴れの日　264
シーレの女　271
ふたりの少女　278
八月十五日をめぐって　284
セクシュアルなやくざたち　291
風景と音楽　297

響き、音色そして色彩　303
生命のリズム　309
音楽のもつドラマ性　315

VI　殺陣の倫理——「映画評論」の時代　321

殺陣の倫理——『宮本武蔵　一乗寺の決斗』ロケから　322
カメラの向こう側に真実を——『飢餓海峡』と内田吐夢監督　332
『自動車泥棒』と和田嘉訓　344
仁侠映画はなぜ栄えるのか　350
アメリカ映画の女たち　369
乾草　382
むしろ幻想が明快なのである——ジョセフ・ロージー『恋』　385
女は誇りをもって過去を語る　396

編者あとがき　高崎俊夫　406

むしろ幻想が明快なのである——虫明亜呂無レトロスペクティブ

I　女王と牢獄

女王と牢獄

場所はフランスである。

時代は一九三〇年代から、四〇年代後半までである。

ふたりの少女がいた。かりにコリンヌと、シモーヌにしておく。

コリンヌは金持ちの家に生れた。幼いときから、美貌で評判になった。祖母は印象派の画家たちの保護者（パトロンヌ）として知られた女性で、ブルゴーニュ地方に宏大な城館を持っていた貴族出身の女性であった。ブルゴーニュ地方は昔から良質の葡萄酒（ぶどうしゅ）の産地として有名である。祖母の領地からは、たくさんの、ワインが作られた。幼かったころのコリンヌのたのしみは、夏休みごとに、祖母の城館に招かれて休暇をすごすことであった。

コリンヌは早くから乗馬を教えられた。城館の中には厩舎がつくられてあった。コリンヌは馬丁のたすけをかりて、鹿毛の馬に乗せられた。よく訓練された馬は、金髪の少女をのせて、静かに、草原をぬけ、まだ朝靄につつまれている森の中に入っていった。森は鬱蒼（うっそう）とした樹木のつらなりで、時折、馬の足音が聞こえてくるのに驚く鹿たちが、木陰を縫うようにして、コリンヌの前方を遠くへ走り去っていった。

コリンヌは城館の古い調度品に飾られた部屋のにおいが好きであった。城館には幾つもの部屋が用意されていたが、彼女は少女ながらも、その中の一室をあてがわれた。中世のなごりをのこす壁石の冷たさや、壁にかけた厚い織物の手ざわりの落ちついた感触は、快かった。寝台の上には昔ながらの天幕を思わせるビロードの布が張りめぐらされていた。コリンヌは寝台に身をよこたえると、自分が、王女になったような気持ちになった。部屋の窓からは、祖母の領地である森や、林や、野のひろがりが見おろされた。葡萄畑がどこまでもつづいていた。遠くの丘のはずれから、毎朝、ためらうように、ゆっくりと、太陽があがってきた。コリンヌはその朝の光が森の梢(こずえ)をすかして、彼女の寝台の上まで射しこんでくるのを好んだ。朝の光が、自分の全身に囁(ささや)くような静かな声で、眼覚めを促してくるからであった。彼女は朝ごとにいつか深い森の奥から白馬にまたがった古代ゲルマンの騎士と見まがう凜々(りり)しい男が、夜明けの光を背に受けて、自分の枕もとに表われくるだろう、と想像した。毎朝彼女の寝台にさしこんでくる光は、その、いつかあらわれるにちがいない男を迎えるための準備の光だった。光はさまざまな色をふくんで、コリンヌの朝ごとの気分に応じて強くも、柔かくもなり、時には翳(かげ)りをふくんだり、拭(ぬぐ)ったりして、彼女の顔や、布団の上に出ている手に降りそそいでいた。その光の中に手をかざすと、手の骨や、手の甲を流れている血の色までが見えるようであった。森にむかって、羊の群を追いこんでいく男たちの角笛の音が聞こえていた。コリンヌは寝台を出ると、天井の高い石の廊下を通りぬけ、祖母たちが待っている朝食の間へおりていった。石の廊下には朝の爽やかな空気が流れていて、その時まで森から訪れてくるゲルマンの王子を迎える王女の気分だったコリンヌを、現実のパリうまれのパリ育ちの少女にひきもどした。が、彼女はそのことも祖母の城館ですごす夏休みの愉しみのひとつに、かねてから数えてあった。夏休みごとに、コリンヌは自分はいつか王女になるのだ、という思いを深めていけるからだった。

シモーヌは貧しい職工の娘だった。父はドイツ系のユダヤ人でルールの炭坑で働いていた。ルール地方が第一次世界大戦の結果荒廃してしまうと、父は多くのユダヤ人坑夫といっしょにパリに流れついた。ドイツ国内ではいたるところにユダヤ人排斥運動がおこっていた。父は生れたばかりのシモーヌに、せめても安全な暮らしが送れるようにしてやるには、ルール地方から早く遠ざかったほうがよいと思った。

シモーヌは頑丈な体つきと、つよい意志を持った少女だった。が、そのきれの鋭い目がなにかの折に（それは彼女が気に入った玩具や、食べ物を与えられたり、彼女が好意を抱いている人たちに会ったときなど、つまり彼女の気持ちに心地よいと感じるものが甦ったときである）、不意に、力とうるおいをたたえて、大きく見ひらかれると、シモーヌは別の人間に生れかわったように、美しい少女になった。感情の動きが、彼女の表情を変えると、こんどは周囲の人たちが彼女を無視できなくなった。

「お前はいつか、王女様になれる」

と、工場での激しい仕事をおえて家に帰ってきた父は、安酒を飲みながらシモーヌに云った。

が、王女様になれる少女は小学校を出ると、すぐ働きに出ねばならなかった。彼女はミシン踏み、安食堂の皿洗い、菓子屋の売り子、劇場の切符売りなど、金になる仕事はなんでもやっていった。父は年とともに体が衰え、母は生れ故郷のルール地方をなつかしみながら、パリのユダヤ人街の淋しいアパートの一室で寝たきりの病人になっていた。狭い家は終日、煎じ薬のにおいがしていた。

「お前はいつか王女様になれる」

という父の言葉が、シモーヌの支えとなった。夢のような言葉だったが、シモーヌは夢だと思っていなかった。

「わたしは王女様になるのだ」

と、シモーヌは劇場に出入りする王女のように着飾った女たちや、女たちにつき添ってくる男たちを、切符売り場のガラス窓ごしに見ながら、自分に云ってきかせた。

「なにをぼんやりしてるンだね？　僕は君が切符を売ってくれるのを、さっきから待ってるンだ」

シモーヌは現実に戻った。ガラス窓のむこう側に、中年の男が微笑んでいた。男はアンリ・ジャンソンという、当時、人気絶頂のシナリオ・ライターだった。

「パリの良い所は……」

と、ジャンソンは、彼のシナリオの登場人物のせりふのように、わずかの間をおいて

「失業者や戦争の不安にかかわらず、いつ、どんな時にでも、君のような美しい女性に街でも、地下鉄でも会えることさ」

と云って、シモーヌのさしだした切符を受けとった。

ジャンソンはシモーヌを、彼がいつか書くかもしれないシナリオのなかの女主人公のひとりに見たてているようだった。

「僕はアンリ・ジャンソン。つい最近、ジャン・ギャバン主演の『ペペ・ル・モコ（望郷）』という映画を書いた男だ。また会ってくれるかね？ 王女様」

王女様と云われて、しばらく後まで、シモーヌはジャンソンに渡す釣銭を、自分の手の中に握りしめていることに気づいた。

＊

先に現実の王女になったのは、コリンヌのほうである。

少女期にはいると、コリンヌの美貌は、いやがうえにも、周囲の人を納得させずには

おかなかった。彼女は祖母の血筋をうけて高雅で、誇りたかく、気品にあふれていた。彼女の父はパリで新聞社を経営していた。彼女の家には、いつもたくさんの劇場経営者や演出家や、俳優や、ジャーナリストたちが出入りしていた。彼女を演劇の世界にひきいれようという話が生じた。コリンヌのデビュー作として、高名な戯曲作家が『美しき楽園』という作品を書いてくれた。コリンヌはその中の印象に残る少女の役を与えられた。コリンヌはたちまちパリ劇壇の人気者になった。まもなく、映画に主演しないかという話がもちこまれた。フランスの名門の美少女が、感化院に送られてくる不良少女の役を演じる映画だった。シナリオは売れっ児のアンリ・ジャンソンが書くことになった。題名は『格子なき牢獄』と予定された。

コリンヌは『格子なき牢獄』でデビューし、その一作で、フランスを代表するスターの位置についた。彼女は幼い時から夢見ていた女王になった。夢と現実のちがいは、ゲルマンの古代騎士が彼女の周囲にいないことだけだった。が、その不調和も、やがて現実がおぎなってくれた。

第二次世界大戦がはじまり、パリはナチス・ドイツに占領され、コリンヌの前に、若いドイツ人将校が姿をあらわしたからである。が、ナチスはパリを占領すると、ユダヤ人狩りをはじめた。ユダヤ人たちはつぎつぎに強制収容所につれていかれ、ガス室で虐殺されていった。

『格子なき牢獄』（1938）のコリンヌ

シモーヌは難を免がれた。アンリ・ジャンソンの口ききで、大女優になったコリンヌの事務室に働き場所を与えられていたからだった。ナチスの秘密警察の調べに対して、コリンヌはシモーヌは幼ない時からの親友で、シモーヌの家の人たちとは祖母の代からの親類づきあいをしていると、シモーヌを庇った。

「父はいつかお前は女王様になる、と云っていましたわ。でも、私はごらんのとおりの貧しいユダヤ娘です。私がこんなことを云うのはあなたがほんとうの女王様だからです。あなたがもし、私とおなじように貧しい娘でしたら、私はそんなことを申しあげるわけはありませんもの」

シモーヌはナチスの秘密警察員が帰っていった後で、コリンヌに感謝しながら、そのようなことを云った。コリンヌはシモーヌの少女時代の話に、生まれた場所も、育った環境もちがっているとはいえ、おなじように、女の夢を生きようとしていたコリンヌ自身の幼なかったころの姿を見たように思った。だから、シモーヌの命を救ってやった。

「命をたすけていただいて有難う。私はあなたに救われた今の瞬間から、私もほんとうの女王様にならなければいけない。いいえ、ほんとうになってみせるのだと決心しました。私はそのことをあなたに感謝しなくてはなりません。昔はただ、美しい女王様になればよいと、それだけを思っていましたが……」

戦争が終り、コリンヌはドイツと協力したという理由で、牢獄につながれ裁判にかけ

『デデという娼婦』（1946）のシモーヌ・シニョレ

られ、肺病で死んでいった。牢獄から、彼女はシモーヌに昔、命を救ったから、今回は救ってほしいと助命を請おうと思ったが、実行はしなかった。

シモーヌはシモーヌで、頼まれればコリンヌの助命を請願してもよいと考えたが、実行しなかった。

コリンヌは、彼女の女王の自尊心から、シモーヌに減刑を依頼しなかった。彼女が誇りとしたのは、シモーヌの値打ちを、早くから見ぬいていた彼女自身の女を見る目だった。

シモーヌが、コリンヌの減刑を裁判所に請願しなかったのは、自分の良さを認めてくれたコリンヌへの尊敬からだった。彼女がコリンヌの救命行為を証したてれば、コリンヌの罪は減刑になるにちがいなかった。が、コリンヌはたとえ生きのびたとしても、シモーヌの減刑運動を一生心の負担にし、自尊心を傷つけられるだろうと考えた。

彼女たちは互いに、相手の誇りを思ったのである。

コリンヌはコリンヌ・ルュシェルである。シモーヌは後にイブ・モンタンと結婚した大女優シモーヌ・シニョレである。

（「ゆふ」一九八二年、月号不詳）

春は目黒

いつのころからだろうか、ぼくは「目黒記念」で季節をしるようになった。三月。黒土を素足でふむ。しめりをおびた土の弾力がからだのなかをひろがってゆく。そのひろがりのやわらかさが、消えかかろうとするところに春が待っている。そんな感触が、草の雨をきくような春のおとずれをしらせてくれた。

ある日、あるとき、テレビのスイッチをいれると「目黒記念」を中継していた。——ぼくは裏町のたよりないそば屋でコロッケ・そばというのをたべていた。とぼしい金で、空腹をだますのにふさわしい下品で粗雑なとりあわせである。しょう油だけがむやみと味をきかせているそばをたべながら、なに気なくテレビの画面をみると、いかにも春をしらせる空がうつしだされている。空のはしには、うすい雲がかかっている。それから、カメラが徐々にパン・ダウンしてゆくと、幾頭かの馬が輪乗りをしていた。春だというのに、馬の体は強く光をてりかえし、光の氾濫のなかで、ある馬は前脚をたかくかかげたり、ある馬は無心に脚をそろえてスタンドのほうをじっとながめている。その馬の群像が、なんの前ぶれもなしに春の黒土の感触をおもいださせた。

ぼくはそのころ、親戚や友人たちからだめになったと言われていた。あいつはスポーツばかし見ていて、ほかに、なにもしないではないか。ボケたんだネ。そんなうわさや忠告がぼくの耳にはいってきていた。

ぼくが人なつかしさに、スポーツのはなしばかりすると、相手は笑って去っていった。取りあってくれなかった。「ふざけてはいけない。もっと、まじめな話をしようではないか」憤然といきりたってしまう友人もいた。怒らないまでも、はっきりと軽侮をあらわして、親戚や、友人たちはとおのいていった。

テレビのうつしだす遠く、淡い雲が、そんなことをおもいださせた。画面は「目黒記念」と、インサートをいれて、出走馬をならべたて、それから、スタート地点にむかってゆく馬にズーム・アップしていった。そのアップしてゆく速度が、また、黒土の感触のひろがってゆく記憶をよびもどした。

画面は馬にちかづいてゆくのに、記憶は遠いほうにむかってさかのぼってゆく。

ぼくらの記憶と感触には、いつも、そのような反作用がともなうのがつねなのかもしれない。現実にそば屋でまずしい食事をしていることに反比例して、ぼく自身の肉体と心は大いそぎで現実以前のことをさがしもとめているようであった――それからなんとなく、春になれば草の雨三月桜四月すかんぽの花のくれないまた五月には杜若花とりどり。

レースがはじまっていた。

各馬がいっせいにコーナーにむかって走っていた。人ちりぢりの眺め窓の外の入日雲。

なにも、かにもが遠のいてゆく。

ぼくは箸をとめて、画面を見いっていた。虚脱感がひろがってゆくのを、ぼくはかすかに雲のはてを見るように、体のどこかでうけとめていた。体のどこかではあったが、どことはっきり指摘できないはがゆさがあって、それは画面のレースの切迫感とは裏はらに、たよりなく、こころよい拡散感覚であったのを覚えている。

ぼくはその頃からスポーツを見すぎて、生活のめどがぜんぜんたたなかった。心のゆたかな友人がいて、原稿料などを個人のたてかえで前払いしてくれると、ぼくはちょうど酒飲みの人が矢も楯もたまらずに酒屋に飛びこんでゆくように、すべてを犠牲にしてスタジアムや競技場に直行していた。それでいてゲームやレースがおわると、いつも、悔恨に歯ぎしりして、「これではいけない。今にだめになるぞ」と自分に言いきかせながら、そして言いきかせることによって、かえって、スタジアム行きに拍車をかけるのだった。ぼくは家財をうりつくし、家をうしない、スポーツだけを見てあるいた。

あの頃は、いったい何を考えていたのだろうか。生活はあったのか。なかった。なにもなかった。徹底してなかった。貧しさと飢えだけがあって、スポーツを見る興奮と感激が、わずかに荒涼とした生活に、息もとぎれとぎれの日常に、カンフル注射のような役割をはたしているだけだった。

世の多くの青年が情熱をもやす恋愛とか、政治とか、生活の設計とか、出世というものにおよそ遠くに位置して生きてゆくだろう。ぼくはそのことだけが、頼りないことおびただしい日常のなかで、たったひとつ頼りがいのあるなにかに思った。

「目黒記念」は終った。

今になってかえりみると、そのレースの勝ち馬は、タメトモであったのか、クリペロであったのか記憶にさだかでない。画面にうつる印象では、その走りぶりからや、また騎手の姿勢からして、野平好男ではなく、どうも保田隆芳のクリペロに思われる。十年もむかしになって、正確に記録したものを自分で書いておいてないから、昭和三十三年か、三十四年かの記憶さえもが交錯してしまうのである。心と肉体の飢だけが連続していたから、すべては渇仰のうちに終始してしまうのだった。

が、なにかが去ってゆく、という実感だけは、そのときのわびしいそば屋のたたずまいと、すさんだそばの味とともに、今でも、はっきり、ぼくの体に、手や顔のひふにのこっている。

今年の「目黒記念」。

ぼくはスタンドから、返えし馬に入ってくる馬をみながら、十年むかしの「目黒記念」をおもいだした。

レースはダイパレードが勝った。

ぼくはいろいろな所に書いたが、現在、ダイハードという馬が、いちばんすぐれた種馬だと思っている。あのやわらかさと、シャープさをたくみにコンパインした体つきは、いかにも、近代的で、むだなく、あかるく、すっきりとして、しかも、どこかに「春愁」とでもいいたい影をたたえている。

ダイハードといえば、ぼくは、むかしよくみたチェコスロバキヤのヘディ・キースラという女優が主演した映画を連想する。監督はグスタフ・マハーティ。せりふのすくない作品で、典雅なキースラが湖を裸体で泳いでゆく。要は男と女のあわい交情をえがいたもので、今でも記憶にのこっているのは、ヘディ・キースラが沼のほとりの草の上に裸体で寝て、彼女の足を男の胸のあたりにあてゆく。男はそれをしっかりと掌(てのひら)と指でおさえる。マハーティという人はセックスの問題をきわめて象徴的手法で、しっとりとした情感をシンボリックな表現でとりあげるのがうまかった。キースラはその監督の意想を体でもって画面にあらわせる人であった。

古い年鑑をひきだしてしらべると、『春の調べ』(一九三三年)となっている。

ぼくは中学生になりたてだったのだ。昭和十二、三年のときのことだ。あのころは、ウィリー・フォールストの『未完成交響楽』がハンガリーの田園を描き、この『春の調べ』がチェコの田園をゆたかに映像化して、ぼくたちを爽かな愉悦に誘ったものである。小麦の畑がつづき、農家が丘陵のかげに点在して、そして、晴れた空を背景に厚い雲が画面の片隅にかかっていた。そのような丘と暗緑色の森と野と沼のはてで、ヘディ・キースラは脚を男の胸にあてがった。

　女は情感のきわみにおいて、いつもあのような姿態をとるものだろうか。ぼくは子供心にそんなことを考えたものだ。考えた、と、いうのはおかしい。ばくぜんと女とはなにかを想像していた。それから、沼の水の反映や水にうつる白い雲や、あしの葉とか、木の葉のしめったにおいとともに、女の肉体が、植物にちかいにおいをはなっているのを感じた。

　マハーティは、この映画では牧場の馬の交尾のシーンもとりいれていた。荒々しい馬の、あわただしい動きをカメラは、シンボリックな瞬間のワン・カットでとらえ、それから、キースラの草の上に横たわった姿を、ミドルショットで描きだした。愁いをふくんだ彼女の眉が、つけねにふかくすじをきざみ、彼女の想いのようにそれは深まった。

　幾年かのち、ぼくは奥日光の戦場ヶ原をあるいているとき（それは春の終りのころだったが）、新緑の高原を草のにおいにうたれ、陽の光にむせながら突然、男も女もあるがままの姿で言葉もなく、高原の草のなかで愛のかたちをとることが、この世でいちばんうつくしいことではないだろうかと思った。そのとき、どういうわけか『春の調べ』

の一シーンがおもいだされた。

ただ不幸は、ぼくには、そしてたぶん、あなたにも、きみにも、だれにも、そんなことは、生涯にかけてなかったし、また、あるはずもないのだが、そして、ないばかりに、それは他のひとびとがいつかは、どこかで、実現しているにちがいないだろうという確信をもつことによって、不幸の実感をつよめてゆくのだった。

今、手もとにある「批評」の「堀辰雄論——『美しい村』まで」の日沼倫太郎氏の文章に、堀辰雄の『美しい村』の軽井沢や、信濃追分の風景は、けっして現実のものでなく、想像のものであると書いてある箇所に眼はとまったままなのだが、そして、それが想像であるがために堀辰雄のすばらしさは遺憾なく発揮されたという日沼氏の論述に、なるほどとうなずき、ひるがえって、愛のかたちも、言葉なき抱擁も、キースラの脚も、すべてはパステル画のような光景にたいする想像のうみだした「たのしさ」にほかならないし、ぼくが「目黒記念」でダイパレードのうつくしさに、みとれるように息をひそめていたのも、すべては、ぼく自身のなにかにたいする想像のたわむれではなかったのではないだろうか、などとすら思ったりするのである。

春は目黒。

「目黒記念」の声をきくと、ぼくには早春の浅黒い土の感触、素足にふむ土の感触がよみがえってくる。

それから、実際の生活では、そうした足の感触をすべて放棄してしまった自分の青春が悔恨のようにくやまれる。と、いうよりは、ぼくには放棄してしまったといえるにたるほどのものはなにもなかったのだ、というのが、より正しい表現なのかもしれない。

そして、春がすぐ近くまできている予感にいっぱいの競馬場の雰囲気から、『春の調べ』の美しい女の足へ、それにしても、きれいにそろった品のよい足指だった。この女優はこの映画の成功でハリウッドにまねかれ、ヘディ・ラマールと改名。そして、以来、まったくダメな大根女優に転落して、さいごには、大サギを働き、精神病院にいれられてしまった。チェコの田園においておけばよかったのに、とおしまれる。事実、アメリカへ渡ってからは肥満して、不潔な色気だけがとりえのおんなになってしまった。

クリペロの勝った「目黒記念」のころ、ぼくは飢えと、貧困で転落の直前にあった。コロッケ・そばいっぱいで、一日の飢えを、かろうじてすごしていた。スポーツさえ見なければ、ぼくも人なみの、ささやかな、つつましい生活はおくれたかもしれないのに、憑かれたようにスポーツを見てあるいた。

ダイパレードは、しかし、しずかに首をもたげ、力づよいともの踏みこみをみせながらぼくの眼の前をとおりすぎていった。

中山競馬場には、春一番の余波がまだのこっていて、風はあたたかく、陽はかげっているのに、空はすみきったひろがりで、雲ひとつとどめていなかった。
あかるい草の雨をみるようだった。

（「優駿」一九六八年四月号）

北斗七星

僕の少年時代に、『北斗七星』という映画が輸入された。キャサリン・ヘップバーンが主演した。ヘップバーンはポスターの中で、女王の服装をしていた。宣伝文によると、彼女はスコットランドのメリー・スチュワートに扮していた。監督はジョン・フォードだった。僕は映画の公開を待った（編集部注：この文章で述べられている映画は、『北斗七星』というのは記憶違いで、『メアリー・オブ・スコットランド』かと思われる）。が、映画は公開されなかった。戦前の日本では、たとえ外国の映画でも、国王、女王、その皇太子を扱う映画はおおむね公開を禁止された。グレタ・ガルボの演じた『クリスチナ女王』が公開を許された稀有の例外であったかもしれない。聡明な女性と誉れたかかったスウェーデンの女王の物語だったためであろうか。いずれにしても登場してくる国王や、女王、皇太子などが主人公でありながら、乱行をかさねたり、殺されたり、自殺する映画は検閲にひっかかって、陽の目を見ることができなかった。

『北斗七星』だけではなく、たとえば、シャルル・ボワイエ、ダニエル・ダリュウ主演の『うたかたの恋』も公開を許可されなかった。オーストリーのハプスブルク家のルドルフ大公は社会主義運動に関心をよせていたが、国家のためという名目でベルギー皇女と結婚させられる。大公は後に男爵令嬢マリーと激しい恋に陥る。大公はマリーとの結婚をローマ法皇に請願したが却下される。大公の父、フランツ・ヨーゼフ皇帝も大公にマリーと手を切れと命令する。やむなく、大公はマリーとマイエルリンクでピストル心中をする。という史実にもとづいた物語なのだが、これも戦前には見られなかった。僕らがこの作品を見ることができたのは、戦後であり、題名も、たしか『マイエルリンク』と変っていたはずだった。もっとも、西欧人はよほどこの物語に興味をひかれるらしく、『うたかたの恋』はフランスでカトリーヌ・ドヌーブ、オマー・シャリフ主演で再映画化され、ドイツ（編集部注：実際はオーストリア）では『晩鐘』と題して、ルドルフ・ブラック、クリスチアンネ・ヘルビガー・ヴェッセリ主演、そして、本国オーストリーで『マイエルリンクの秘密』などと、くりかえして、つくられている。

『うたかたの恋』のボワイエも、ダリュウも若くて、美しく、このふたりの男女が雪深いマイエルリンクの館で、拳銃自殺をとげるまでの物語は、映画を見る者に溜息をつかせた。悲恋をつらぬこうとするふたりが自殺するのも、やむをえないという感慨が迫ってきた。が、僕はのちに機会があって、このルドルフ大公の現存する肖像写真を見たことがあるが、写真の大公は、青年なのに、妙に老いこんだ容貌をして、額がせまく、両眉がせまり、眼はなにか狂執者のそれを思わすように白濁した光をたたえていたものである。ハプスブルク家というのは代々、醜男、醜女の一族で有名なのだが、その醜男醜女たちにも長い歴史の重みが宿ると、どこかで頽廃（たいはい）すれすれの、熱狂と偏執の雰囲気がそなわって、異様な迫力が生じてくる。大公はその顕著な一例だった。大公の情死の当時、十九世紀末のヨーロッパの政情はバルカン半島をめぐって複雑だったし、ハプスブルク家の置かれた立場はかならずしも安泰ではなかった。反ハプスブルク運動とも称せられる政治活動が起っていた。そんななかで、ハプスブルク家の栄光と伝統を一挙に内部から突き崩すようにルドルフ大公は自殺してしまう。恋に狂ったといってしまえばそれまでだが、しかし、大公の自殺の原因はそれだけではないと思われる。十幾年ののち、セルビアの青年によるオーストリーの皇太子暗殺事件が生じて、第一次世界大戦が勃発するのだが、大公が情死する前後、オーストリーはローマ法皇やカトリック教をつうじて、イタリアと接近して、イタリアと宗教による政治的連携を結び、バルカン半島支配に帝国主義的姿勢を推しすすめていた。そんな時に、大公は公然と社会主義思想に傾倒し、ローマ法皇の権威にむかって挑戦し、自らの命を断ってしまう。いずれにしても、『うたかたの恋』は、戦前の日本では公開禁止処分に付せられた。僕はこれは単なる情死を扱った映画ではないのだろう、と、思ったものである。情死の背後に宗教と政治が感じられた。

ところで、『北斗七星』の女主人公メリー・スチュワートは一五四二年スコットランド王の娘として生れたが、フランスで育てられたのち三度結婚し、反乱、幽閉の時代を経て、四十五歳のときイングランドの女王エリザベスによって斬首刑に処せられる。

僕は子供心に、メリー・スチュワートが自分の夫を暗殺した男と結婚することに、たいへん興味をおぼえた。子供の感情では、その辺の機微がどうしても理解できなかったのは当然だが、しかし、できたら、なんとかして、それを知りたいと思った。それにエリザベス女王がメリー・スチュワートを、つまり、女性が女性を殺すということにも、ふしぎな昂奮をおぼえた。この昂奮にはどこかに性的なものがふくまれていた。映画『北斗七星』の公開を待ちわびたのは、そのせいである。が、『北斗七星』はついに上映されなかった。

それから、二、三年後、アンドレ・モーロワの『英国史』が翻訳され、出版された。モーロワはみごとにイギリスの歴史を再現してくれた。『英国史』はすぐれた文学作品ならびに歴史作品として、後世にのこる名著である。

僕は『英国史』のメリー・スチュワートのところを、くりかえして読んだ。メリーの背後にはカトリック教があり、イングランド女王エリザベスの背後には新教がある。イングランドとスコットランドの対立には、スペインやフランスやイタリアをはじめヨーロッパ諸国の国情がからむし、イングランド内の北方の大貴族たちにはエリザベスへの不満がある。スコットランドはイングランドに対抗するためにフランスと和親をつうじている。メリー・スチュワートはそのフランスで皇太子妃であったのだが、夫に死別してから帰国し、スコットランドの女王になるわけである。

メリー・スチュワートはその生涯の波瀾と、末期の悲惨によって、いかにも悲劇の女王と映った。古くはシラー、スコット、そして現代ではシュテファン・ツヴァイクが彼女の一生を劇的に、詩的に描いている。彼女は美貌で、薄倖で、運命の女性であったというのが、これら詩人や、作家に共通した彼女を見る目であった。一方、エリザベス女王は冷淡で、酷薄な心の持主で、残忍で、執着心のつよい女性だったとされている。彼女はメリーの不幸を歓び、メリーの不運を嘲弄し、メリーを死に追いこむ立場におかれていたというのである。

僕が『北斗七星』を見ることを切望し、『英国史』を愛読した時から、三十幾年の歳月が流れた。

僕がはじめてエジンバラを訪れたときに、まっさきに見たいと思ったのは、エジンバラ城のメリー・スチュワートの居室であった。

部屋は城のかなり上部にあって、僕が想像していたよりは小さい造りだった。板張りの床の上には、机ひとつ置いてない簡素さだった。床板はよく磨かれ、居室の石壁は厚く、頑丈にできていた。メリー・スチュワートはここで寝起きし、食事をし、時には窓からエジンバラの街を見おろしたりしていたのであろうか。質素だが、よく磨きぬかれた部屋の床には、周囲の石壁が逆に映っていた。部屋は無表情だったが、翳(かげ)りがなく、むしろ、明快で、すがすがしかった。すくなくとも、悲劇の女王の居室という感じはなかった。

翳りにとみ、明快さに乏しく、重苦しいのは、城から遠望される街のたたずまいであり、その街の背後に遠望される北の海であった。海にそって丘陵が街をかこむように続いていた。

エジンバラは七月のはじめであったが、人びとは日中でも、黒いオーバーを着ていた。街には夏の太陽が惜し気もなく射しこんでいたが、光線には季節にふさわしい軽さがなく、沈んだ淀(よど)みを感じさせた。煉瓦(れんが)づくりの街の建物には、北国の建物に共通した、冬の期間中、まちがいなく雪に埋もれていたと思わせる黒ずんだ影が全体にまとわりついていた。市の中央の公園には、たくさんの花が咲いていたが、花の大きさに比較して、その色彩はどこか謙虚で、つつましく、静かに夏の光に耐えているという風情であった。花はほとんど匂いを発散していなかった。

僕は城から見渡せる街の鈍重な、くすぶったひろがりと、メリー・スチュワートの居室の素軽(すがる)い明るさの対比に、なぜか、メリー・スチュワートの悲劇が明示されているように思ったりした。城から見おろせるエジンバラの街はまさしく現実なのに、ここでは現実のほうが幻想のパノラマのように映り、女王の居室は、そこに立って耳をすますと、女王の生前の声や、衣ずれの音や、呼吸の音までが、耳元に甦ってくる日常の居室のように感じられた。女王が触れたであろう居間の扉や、窓ぎわに、僕もまたまぎれもなく手を触れ、肘(ひじ)を置くことができるという事実が、そんな錯覚を催(もよお)してくるのである。

シュテファン・ツヴァイクの『メリー・スチュワート』は、エリザベス女王にくらべて、メリー・スチュワートのほうを贔屓(ひいき)しすぎるというので、メリー嫌いな人には好感をもって迎えられない著作だが、しかし、女性の心情を的確にとらえているという点では、一流の作品である。僕のまわりには、『メリー・スチュワート』が女性の心理を深く洞察しているあまり、シュテファン・ツヴァイクをてっきり女流作家だと勘ちがいしていた女性がいるほどである。ツヴァイクの文章を感傷的な文章とけなす人もいるが、これは別に、ツヴァイクがメリー・スチュワートに必要以上に肩入れしているためではなく、ツヴァイクにはこの著作を書くとき、ヒトラーによってドイツから追放されたという亡命者特有のパセティックな感慨があったからである。ツヴァイクの眼にはエリザベス女王は政治を尊重して、現実に生きた女性に、メリー・スチュワートは政治に葬られ、詩に生きた女性と映った。女性を熟知していた彼の情念のなかでは、メリーは政治の犠牲者であり、被害者であり、追放者であり、なによりも「女」であった。彼は女として生きて、恋して、死んでいったメリーに挽歌を書きつづったことになる。メリー・

スチュワートそのものが、彼の詩にほかならなかった。女の栄光と挫折と、憧憬と屈辱が彼の詩の源泉となって、彼に尨大な資料を駆使させ、あるひとつの「女性像」の形成を促し、刺戟し、感興を与え、筆をとらさせた。ヒトラー治下のドイツでは生きることを禁じられた男が、せめても、「メリー・スチュワート」をかりて、彼自身の生きる願望を自らに証明したい欲求にかられ、ひとりの女流詩人で、女王であった女性の生涯に、二十世紀の詩と真実の再発見の希望をたくしていった。彼はなによりも『メリー・スチュワート』をヒトラー治下のドイツ人に読んでもらいたかったにちがいあるまい。

周知のようにメリー・スチュワートは一五四二年に生れ、生後六日で、スコットランドの女王になる。が、スコットランドはイングランド王ヘンリー八世によって攻めたてられる。彼女はフランスのアンリ二世に救われ、将来、アンリ二世の息子フランソワの王妃になるという約束で、フランスにわたる。彼女が五歳のときである。彼女はルーブルのフランス宮廷にはいり、十三歳で、フランス語はもとより（彼女は生涯フランス語を日常語とした）イタリア語、イングランド語、スペイン語、ギリシャ語、ラテン語に熟達し、ロンサールその他の詩人たちの詩作品に即興で、ラテン詩で応えられるようになる。彼女は踊りがたくみであったし、室内スポーツにも長じ、フランス・ルネサンスの女性の理想をもっともロマンチックに体現する女性と賞賛される。くわえて、美貌の持主で、ルーブルの人気者になる。『艶婦伝』の著者で詩人のブラントームは、「十五歳にして、「彼女の美は、晴れわたった昼の光のような輝きを見せた」とメリーを賞賛する。一五五八年、彼女は正式にフランソワと結婚し、フランス皇太子妃となる。と、同時に、フランスはスコットランドに対しても、以後、王位継承権を獲得したことになる。が、皮肉なことに、この年、まったくの偶然により、彼女の生涯のライバルであり、いとこにあたるエリザベス（一五三三年生れ、従ってメリー・スチュワートより九歳年長になる）がイングランドの女王となる。エリザベスの母、アン・ブリンは夫であるヘンリー八世から、姦通罪をきせられ、結婚を無効だと公表された後、刑死させられた女性である。その娘であるエリザベスはそのため不義の子だと議会からきめつけられたのだが、ヘンリー八世の死後、そのあとをついだ八世の長女メリー女王（エリザベスの異母姉にあたる）の死により、王位継承者がないままに女王になった。が、女王エリザベスの経歴も、ひとりの娘としてみれば、このうえもなく不幸である。母は父によって姦婦の汚名をきせられ、二十八歳で刑死に処せられている。しかも、彼女は父の梅毒を受けつぎ、はじめから妊娠のできない体になっていた。エリザベス女王には幾人もの男がいたことは史実が書きしるしているが、彼女は男性と正当な肉体交渉がもてぬ体だったので、つねに、不自然な方法によって快楽を与えられていたとある。

一方、フランス皇太子フランソワと結婚したメリー・スチュワートも、結婚生活に関していえば、かならずしも幸福ではなかった。二歳年下のフランソワは、いつも眠りから不意にさまされたような力ない眼をしていた。彼の顔面は腫れぼったく、蒼白だった。彼は病弱で、何度も熱病にとりつかれて、十六歳の時に耳のなかが化膿して、苦しみぬいたあげく死んでしまう。メリー・スチュワートは十八歳で寡婦になる。当然、彼女は地位や権力をうばわれ、フランス王朝から去っていかねばならなかった。

アンリ二世の妻、すなわち、メリー・スチュワートの義母が史上に有名なカトリーヌ・ド・メディシスである。イタリアの豪商メヂチ家からフランス国王妃となったカトリーヌは、フランス料理の開拓者の光栄をもつ。それだけではない。彼女はフランスにはじめて「書斎」というものを創設した功績者である。そのほかイタリアの化粧、衣裳、装身具、その他をフランスにもちこんだのも彼女である。つまりフランスの女性生活に必要なものは、ほとんど彼女が結婚とともにイタリアから導入したものだった。彼女が嫁いだアンリ二世はわずか七歳のとき、当時二十四歳で伯爵夫人だったディアヌ・ド・ポアティエを見染め、国王になってからは公然とディアヌを情婦とした。ディアヌは化粧をしないので有名で、彼女の美貌は今日でもディジョンの美術館に肖像画となって残っている。アンリ二世はこの十七歳年上の女性を生涯愛しつづけ、彼女に入りびたりだったし、例の水の上の城で有名なシュノンソーの城を彼女に贈っている。これでは妻カトリーヌは、いてもいなくてもおなじだったが、聡明な彼女はこの間に、自分の居城に「書斎」をつくり、当時としては皆無の風習だった読書に多くの時間をすごし、知識をひろめるかたわら、フランス料理の基礎をきずくついでに、イタリアから毒薬を輸入し、後に「毒殺」をフランス宮廷に流行させる下準備をしている。が、カトリーヌのもうひとつの不安は、夫アンリ二世と息子フランソワの嫁メリー・スチュワートの間に、近親相姦にちかい感情交流があったことである。夫フランソワは夫というものの、年齢的にも、肉体的にも、ほとんど、夫としての役割をはたしていなかったとき、メリーが義父との間に、恋愛にちかい感情を抱いたとしてもふしぎではない。義父は十七歳年上の女を生涯かけて愛しつづけられる男である。メリーは義父のなかに、男のある理想の姿を発見し、またそんな発見にすら、恋愛に似た感情の揺れを覚えていった。彼女が義父アンリ二世に愛されたことは、それから後の彼女の恋愛遍歴に大きな示唆を与えていく。

(この点でエリザベスが父ヘンリー八世にどのような感情を抱いていたかということと、きわだった対照になる。父は母を刑死させた男である。エリザベスにとって父は到底和解しあえる存在ではなかったはずである。父は憎悪と怨恨の対象以外のなにものでもなかった。エリザベスの後年の男への愛着は、すべて、この感情の裏がえしのものではなかっただろうか？　僕はここに、父を愛しすぎるのも、父を憎悪するのも、女性にとっては、双方ともかならずしも良い結果をもたらさないというひとつの例を見る思いがする)。フランソワの死によって、メリー・スチュワートの宮廷内での位置は後退し、かわって、カトリーヌ・ド・メディシスが復活する。フランスを去ったメリー・スチュワートはスコットランドに帰り、スコットランド女王となる。

エリザベスとメリーが、ここではじめて、イングランドとスコットランドの女王として対立することになる。しかも、ふたりは独身だった。全ヨーロッパ中の国王、皇太子たちが、この独身女王たちに結婚を申し出てくる。が、ふたりは、それらの申し出をことごとく退けた。結婚の承諾は、すなわち、国を売ることである。国を売らないまでも諸外国の影響下に祖国をゆだねることである。イングランドは新教、プロテスタントの国である。スコットランドは当時旧教の国である。イングランドはスペイン、フランス、イタリアを相手に闘わねばならぬ国であり、スコットランドはむしろそれらの国と手を携さえてゆかねばならぬ国であった。オランダ、デンマーク、ドイツ諸国、その他はイングランドと友好関係にあり、スコットランドとは敵対国の状態をつづけていた。これを、もっと大まかにわけると、旧教の本山であるローマ法皇と関係ふかい国と、そうでない国、つまり、ルーテルや、カルヴィンらの新教を国教とする国がそれぞれ二派にわかれて、エリザベスとメリーという独身女性をそれぞれの陣営の味方にひきいれようとしていた。

病弱で、健康人らしい生活の皆無だったフランス皇太子フランソワと死別したメリー・スチュワートは二十三歳のとき、四つ年下のヘンリー・ダーンリと結婚する（編集部注：二人の年の差は実際は三歳）。

　この結婚というより恋愛は、彼女のほうから熱をあげた。彼女がヘンリー・ダーンリを見染めたのは、ダーンリが十五歳のときである。ダーンリは曾祖父にヘンリー七世がいて、この点では、メリー・スチュワートとは同じ血をひいていることになる。だから、ふたりの結びつきは一種の近親恋愛であり、近親結婚になる。ヘンリー・ダーンリは美貌の少年だったし、前述のフランス皇太子にくらべれば、はるかに健康で、聡明で、生気にとみ、若々しく、新鮮で、優雅であった。その彼にメリーのほうから接近していった。ヘンリー・ダーンリがのこした記録によると、そのころ、積極的に、執拗に、メリー・スチュワートは彼の肉体を求めたとある。

　僕にはメリーが四歳年下の少年に肉体的に燃えていった理由がわかるような気がする。皇太子フランソワとは、およそ、精神的にも、肉体的にもかよいあうものはなかった。メリーはひそかに義父アンリ二世に思慕をよせていた。が、それらは、すべて、実らなかった願望であり、希求であり、欲求にすぎなかった。彼女は恋という範疇に属する分野では、なにひとつ、自分の思いどおりに生きていけることは不可能だった。そんな愛を夢み、それも、夢みることを夢みるだけで満足していかねばならなかったメリーにとって、この王族出身者で、なによりも、身内の者で、しかも優雅で、多少内気で、つねに、はにかみと謙虚さをもって、行動している少年が、彼女の堰きって溢れでようとしている愛情の対象になることとは、どんなによろこばしいことであったろう。恋というものの実態を体験したことのなかった（むろん、見聞の経験は、五歳のときから育ったフランス王宮でいやというほど身につけていたが）メリーが、一気呵成にヘンリー・ダーンリに傾斜していったのは、この年齢の女性ならば、もしかすると当然のなりゆきであったかもしれない。が、この恋愛、この結婚は、これまた、この種のケースのそれによく見られるように、おさだまりの破局をむかえていった。

肉体的に四歳年上の姉女房を自分の膝下に従属させたという自信を得たときから、ヘンリー・ダーンリは世の男性とまったくかわらぬ経過を辿って、傲慢で、ひとりよがりで、自惚れのつよい、偏屈な自信家に変っていってしまう。彼はことごとく高飛車に、高圧的に出て、メリー・スチュワートの感情を傷つけることによろこびを見出すという卑小で、臆病な夫になりさがっていった。彼は彼の肉体をもとめるメリー・スチュワートを、すげなく、冷淡に、もとに、押しかえして、彼女の立つ瀬をなくさせることがしばしばだった。幼い時から女王として馬に乗り、山野を駆け、宮廷では球戯をたのしみ、踊りに才能を発揮し、詩を詠み、歌をうたい、楽器の演奏にひいで、性情がおどろくほど多感で、想像力が発達していて、なによりも、恋に敏感すぎるほど敏感だったこの女性は、夜の寝室で手ひどい打撃を夫から受けるのである。彼女は愕然として、落胆した。

恋愛というものはふしぎなもので、恋愛それ自身はまさしく肉体的な、生理的な情緒に根ざしているのにもかかわらず、男女の肉体的情緒の一致だけでは成りたたないという複雑な性格を内包している。メリーがまず肉体的にダーンリに傾斜していくことからふたりの恋愛感情は昂まったはずなのに、それは、永続しなかった。むろん、彼女は四歳年下の恋人にはじめは精神的な情緒の源泉を発見したと錯覚した。錯覚にもとづいて、彼女の肉体は開花し（たぶん、ダーンリは最後まで、その点で開花することはなかったのだろう、と、僕は想像する。もし、ダーンリがメリーの欲求にこたえて応じられるだけの力をかねそなえていたのならば、すくなくとも、彼がメリーにむかって高圧的な、傲慢な態度をとるようなことはなかったろうと思われる。彼のそうした態度はあきらかに彼の肉体上の負担、肉体上の負い目、肉体上の未発達部分のなせるわざ、その他、それに類する欠陥によるものなのである）、彼女は肉体をとおして、ダーンリとの恋愛感情の確認をつづけていけるものと信じていた。それが肉体をとおして裏切られるのである。

シュテファン・ツヴァイクはそんなメリー・スチュワートをつぎのように描述している。

「メリー・スチュワートは女として見れば、完全な女、なにはさておき、女であり、そして、彼女の生涯のもっとも重大なかずかずの決定は、まさに彼女の「女」という性の一番底深い源泉から出た。彼女が、たえず、情熱にもえ、自分の衝動にのみ身を委ねる性格だったというのではなく、その反対に、メリー・スチュワートの場合にまず第一に性格学的に目立つことは、その長期にわたる女らしい慎み深さである。彼女は異常に感情がこまかく、彼女の気分は動揺しやすく、ちょっとしたことで赤くなったり青くなったりして、すぐにたわいなく涙ぐむ。だが彼女の血のこの急がしい表面の波は長年のあいだ、彼女の心の深い底をかきたてることがない。完全に正常な、純粋の、ほんとうの女であるからこそ、メリー・スチュワートは彼女本来の、ほんとうの力を情熱にふれてはじめて発見するのである。ところで、このとき、われわれが気づくのは、彼女がいかにも異常なほど強烈に「女」であり、きわめて衝動的で本能的な気質であり、いかにも盲目的に「女」という性につながれている、ということなのである」（みすず書房刊、古見日嘉訳『ツヴァイク全集』第18巻より。一部筆者による変更あり）

一方、エリザベスにはこういう「女」がなかった。徹底して、この衝動、この本能、この盲目さがなかった。と、いうより、運命的にそれらが肉体の根源において削除されて、彼女は女王の座についているのである。むろん、徹底してなかったというのは言いすぎである。むしろ、彼女の場合、それを身につけて育ちたかったのだが、身につかないように育ってしまった。エリザベスはむろん男を愛した。シュールズベリ伯爵夫人の言葉によると、「エリザベスは子供を産めない体なのにもかかわらず、男たちとともにする快楽の熱はさめていないし、愛を心にいだくことの自由はけっして失わず、歓びをいつも新しい恋人とともにすることを望んでいた」が、エリザベスはメリー・スチュワート以上に慎重で、考え深く、内省的で、そして、なによりも、肉体そのもので男に傾斜できる限界を自分で承知していたゆえに、寝室をともにした男たち、たとえば彼女より十三歳年上の恋人バーリ卿ウィリアム・セシルを首相にすえ、レスター伯爵ロバート・ダッドリーに政治の全権をまかせてしまうことができた。彼女がスペインの「無敵艦隊」に勝ち、インドに進出し、後のイギリスの繁栄の基礎をつくるのに成功しえたのも、すべては、彼女の才能、彼女の怜悧さ、彼女の知恵などによるものとは言いながら、それ以上に、彼女が彼女の肉体の限界を承知しぬいたうえで、寝台をともにした男たちに全幅の信頼を寄せることができたからである。肉体の愛をともなわなかったが、彼女は男を信頼し、その意味で男を頤使し、男に責任をとらせ、男に希望と勇気と決断を与え、男のなかで彼女のしめる位置の深さと、存在そのものの重さを男に徹底して知らしめていくことができた。彼女は男たちによって、つねに、未来へ、未知のものへ、やがて実るものにみたされる荒野へと目をむけさせられていった。この視点に限っていえば、メリー・スチュワートは男をとおして、中世の詩と音楽と舞踏の世界に誕生するものに執着し、それに殉じていくことを夢み、実行していった。エリザベスは未来にかけてやって来るものを男から教わり、メリーはすでに去って還らぬものを男の中にたえず発見しようとしていたことになる。

父のヘンリー八世が死に、その長女のメリーが死んで、エリザベスは議会からは認められていない「私生児」だったのにもかかわらず王位を継承した。が、すくなくとも、カトリックの世界では、私生児である彼女に王位継承権はなかった。カトリックの世界、カトリックを国の宗教とする国々では、エリザベスよりもイングランドの王位継承者にふさわしいのはメリー・スチュワートだと宣言した。メリー・スチュワートはヘンリー八世の父のヘンリー七世の血をひいているからである。が、前述のように、彼女はすでに、フランス皇太子妃となっていた。ゆくゆくはフランスの王女、皇后になる身が約束されていた。それで、イングランドの女王の座がエリザベスにまわってくるのである。が、エリザベスの女王就任にあたって、メリー・スチュワートは「それは、本来ならば、私がつぐものなのだ」とフランスから言ってやった。と、いうより、カトリックを国教とする国々の主だった支配者たちが、メリーの口をかりるという形式をとって、イングランドに抗議をいれた。「九歳年下の小娘が、なにを言う」と、エリザベスは、たとえ、それが本人の口からではないにしても、メリーの存在を苦々しく思ったのは言うまでもないことであろう。このいとこの背後には、狼のような旧教徒の連中が手ぐすね引いて、隙あらばとイングランド女王の座を狙っているのである。彼女は緊張し、覚悟し、決意し、宿命的にメリー・スチュワートへのライバル意識を燃やさずにはいられなかった。彼女はメリーに劣らず語学をよくし、古典の詩文に長じ、感性の錬磨につとめた。ライバルはイタリアや、フランスの文化のまっただ中で、美貌を謳われて成長し、やがてはフランスの王女になる女性である。おなじ血をひいたいとこ同士なのに、負けてはなるものか、と思ったにちがいない。彼女はメリーにとどめをさすために、彼女とかつて肉体をともにしたレスター伯爵ロバート・ダッドリーを、メリー・スチュワートの夫に推挙するという離れわざを堂々と敢行するし、メリー・スチュワートと上述の愚頓なヘンリー・ダーンリとの間に生れたジェームズ六世、後のジェームズ一世を、母親のメリーの存在を無視して、このうえもなく寵愛し、最後には自分の後継者にしてしまう。メリーが生涯のライバルであったと思うと、エリザベスのこの思いきった大胆さこそ、なににもまして、エリザベスの最大の資質ではなかったのではないだろうか。たぶん、この大胆さは、実はエリザベスが幼少時代から、女として体験した、さまざまな試錬が、彼女を慎重で、冷静で、現実的で、内向的な女に成長させた結果から生れてきたものなのである。エリザベスは神経がこまかく、性格は多彩だった。彼女は人間の決意のあてにならなさ、いい加減さ、あやふやさ、猫かぶりさ、抜け目のなさ、底意の冷たさ、威厳のおろかしさ、情熱のたよりなさ、なによりも、人間は永久に自分に自信をもてない生きものなのだということを、腹の底に叩きこんで成長していった女性なのである。それでいて、彼女は残酷でも、冷淡でもなく、むしろ、自分以外のものに、精神も、肉体も、完全に傾斜し、埋没しきれないゆえに、かえって、いじましく、自分に忠実であろうとする女性であった。

エリザベスは、メリー・スチュワートが、あの愚かさの標本のような男ヘンリー・ダーンリの子供を妊娠したと聞いたときほど、驚愕したことはなかったと、後世の史家は書いている。

「あの女も、とうとう……」

と、彼女は絶句したまま、そのことで、自分が強烈な打撃を受けたことを痛感しながら、終日、椅子に背を埋めて動かなかった。

それは、メリーが子供を産まなかったら、自分は生涯、メリーと女性としてのライバル関係をつづけていけたのにという感慨であったかもしれない。あの女は子供をもったゆえに自分とはちがう世界に移ってしまった、と、エリザベスは思った。

メリーはメリーで、憎悪と、侮蔑とをこめて、もはや、すでに一片の愛情すらない夫との子供を出産した。妊娠する以前、彼女はただ彼女の情念のおもむくままに、むしろ、自分をさいなめ、自分を苦しめ、自分を嘲（あざ）けるようにして、このうえもなく頼りない感情の、その不確実さをいとしむ思いにかられて、夫の体を求めていったことへ復讐するかのように、彼女は今、夫の存在をあえて無視するために、自分の体内に自分の血を受けつぐものが新しい生命を芽生えさせていることを自覚していった。

メリー・スチュワートはもはやヘンリー・ダーンリを男として、夫として認めていなかった。彼女が女として生きていくうえに、ダーンリはいまわしい、汚れた、無感覚な、なにかにすぎなかった。ダーンリは欲情の対象ではあったが、すでに感情の源泉ではなかった。ダーンリは男でない男、ただ、いたずらに高言を吐き、虚勢をはる男の骸（むくろ）にしかすぎなかった。彼女に必要な「女」として生きていくうえの協力者、同調者の面影は、彼のどこを探しても見つからぬことに、メリーは絶望し、疲れ、嫌悪をおぼえた。彼女はダーンリとの間に子供を設け、出産をおえたとき、ダーンリを地上から葬らねばとひそかに決意をした。ダーンリはすみやかに彼女の眼前から消えてもらわねばならぬ男になりさがっていたのである。

メリー・スチュワートは、まもなく、肌の黒い中近東生れのアラブ人とイタリア人の混血楽士に身をまかせ、つぎに、第三の夫になるボスウェル伯爵ジェームス・ヘップバーンと結ばれる。そして、ヘンリー・ダーンリはこのボスウェル伯爵によって、暗殺される。ヘンリー・ダーンリはその時まだ、やっと、二十一歳の青年であった。

僕はその夜、エジンバラの名もないホテルに宿泊しながら、女の生きかたを想って興がつきなかった。メリーとエリザベスは、やがて、全ヨーロッパの動向をかけた戦乱の渦中の人となる。メリーは多くの軍勢をひきいて、エリザベスの陣にむかい、果敢な攻撃を幾度も試みて玉砕する。兵は傷つき倒れ、彼女はひとりとらえられて、エリザベスの前に引きだされ牢につながれる。彼女は長い獄舎生活の後、エリザベスの命によって斬首される。

僕が少年時代、ついに見ることのできなかった『北斗七星』は、はたして、どういう内容の映画だったのだろうか。僕が大人になって見た、『クイン・メリー／愛と悲しみの生涯』は凡庸な作品だったが、わずかに、グレンダ・ジャクスン、ヴァネッサ・レッドグレーブという当代きってのふたりの名女優が、それぞれ、エリザベスと、メリーに扮していることによって、「見られる」作品になっていた。彼女たちは、平板な台本にもかかわらず、女であることによって、ふたりの女に、血や肉や感情を与えるのに成功していた。彼女たちが、それぞれの個性で女をにおわせてくれていた。それが作品のせめてもの魅力だった。僕はまた、メリーの生涯を描いたジョン・ヘイルの、大味できめの粗い小説『スコットランドの女王、メリー』にも、いたく失望した記憶がある。なによりも、そこには、女がすこしも描かれていなかった。小説は事件の経過を追うのに精一杯の作品だった。

僕はメリーとエリザベスの双方に、女の典型を見る思いがする。どちらも、正真正銘、女の生きかたを完遂した。女として嘘をつかなかったし、自分に自信をもって、生涯にわたって、誇りをつらぬいた。奇妙な感慨だが、彼女らにとっては、恋愛における肉体の役割などは、一片の存在理由すらも与えられていないのである。彼女らは自分の恋愛感情にはつねに忠実だったが、男との恋愛そのものには、すこしも値打ちを認めていなかった。「恋の相手」などは眼中になかった。一夜の契りは、あくまで、彼女たちが自分の心情を自由に生かすためのモチーフにすぎなかった。肉体にひかれていく女というのは、所詮、恋愛感情に欠落の多い男性が勝手に女に描いた幻想にほかならなかった。彼女たちはそれを証明するために、恋愛をくりかえした。そして、心にもない肉体は与えてあげるから、後は勝手になさい、わたしはわたしの道をゆくから、と、彼女たちはことあるごとに、そんな言葉を口の中で呟いていたのかもしれなかった。彼女たちは、自分の恋愛感情の重さや暗さに比較して、恋愛そのものの空虚感や、孤絶感を、知りすぎるほど知っていたようであった。

僕は少年時代、ふと、街の広告ポスターで見かけた『北斗七星』のデザインを、あらためて、深夜のホテルの寝台に身をよこたえながら、古い記憶のなかに甦らせようとした。女王の黒いガウン、白い襟飾り、銀製の剣などはすぐ輪郭をもって脳裡に浮かんできたが、女王の像にはなぜか顔がなかった。そして、女王の顔にあたる部分に、僕の知っているたくさんの女性の顔があらわれては消えていった。が、どの顔も、像にふさわしく、どの顔にも彼女たちひとりひとりの内なる声の主張がたくされているように思えた。

（『ロマンチック街道』話の特集、一九七九年）

言葉の背後に感じる〝女〟――太地喜和子さん

初対面で、会って二時間もしないうちに、女性から両手を胸に押しあてられたことがある。馥郁(ふくいく)とした薫りで、僕は息がつまりそうだった。太地喜和子(たいちきわこ)さんである。

昨年の暮、『丸山蘭水楼の遊女たち』の東京公演が終った翌日、太地さんと六本木のフランス料理店で対談した。

対談といっても、僕の話すことだから、内容はファッション、料理、恋の三つである。が、断っておくが、女性にとっては、この三つの話題は三種の神器のようなもので、それによって、女性は臆せず、おおらかに、のびのびと、自分自身を語っていける。そのひとの個性や、感受性が、はっきりと表にあらわれてくる。そんなとき、女性は「自分は今、どのように、相手に理解されているか」ということに納得がいって、会話にいちだんと活気をおびてくるのである。

太地さんは十年、舞台の仕事をしてきて、相手の男優をしみじみ「いい男だな、こんな男のためなら死んでもいい」と、思ったことが、二度あったそうである。『近松心中物語』と『あわれ彼女は娼婦』で、それも、一瞬の幻想だった。舞台がのり、観客の気分がたかまり、照明、衣裳も、せりふも、演技も、すべてが、ぴったりと息のあう奇跡のような瞬間である。瞬間がすぎれば、あとは女優という現実にひきもどされる。が、一瞬のために十年ここまでやってきた、と、いう太地さんの話がよかった。

恋愛というものは、男も女もある頂点にむかって駆け足で昇っていく。そのあとに、諦めと反省と悔恨がやってきて、やがて、恋も下り坂にかかってきたなと思わせる時期がやってくる。その時から、男は女へ、女は男へ、ある憐れみと同時に、いとしさや、せつなさを覚え、そこからほんとうの恋がはじまるという話にも、僕らの意見は無条件で一致した。「あ、このひとは、恋する女だな」と、僕は感嘆し、太地さんの言葉の背後に、はっきりと女を感じた。

「うわッ!!　昂奮しちゃう」

「良い気持。よしッ!!　呑んじゃお」

「素適!!　そうよ、そうですものね」

太地さんは、味噌汁の味でつうじあう男と女の過去や、現在を指摘し、一着の服に賭けた女の心意気を談じ、僕はそれがすべて女性の心情と想像力のみずみずしい証明であることを認めて、心をはずませた。僕らは大声を発して共鳴しあい「ここに男と女あり」という思いを確かめあった。

僕らは再会を約した。別れしな自動車の中で、太地さんは両手を僕の胸におしあててくれた。

（掲載紙不詳一九八〇年二月九日）

貧乏時代に励ましてくれた恩人——三田佳子さん

三田佳子（みたよしこ）さんは、僕にとって、かけがえのない恩人であった。

たしか東映が僕が教養文庫に書いたものを参考にして映画を作った時のことだと記憶する。もう十五年近い昔のことだ。主演が渥美清さんで三田さんや、南田洋子（みなみだようこ）さんが出ていた。

僕と三田さんは、撮影が終わってから、撮影所の食堂で何かを話し、妙に呼吸があって新宿に出て遅い夕飯をたべそれから当時日吉にあった三田さんの家へ僕は呼ばれていった。

僕らが三田さんの家でなにを語りあったのかは全く記憶がない。映画のことや、小説のことや、音楽のことなど話題はつきず、三田さんが時折、レコードをかけてくれたことだけが思いだされる。ともかく話しくたびれると、夜が明けていて、戸外にはいつのまにか雨が音もなく降っていた。三田さんは自動車を呼んでくれ、雨の中を傘もささず、自動車が視界から消えるまで見送ってくれた。

僕は貧乏で、うだつがあがらず、前途も暗かった時だけに、三田さんのその時の好意が嬉しかった。三田さんは、僕の窮状をそれとなく察したのか、「シノプシスと、作中の男女の心理を簡潔に書いてほしい」という名目で、二、三日後に、たくさんの本を買いこんで、僕に手渡してくれた。本のことは心配するな、思いきり読んで、勉強してほしい、と、三田さんは仕事にたくして、暗々の裡(うち)に、僕を激励し、実際にそれを実行してくれたわけである。

僕はそれから五年ほどして、文藝春秋や新潮からすすめられて小説を書くようになった。そして二作目が文芸家協会の年間代表作のひとつに選ばれ、どうやら目の前が明るくなった感じがした。三作目、四作目もおなじように認められ、たしか五作目に入ったとき、僕は三田さんからよかったら家を使ってほしい、と、彼女が当時世田谷に新築した三階建の豪邸に、ひとりで住ませてもらったことがある。住ませてもらったというのは、実は、三田さんが仕事で家をあけるので、その間、留守番をしてくれないか、というわけである。

そんなある日、三田さんが仕事から帰ってきて、それぞれの仕事のぐあいや小説の話に夢中になっている時、家のどこかで、かすかに物音がした。が、僕らは話に熱中していて、物音をすこしも気にかけなかった。僕らが三田さんの私室をはじめ応接間などが泥棒に荒され、たくさんの洋酒や文房具が盗まれているのを知ったのは夜もかなりふけてからであった。

先日、ＮＨＫが、この時書いていた小説をラジオ・ドラマで放送してくれた。僕はそれを聞きながら、はじめて会ったころの三田さんの事を思いだしたりした。

（掲載紙不詳一九八〇年二月六日）

飛行機がゆれるから歩かないで!?——岩下志麻さん

この世で後にも先にも、たったひとり、僕を先生にしてくれた女性がいる。僕から云えば、かけがえのない、ただひとりのお弟子さんということになる。岩下志麻(いわしたしま)さんである。

ある時期、岩下さんは真剣にものを書く女性になりたかったらしい。もともと、学生時代、将来は医学部に進もうとしていたし、TBSの脚本募集に応募して、入賞していたぐらいだから、知性の面でも、感受性の面でも、ひときわ他をぬきんじる素質のあった女性である。それが女優として大成してから、ある日、なにかのことで話しあっているうちに、それでは文章を見てくれないか、ということになった。

岩下さんは熱心な生徒であった。わが家のぼろ机の前に坐って、ノートをひらき、文章を書く練習をした。スペインに旅したことを書いた紀行文であった。彼女はそのなかに、いくつかのフィクションを挿入していた。昼食はいつもたぬきうどんであった。昼食後、休みもとらずに、彼女はペンを走らせた。額に白い鉢巻(はちま)きをしめている感じだった。彼女は臆せず、悪びれず、辛抱づよかった。気力が旺盛で、負けずぎらいだった。僕はそのことに、ひそかに感嘆したものである。

と、同時に、おそろしく茶目で、ユーモアとウィットにとんだ女性だと思わせられたこともある。

岩下さんは、飛行機が嫌いだった。彼女がスチュワーデスにむかって、歩かないでほしい、飛行機が揺れるから、と云ったという逸話が残っている。

たまたま僕が彼女に飛行機の飛ぶ原理を説明して、絶対に落ちないからと納得させると、それでは、今度、飛行機に乗るときは横に坐って最後まで手を握っていてほしいと頼まれたことがある。

羽田から札幌にむかおうとしたが、札幌が大吹雪で、羽田に幾時間も足どめをくった時の話である。

岩下さんは、待合室の中で突然、

「そうだ、インスタント・ラーメンを買いに行きましょう。まだ、飛行機飛ばないから、大急ぎで」と、僕の手をとって立ち上った。

「ラーメンどうするんです？」

「だって、もし、雪の中に不時着したら」

「不時着したら？」

「その時は、インスタント・ラーメンが役に立つのよ。二日や三日、雪ん中でも平気でいられるから」

羽田から飛び立った飛行機が無事に吹雪の札幌に着陸したとき、岩下さんは、僕の手をつよく握りしめながら、なぜか鮮かなウィンクをしてみせてくれた。僕はあんなすばらしい女性のウィンクを後にも先にも見たことがない。

（掲載紙不詳一九八〇年二月七日）

かわいそうだから挿絵描いてあげる——石岡瑛子さん

石岡瑛子さんとも長いつきあいである。

石岡さんの仕事で有名なのは、まず、前田美波里のポスターを作ったことである。今ではあたり前のことになってしまったが、ポスターが盗まれて、いくら作っても追いつかないというケースは、石岡さんの前田美波里のポスターからはじまった。資生堂のパンケーキのポスターで、日焼けした女性の水着姿が多くの人にアピールした。

パルコのいくつかの仕事は、やがて、パルコを女性ファッション界の一方の雄にしたてた。そのイメージづくりの原型を築いたのが石岡さんである。

僕の小説がはじめて認められたのも、石岡瑛子さんのおかげである。今から十年前、『シャガールの馬』が現代の小説・ベスト10に選ばれたのは、選者の亡くなられた和田芳恵さんの選後評によると、「石岡瑛子の挿絵がよいので読んでみたら、案外、小説のほうもよいので」とある。挿絵を描いてくれた石岡さんは、僕にむかって、「下手糞な、つまらない小説ね。でも、かわいそうだから、挿絵を描いてあげる」と云った。当時は、むっとしたが、今、考えると、石岡さんの云うとおりで、なによりも作品の中の女がまるっきり書けていなかった。石岡さんは、そのことを指摘したのだった。

と、いうことは、外見はいかにも颯爽として、アフリカ、インド、アメリカの砂漠、その他、世界中を飛びまわり、男まさりの仕事をエネルギッシュにしていながら、石岡さんは実は女の中の女、女のエッセンスのような女性なのである。女ということに、ことのほか敏感なのだ。

こんなエピソードがある。

僕が文章を書き、石岡さんが挿絵を描くという仕事の打ちあわせのため、ある出版社の女性編集者を、石岡さんのアトリエにつれていった時のことだった。女性編集者は高名な石岡さんを単独で訪れるのに気おくれして、僕の口から石岡さんに依頼してほしいために、僕に同行した。石岡さんは女性編集者の依頼をうなずきながら聞いていた。

その翌日の夜のことである。石岡さんから僕のところに電話がかかってきた。言葉は静かだったが、石岡さんの云い分はつぎのようなものだった。

「ほんとうに依頼したいのなら、ひとりで来ればいいでしょ？　あなたに来てもらったというのが許せないわ。そういう仕事は、絶対にしたくありません。念のため申しあげますが、これは嫉妬ではありませんから。おまちがいのないように」

石岡さんの電話は、なんと一時間にも及んだ。僕はひたすら頭をさげていた。

（掲載紙不詳一九八〇年二月一〇日）

メダルより一つの微笑が欲しくて……——木原光知子（きはらみちこ）さん

木原さんとはじめて会ったのは、彼女がまだ高校生のころで、木原さんが東京オリンピックの翌年、アジア大会に出場するため、長島温泉で全日本の合宿に入っていた時である。すごい練習を課せられ、バケツを長いロープで腹に結びつけて、泳がされていた。幾人かの女子選手たちが疲労から泳げなくなってしまって、プールの底に沈んでいった。木原さんは色が黒く、瞳が光を放ち、精悍（せいかん）であった。僕はその時の印象を「アサヒグラフ」に、

「美しい女性は少年に似ている」

と、書いた。この文章は、後に、多くの人に、とくに女性たちによって、しばしば引用された。僕は今でも、女性の美しさは、どこかで、少年のそれを連想させねばならない、と思っている。

幾年か後、たまたま、木原さんと飛行機で同席したことがある。木原さんはすでに現役からしりぞいていた。機内で木原さんが、しみじみとした想いで、僕に囁いた言葉が、

すばらしかった。

「オリンピックで優勝するよりも、いい男にめぐりあうほうが、もっと、むつかしいですね」

僕はそこに女性の年輪を感じた。木原さんは大人になっていた。

それからまた幾年かすぎた。

「よかったら、家に来ませんか」

と、誘われて、僕は木原さんを岡山の実家にたずねていった。

木原さんの家は見晴らしのよい丘の上にあって、木原さんの部屋からは、岡山から児島湾（こじまわん）にむかってひろがる平野が一望のもとにおさめられた。視野の遠く、空と海とが淡くとけあうあたりに小豆島（しょうどしま）が浮んでいた。秋のおわりで、田園のところどころでまばゆい光が反射していた。

「ひとりの男の、たったひとつの微笑がほしくて、一生けんめい泳いだものです」

と、木原さんは云った。

「私だけではないと思います。女子選手はだれも、みなおなじ気持ちでしょうね。メダルでもなければ、日の丸でもない。憧れて、必死になって求めているものは、女だったらだれもが同じはずですわ」

僕はその日、彼女が少女時代、ひとりで夜おそくまで時をすごしたローラー・スケート場や、陶芸の窯場(かまば)などを案内された。それらの場所の光景に、木原さんの言葉がかさなった。

今年、僕らは久しぶりに築地で寿司をたべた。新年の顔あわせというところだった。

「これからはもっと美しい女に、もっといい女になってみせます」

木原さんは、そう云って、微笑した。少年の面影をのこした凜々しい表情であった。

（掲載紙不詳一九八〇年二月八日）

春のにおい

戦前の東京の街には、においがあった。

山手の街には、木と風と土がにおった。下町の街には水がにおった。路地には、屋根のひさしや、井戸のにおいがした。

僕は子供のころ、東京の街をよく歩きまわったものだが、街々のにおいをかぐと、人なつかしさと、生活への憧れが胸のうちにふくらんで、幼な心に、生きていることは、せつなく、愉しいものだと思った。

巷(ちまた)に来れば憩ひあり、
人間みな吾を慰(なぐ)さめて……。

隅田川を蒸気船が往来していた。船室の長椅子にすわって、川の西岸の景色をながめていると、林芙美子(はやしふみこ)の詩が口の端によみがえってきたりした。川は川のにおいがした。

川波が崩れぎわに、落日を反射した。僕は東京では、落日にも、においがあると思った。

年のはじめは、道路がにおった。

霜をふくんだ土のにおいが、なつかしかった。まだ門松や、松飾りが家々の門にのこっていて、その松のにおいに、妙になまなましい正月の名残りがまつわりついていた。かるたや、すごろくの肌にしみついた感触が、ふいに松を見ていると甦ってきた。僕はそんなとき、なぜか、かるたをとる女性の、たもとのあたりから覗かれた肌の白さを思いだした。

巷のうえには、高く遠のいた空があった。空の青さに濃淡がゆきわたり、冬の風がふいてゆくごとに、空が震えはじめ、その青さがちりめん生地のように伸縮していた。僕は空も、風もにおうのだと思った。

僕は農村の正月のにおいを愛した。

春の訪れのちかいことを知らせる田の土が、淡い湿り気をふくんで、ひろがっていた。田の土は落葉に似たにおいがした。なぜか、土の下で、新しい生命が誕生しているような予感がみちて、遠くの山や、丘陵は枯木の列なのに、田には潤いがゆきわたっていた。

僕は冬の田の土に、素足で立つのを好んだ。素足の裏に、冷たさと、温かさが、こもごも伝ってきて、僕は踊るような素振りで、両足をはねあげたりした。そして、春が近いということを、じかに素足から感じるごとに、僕はそのような新鮮な感覚は、大人になっても失わないものなのだろうか、と、考えた。僕はいつまでも素足で生活できる大人になってゆきたい、と、願った。正月の田のにおいが、そんな願いを、僕に訴えてくるようであった。

大人になってから、北フランスの田舎の街で、春の雪のにおいをかいだことも忘れられない記憶である。

僕はドーヴァ海峡ちかくの小さな街で数日をすごしてから、ディナンの街へ入っていった。

ディナンは十七、八世紀ごろの建物がならんだ古い街で、街は昼でもひっそりとしていた。古代のローマの水道をしのばせる有名な橋があり、橋の下は深い谷になっていた。カトリックの教会の塔が、街のはずれに立っていた。

僕はディナンの街に友人をたずねていったのだが、友人は街の学校でフランス料理の勉強をしていた。友人は日本にいたころ、ながい恋愛をしたが、それが稔(みの)らなかったので、フランスで料理の勉強を思いたったのだった。友人は日本にいたころとは見ちがえるように生き生きとして、修業のようすを語ってくれた。ゆたかな未来と、堅実な日常が、うまくとけあって、異郷での修業をたのしんでいるようすだった。ただ、ちょっとした表情の変化や、会話のはしに、かすかに、深い恋愛の跡のようなものがのぞかれて、僕の胸を疼かせた。

友人は僕がディナンの街を去る日に、念入りに用意した手製のフランス料理をごちそうしてくれた。僕は食卓にすわって、フォークとナイフを手にしたとき、窓の外に、しずかに春の淡雪が舞いおりてきているのを見たのを覚えている。雪は、かすかに、春のにおいを伝えてきた。食卓はできたての料理がにおい、友人の顔は輝いて、目にはオレンジ色の灯がきらめいていた。

（掲載誌不詳）

Ⅱ

芝生の上のレモン——スポーツへの誘惑

名選手の系譜――野球について

昭和十四年は多感な年であった。私は、ようやく、心身ともに少年らしくなろうとしていた。

その年の夏、新宿のニュース専門の上映館で、職業野球選手たちのプレーぶりをうつした短篇映画をみた。当時の代表選手が難球をさばくさまを、つぎつぎと、カメラにおさめた記録映画である。撮影は前年の晩秋のくもり日に、上井草球場で行なわれたらしく、画調はいちじるしく鮮明度を欠いた。無人の外野スタンドに、霜枯れの雑草がにぶい白銀色の反射光をはなった。

誰が、なんの目的でつくった映画かはしらない。タイトルすら記憶にない。が、私は終日、その映画館のかたい座席に腰をおろし、くりかえし画面をみて、あきなかったことをおぼえている。セネタースの中堅手尾茂田が前進に前進をかさね、頭から地上につっこみ、一回転する。たちあがったときには、あざやかに捕球をしているシーンが、今でも、はっきりと脳裏にやきついている。イーグルスの一塁手中河が両足を百八十度前後にのばし、上半身をおもいきり前傾し、右足のスパイクの上にミットをさしだしてボールを処理する。タイガースの遊撃手皆川が、三遊間の深いゴロを斜めに追いすがり、逆シングルで好捕する。

それは、日頃、野球場ではほとんどみることのできないファインプレイの大特集版とよんでよい映画であった。野球守備が、およそ、地上に現出しうる美学の徹底的な追求であった。打球は空をきり、地を跳躍し、選手はバネのきいた疾走をくりかえし、全身からダイナミズムが発散した。裂帛の気合がほとばしった。

昭和二十四年、戦後のプロ野球選手のプレーぶりを編集した記録映画を東宝系の封切館でみたが、周囲にはプロ野球熱が澎湃としておこる社会の情勢であったのにかかわらず、映画にはなんの感激も、美的陶酔を誘発する魅力もなかった。わずかに、タイガースの遊撃手長谷川に超人的なプレーがあって、そこだけが、観客に息をとめ、全身に痙攣をおこさせるほど、画面につやがあった。いずれにしても、それからさらに十四年後、昭和三十八年春、坂巻昇が読売巨人軍の練習ぶりを映画にするまで、私の考えでは、日本のスポーツ映画の最高傑作は、この上井草球場の記録映画であった。テレビのなかった時代であるから、それは、戦前の職業野球選手の技倆の片鱗をつたえる、おそらくただひとつの貴重な遺産であったのだろうが、はたして、現存しているだろうか。ともかく、市中で公開されていたのだから、みたひとは、かなりいるにちがいない。そして、一度みたひとには、生涯ぬぐいきれない昂奮を感得させた名画であった。スポーツ映画の精華であった。

私は感激しきって、夜更けの新宿から駒込まで歩いて帰った。今、みおわったばかりの映画のなかのいくつものプレーが実戦さながらの立体感をともなって交錯し、やがては、私の幻想のゲームを展開し幾万の大観衆の拍手と賞賛の溜息がスタジアムにこだました。各選手たちの絢爛とした連続動作がおりかさなり、夢の球宴につきるところがなかった。

私は彼らのプレーこそが、野球なのだ、と、おもった。

人っ気ひとつない侘しい球場で、彼らの野球はいかにも、妖しい美しさにみちあふれ、社会のだれからもかえりみられずに、むしろ、頽廃にちかい孤絶の状態で、狂おしい饗宴をくりひろげている。人間のからだが、あのように伸び、曲がり、蹴り、投げ、走ることから、いわば、舞踊のエッセンスともいえる美の造型にむかって、もてる力のすべてを集中する。その集中の過程で、ひとはじぶんの性格をしり、個性をみつけ、運命をかんじとり、世のなかを生きてゆく意味をわかりかけてゆく。彼ら選手たちのプレーが美しくうつればうつるほど、ひとびとの心のなかに、野球は生活そのものを反映する実体となってゆくのではないだろうか。

私は、単純だが、しかし、いかにも明快な直感によって、野球は美しいものだ、と、信じてゆくようになった。一時間半から二時間半のゲームのなかに、美しい、とかんじられるものは、ただ一度あるかないか、いや、多くの場合、それは皆無といってよいほどの不毛ぶりだったが、私は奇蹟をまちのぞむおもいで職業野球をみにかよった。そして、奇蹟は、よほどの幸運によって、からくも、一瞬、地上にあらわれて消え、そのあとは、ひたすらむなしい期待だけを観客にかりたてた。稔ることのない期待にとざされ、無為と閑暇（かんか）と焦躁にせめたてられている間だけ、皮肉にも奇蹟は、野球は美しいという奇蹟は、私の心のなかで、奇妙な実感となって生きかえった。私はスタンドの一隅に腰をおろし、体をこきざみにふるわせながら待っている。奇蹟は、いつか、おこるだろう。きっと、おこるだろうと待っている。あの、ふしぎに明るく、透明で、そのくせ、色彩に燃えたつようで、輪郭の正しい、陰翳（いんえい）にみちた、ただ、待つことによってだけ、美しいのだと信じさせてくれるプレーの現出を待って、待ちぬいた。

待ちくたびれて、私はスタンドの周囲をみまわす。それにしても、戦前の野球場はどうして、あのように暗く、かなしい雰囲気にとざされていたのだろう。

洲崎（すさき）はいたずらに寒く、観客は唇をまっさおにして、胴ぶるいをつづけた。落日を背景に、暮れなずむ晩秋の空にうかぶ工場の煙突や、たゆたう煤煙（ばいえん）が常になにかの終末を暗示した。上井草は球場から武蔵野の野火がみられた。収穫のおわった田や畠の遠くに、丘陵ともよべぬ傾斜地がつづき、梢にわずかの葉をのこす林がたたずんでいた。その附近から野火が地を匐うようにひろがり、煙は丘のくぼみでうすれ、丘の稜線にそって、ゆっくりまた幅をとりかえしていた。バットの澄んだ音に打球のゆくえをもとめると、群青色に晴れわたった空に、真ッ白く上ったボールが陽光を反射して眼にしみた。

次の打者をむかえて、西鉄の鉄腕投手野口二郎が中堅手富松信彦のほうをふりむく。野口は富松に合図をする。富松は合図に気がつかないのか、立ちつくしている。野口はタイムをかけ富松をプレートのところまで呼びよせる。ふたりは子供が石蹴りや地所取りをするようにマウンド附近にしゃがみ、野口が地面になにか図をかいて富松に説明する。富松はいくどもうなずいて、一礼すると、ふたたび中堅のポジションに帰ってゆく。が、最初の位置から二メートルほど後に、かなり右翼よりに守備する。タイムがとけ、プレーが再開。野口の投球を打者が打つと、飛球が高くあがり、あらかじめ予定されていたように、富松の位置したところに正確に落下していった。

少年の私には、それが魔術のようにおもえた。投手野口は打球の方向から落下点までを、どうして、投げる前からわかるのであろうか。富松が、ほとんど、一歩もうごかずに捕球をおえると、閑散としたスタンドに拍手がおこり、それは一瞬、鍔ぜりあう鋭い静寂にかえり、あらためて、茫漠としたため息となって球場内にひろがっていった。そのなかを野口がうつむいてベンチに帰ってゆく。監督石本秀一は腕ぐみしたまま、「職業ならあたりまえではないか」といった憮然とした表情で、ベンチの中央に立ち上っていた。

昭和三十四年の南海・巨人の日本シリーズで、長島が杉浦の球を打つとかならず、右翼よりに守備した中堅手大沢にとらえられ評判になったが、三十年ちかく野球をみていて、投手が野手をよんで打球の飛行方向をグラウンドに図で書いてみせたのは、プロ野球はもとより、大学野球でも後にも先にもこの時の実例しかしらない。

当時の幾多の名人、上手といわれた選手たちのかずかずの華麗なプレーよりも、私は野口・富松のしぐさがなぜか忘れられない。思ったところに、思ったように飛球をうちあげさせる投球術が、汲めどもつきない魅力をそそったからである。観客は計算されたスポーツの面白さを、心ゆくまで、たのしんでいたのかもしれない。誰にも知られず、その場に居あわせた人だけに、選手たちは、彼らの最善を発揮し、ゲームそのものにふくまれた野球の魔術でもって観客を魅了したのである。見せる野球、技術をたのしませ、その練達ぶりを充分に堪能させる芸の萌芽である。その極致が現在の広瀬の走塁であり、王の打撃であろう。

球場や、球場をめぐる風景とおなじほどに、選手たちも、しかしその頃は、なぜか社会の日のあたらぬ片すみに、つつましく木洩れ日をあびて生きている人のような淡い影であった。彼らのプレーが超人的にリズミカルで流動美にあふれているほど、それは、時代の動きや、社会の移りかわりとかけはなれた場で結晶してゆく、いかにも繊細で、人工的な彫琢のかぎりをつくしたものにおもわれた。観客は、それらのプレーを丹念に砂金をひろいあげる用心ぶかい手つきで、ゲームのなかからひろいあげた。

今から考えてみると、あの頃の観客はまちがいなく、野球鑑賞についてのエリートであり、具眼の士であったが、ゲームの勝敗をまったく無視して、よきプレー、すばらしいプレー、目をみはる美技、秀抜なバッティングだけをたのしむために球場に集いよったとおもわれる。巨人が勝とうが、金鯱が敗れようが、それによって動揺したり、メシがまずくなるという人はいなかった。それは、ちょうど、場末の映画館で、しみじみと情感に訴えてやまない映画をみる雰囲気に似ていた。

遊撃からのトスをうけて一塁に投球する濃人渉のセカンド・ベースでの足の踏みかえは、濃人渉でなければできない足さばきであったし、中村信一の正面のゴロさばきは、上昇期の照国の前さばきに似てすばやく正確であった。観客は阪急北井の十字火球を賞賛するのと同じ熱情をもって、それを打ちかえすタイガース藤井勇のなめらかなバッティングに拍手をおくった。観客の心をどよもすのは、常に、よきプレー、美しいプレーであった。当然、応援や怒号や鐘笛の喚声がまきおこす混乱と堕落がなかった。水をうった静かさのなかで、澄んだ空気のなかで、打球が空に舞い、塁上を走るランナーのスパイクや呼吸のひっぱくした音だけが徐々にたかまる昂奮をかきたてた。

それは、世に知られぬ能楽堂で、たとえば、葵の上や六条御息所の激しい感情がたぎりたつ姿態を目撃するようなエクスタシーをよんだ。深夜の持仏堂の前で、鼓をかきならし、ひたすら信仰によって生死を超えてゆくことをねがった中世のなま女房の敬虔な祈りが観客の胸の底によみがえった。秩序と快楽が場内にゆきわたり、人は、はるかに、球場にあって、球場をこえた世界に通じてゆく理想にあこがれた。人は根気よく、その理想の開花にいたる契機を、各選手のプレーに求めた。たれも、かれも、観客も選手も一体となり、共通の目的にむかって、無言のうちに激励の言葉をかわしあい、地上の秩序をこえて、永遠につらなってゆく美の須臾の飛翔を実現しようとした。しかし目にみえぬ連帯感が球場内のすべての人を結びつけていたから、ある特定の人の失敗にも、仄かな温情をなげかけるのを忘れなかった。それは、なぜか、人びとが自分自身の運命に対して、死に対して抱いている予感を思わせる静かないたわりと言ってよいものかもしれなかった。それが観客にも、選手にも、犯しがたい威厳と清浄さを与えて、球場内には、ひたすら、良きプレーのうまれでることへの期待がゆきわたった。わずかな風のそよぎで波紋が無限の縞をおくりだすように、微妙なクロス・プレーが人びとの情念をあやしくさわがせた。

満州事変や支那事変というものがなかったら、職業野球は当時、ごくわずかであってもよいが、人びとの支持をうけただろうか、と、私はよく考える。あまりぱっとしないユニフォームを着こんで――それはどこか、田舎者の安っぽい流行服のように、滑稽なペーソスをもよおしたが――技術だけはぬきんでた職業スポーツが、もし地に平和がみちあふれ、市民大衆が直截にそれぞれの生活に憩いと充足と豊満を発見できる時代であったら、たとえば、野球の技術だけが、ひとりぬきんでて、世の一部の識者たち、いわゆる野の遺賢たちから、あれほどの傾倒と支持と声援をうけたろうか。芸としての野球鑑賞に、はたして、惜しみない情熱が堰きってあふれる勢いで、そそがれていったものだろうか。

人はしだいに野球から出発して、野球をはなれ、しかも、野球のエッセンスともいえる何かをなだめ、すかし、愛撫し、その呼吸を感じ、血の流れを受けとめてゆくようになった。

人は複雑なゲームの構成のなかから、動作という、いかにも肉体的な、単純な美の要素をみつけだそうとしていた。複雑に変化し、たえず流動しつづける人間のありようのかたわらにならべてみて、愛よりも永遠で、信仰よりも強力な作業をおこなう何かを球場の内にもとめようとした。それは喧しい騒音をたてて衝突し、歪み、ふくらみ、変転する球場以外の場のできごとにくらべて、はるかに、澄明で鋭角な切り口をのぞかせ、いかにもそれにたずさわる人に献身の美徳を感知させずにはおかないできごとがつづくように思われた。

人びとは一投、一打に息をつめ、まなこをひらいたまま、実は、野球という言葉では表現できぬ芸が、彼らの眼前に、くりひろげられるのを凝視していた。それは、まちがいなく野球ではあったが、むしろ、野球でないことをあえて誇示することによって、かえって、野球らしい野球になってゆく芸の集積であった。そこでは常に豪快な膂力に併せて、繊細な神経を必要とした。しなやかな情念に鋭い理知が要求された。

野手が背走をつづけ、そのまま、グローブにボールをおさめる。それでゲームは終わりだった。私は疲労しきって球場をでる。工場街の中の荒れはてた原をよぎり、コンクリート塀を折れて巷にはいる。民家がひさしをならべた露地には夕餉の煙がうずまいている。そのひさしを越して見上げると、空はかぎりなく高く、濃い蘇芳色に暮れなずんでいる。どこかの家で鉱石ラジオが、かすかに歌謡曲をながし、主婦らしい女のかんだかい声がきこえる。水を流す共同水道のカランの音がかしましい。六尺の間口に細工物師が材料をならべて小さな金づちをふるい、ふいごをおこす。

私は、今みおわった野球を想う。人の職業を想う。職業の秘密、生活のひだをかんがえる。野球が生活になること、そして、生活であるために芸への傾倒がうまれることを賞賛する。そのような生活態度が尊重される社会が、いつ到来するのだろうか、と疑問におもう。が、いつかは、きっと来るだろう。そして、そんな時まで、できるならば私は生きていたいと願う。

人はつつましく、おのれの芸によって、生活をいとなむ。巷にくれば憩いあり。人みな我をなぐさめて、煩悩（ぼんのう）即滅をうたうなり。巷にはそうした芸をかかげる職業がひっそりと息づいている。大げさな身ぶりもなく、誇張された感情表現もない。ただ彼自身の生活が芸に要約されるために、他人の芸を理解し、芸をとおして、他人の個性や、生活感情を把握できるくらしが横に縦につらなっている。そのもっとも通俗で、容易に理解へと至る契機が、定められたルールにしたがい、肉体と神経と思考が絶対に一致せねば成立せぬスポーツ、たとえば職業野球のなかにみいだされるのではないか。

私はふたたび巷をぬけ、工場街の原をよぎる。夕靄（ゆうもや）がながれはじめた巷にいっせいに電灯がともる。その遠くに野球場の影が浮かびあがる。無数の光を周囲にしたがえて、球場の影が夜のいとぐちにそそりたっている。

芸は肉体である。肉体であるために、芸は個性に、生活に、人間そのものになる。私は職業野球にのみこだわりすぎているようだが、私にスポーツをみる目をひらかせた点で、創成期の職業野球の存在を、無視するわけにはゆかない。おそらく、少年から青年になろうとする時期に、もし、職業野球がなかったら、私は後にいたっても、スポーツはおろか、人生のもろもろの事象について、冷淡な感情の持主に堕落していったろうと思われる。私はその意味で学校でうけた教育よりも、はるかに多くのことを洲崎、上井草、後楽園球場から仰いでいた。人はいかに生きるべきか、という命題が、終生、人びとにまとわりついて、倫理の求道をつづけさせるとするならば、私は誰にもしられず球場にかよいつめたことから、はじめて、生きるための意義と理想を発見していった。私の資質、性格、心情のことごとくは球場によって形成されていったようである。

そして、もし、誤解されることを恐れずに附言することをゆるされるならば、職業野球がはじめから隆盛の一途をたどり、世人の注目をあび、社会の一端に重要な位置をしめ、ある意味で、ぬきさしならぬ影響力をもち、つまり大衆や社会の共有的怪物になりおおせていたら、私はおそらくなんのかかわりをもつことなく、ただ、遠くから眺めたまま、生涯、無縁のまま、知ることもなく知られることもなく、それらと結びつくことがなかったろうとかんがえられる。なぜなら、野球の、いや、スポーツのほんとうの良さ、すばらしさ、美しさは、もともと市民生活や大衆や社会のありようとは、まったく無関係に、むしろ、スポーツそのもののために存在するからである。スポーツはスポーツそのもののために美しいからである。

その点スポーツは音楽や舞踊と似ている。いくつかの経験をつみかさね、時に激しく憧れ、時に極端な嫌悪の対象となり、しかし、なにか断ちがたい吸引力をそなえ、私たちにせまってくる。その時に、スポーツははじめて生活に関連をもつ。生活はあらゆる階層をふくみ、内に隆起するさまざまな感情の奔流をせきとめるだろう。そのとき、スポーツは社会や国家と相関関係の位置にたたせられる。私たちはスポーツをとおして、私たちの悲しみのよってきたる原因に、さかのぼってゆかざるをえないからである。

周知のように日本の職業野球が誕生したのは、昭和九年の第二次アメリカ大リーガーたちの来日に端を発したことになっているが、それを側面から援助したのが、満洲事変の勃発とともに強化された文部省の野球統制令である。これは文部省からの、当時、人気の絶頂にあった大学野球への干渉で、大学間で中学校の有力選手などの引きぬき争奪がその頃から目にあまるものがあり、リーグ戦そのものも完全に興行化してきたことなどから、新人選手は一ヵ年出場禁止その他を内容として統制令が発せられた。

昭和七年早稲田大学野球部が六大学連盟を脱退したのも、原因は、統制令をめぐって、六大学連盟と早稲田が意見を異にしたからであった。が、見落してならないのは、昭和暗黒史とともに文部省が野球をコントロールしようとしたことではなくて、すでに、六大学野球が半ば職業化していたという現象である。現今のプロ野球選手はもとより、映画スター、流行歌手、その他、等々、要するにマスコミをにぎわすあらゆるたぐいの話題が、当時は、彼ら六大学野球選手に集中し、要約されていた、と、いっても過言ではあるまい。

私の記憶しているかぎりでも、慶応水原円裕（みずはらのぶしげ）と田中絹代（たなかきぬよ）とのロマンス、早稲田の小島利男と松竹少女歌劇の小倉みね子の結婚、その他、三原、苅田たちの私生活の事件は、三面記事をにぎわしたし、本人たちは当然のように否定したが、松竹女優水久保澄子が慶応の中村好男選手（諏訪蚕糸から慶応に入り、はじめ一塁、後に外野手に転じた）に失恋してカルモチン自殺をはかった事件、あるいは慶応成田敬二投手（昭和十三年春のシーズンで、早大をおさえて一躍名をあげた）と高峰秀子との交遊（これは甲子園大会で明石・中京二十五回戦をなげ、慶応に入った中田投手が世間からは本命視されていた風説に対して、成田が隠れた本命だった）。その他、強打者高須清の姉がたまたま芸者であることが雑誌『野球界』にのり、芸者を姉に持った選手の試合をみる気にならない、というまことに今から考えると無礼でナンセンスな投書が読者からあり物議をかもし、高須のスランプを招く事件などが市井の俗談の材料にとりあげられた。そういえば清水宏監督が松竹でとった『恋愛無敵艦隊』という映画は、ロサンゼルスのオリンピック水泳で活躍した豊田という選手を起用して、この事件から話を作ったものではなかったか、と思われる。

しかし、文部省体育局の不当な干渉による統制令以後、支那事変のはじまるまでの六大学選手、いわば、世間からは狂躁的に過大偶像視され、技術よりも軽薄な大衆的人気のみが先行した時期の選手たちのなかに、日本の野球に一時代を画した真の野球人たちがいたことも忘れないでおこう。

たとえば鶴岡一人、水原円裕、岩本義行、そして統制令以前に、故若林忠志、苅田久徳などの人たちである。

彼らが、どのように技術的にすぐれた人たちであったかを語ることはおそらく、何頁をついやしても語りきれるものではないだろう。水原は強肩の持主であったため、サードベースよりはるか後方に位置して、打球を処理し、あわせて、前後左右につよく、特にランニング・スローに秀でていた。水原の出現以後日本の三塁手の守備方法が、一大変化をとげた。或いは鶴岡は前につよく、鶴岡地獄と呼ばれ、いかなる難球でも、いかにも容易に捕球できるような印象を与えて、一塁にかるく山なりの球を投げた。片桐勝司氏（前橋中学対静岡商業延長十九回戦の前橋の捕手、後に旧制水戸高校を経て、東大の捕手、一塁手）は昭和七年以降、六大学の審判をされたが、鶴岡が新人ながら法政の三番打者として登場したときの印象をつぎのように語る。

広島商の鶴岡というので、鶴岡が打席に入ると、相手がたのチームに、緊張の色がにわかにみなぎった。守備についた鶴岡は大声で先輩の投手を激励して、新人ばなれしたスケールの大きさで、私たちをびっくりさせたものです。鶴岡というので、球場の空気ががらりと変わるなかで、彼は、悠揚（ゆうよう）せまらざるプレーぶりだった。

が、彼らの技倆がいっそうの磨きをかけたのは、職業野球にはいり、野球がそのまま、彼らの生活になったことによるのは論をまたない。そのほか慶応が昭和十三年から宇野（三）、大館（遊）、宮崎（二）、飯島（一）、の百万ドル内野陣を誇った頃の宇野の守備にもすばらしいものがあった。

昭和十四年秋の明治神宮大会の優勝決定戦で早慶戦がおこなわれた時のことである。早稲田の投手が石黒久三、後に戦後の都市対抗で新潟コンマーシャルの主戦投手として後楽園で投げた。食糧事情の極端にわるかったときで、弱小チーム新潟コンマーシャルは一回戦で敗退するものと思いこんで、チームの全員がその分だけの食糧と宿泊費しか用意してこなかったが、二回戦にも進出した。あわてて食糧をさがしもとめるのに力が浪費されて、かんじんの二回戦ではあっさり敗けた、という逸話が残っている。が、石黒は小川正太郎以来の早稲田の名投手であった。慶応は元日本通運監督の稲葉誠治、旧姓高塚。岡崎中学時代に、沢村級の投手としてさわがれ、既に当時の阪急からスカウトされかかった。左腕。しかし慶応では技巧派の投手になっていた。

試合は両軍の力が匹敵し0―0で延長戦に入った。その間、後に大日本土木の監督で都市対抗で優勝、当時のショート村瀬（むらせ）保夫（やすお）が、慶応の右翼手楠本保（くすもとたもつ）（大井広介氏の著書によると、投手時代に日本で最高に速い球を投げたとある）の判断をあやまらせる三塁打をうち、次打者南村の三球目に本盗を敢行、ならず。重ねて十回表に、早稲田は二塁塁上に松井栄造（この人については後述する。私個人の考えでは、戦前、戦後をつうじて、アマ、プロをとおして最高のプレーヤーであった。白皙（はくせき）の美貌の持主で、不世出の天才という印象を与えた）、代打に当時丸亀中から入学した強打の香川をおくった。はたして、香川は高塚の胸もとにくいこむカーブを強振する。瞬間、宇野光雄はほとんど地面に平行して、全身を宙にうかし、横にとんだ。次に、宇野は信じられないほど強烈な脚のバネを使って、三塁のベース上に体をおこした。彼は眼にもとまらぬ香川の打球を、グローブで地面に叩きおとしていた。宇野はすばやくボールをひろいあげ、二塁の走者俊足の松井を見やった。香川はその間に一塁にたっしていた。

私はこのときほど神宮球場を埋めつくした七万余の大観衆を狂喜乱舞させた大昂奮にまきこんだプレーをしらない。早稲田側の全スタンドから、香川の打球が真白な線となったとき、勝ったと紙吹雪が、色テープが飛びかい、宇野がボールを叩きおとした瞬間、早稲田側の怒号と喚声が静まり、その余波のきえぬ底から慶応側で三色旗の小旗が乱れ狂い、声にもならぬ絶叫がわきおこった。そのなかで、宇野はひとり、土によごれたユニフォームを手ではらい、慶応のベンチからは、今、創価学会の幹部の一人である白木儀一郎がグローブをわしづかみにしてブルペンにむかい、あわただしく投球練習にかけだしていった。

宇野のプレーは後々までファンの語り草となり、伊丹安広（いたみやすひろ）氏はその著書のなかで、「六大学野球史上に前例のない入神の至技」とのべている。また、当時の月刊雑誌『野球界』には、宇野のプレーと比較して、現在の職業野球にこれ以上の選手が有りや、無しや、といった質問が一読者から投稿されて、議論の種をまいた。

私は戦後のプロ野球で昭和三十五年、長島が国鉄町田の放ったサード・ライナーを横っとびに飛びながらとったプレーをみたとき、はじめて、宇野光雄に匹敵するプレーがあらわれたと思った。ただし、宇野の場合はベースよりの逆シングルであり、長島のは遊撃よりの打球であった。ベースよりの守備のことを考慮にいれれば全盛期、すくなくとも、小山投手のボールを受けて目をわるくする以前の阪神三宅秀史の守備が一番堅実で正確であったと記憶する。

宇野は戦後まもなく、先に入水自殺をした東京交響楽団の理事長橋本氏の所にいて、新東宝経由で巨人に入った。肩を悪くして、昔をしる者をなげかせた。たいへんな山なりのスローボールを三塁から一塁にほうり、一塁手の川上が首をふりふりボールが近づくのを待った。そんな遅いボールしかなげられなかった。

六大学野球は大衆とともにあった。それは市民の寵児であった。奢(おご)りたかく、驕慢(きょうまん)で、鼻っ柱のつよい餓鬼(がき)大将的存在であった。そして、その故に市民のアイドルであった。野球を事としていながら、野球をこえた流行感覚をつくりあげていた。それは、ちょうど現在のプロ野球が社会のなかではたす役割をはたしていた。野球を行ないながら、野球は手段でしかなかった。野球とはもっと別な大きな作業をはたす何かが彼らを支配し、その余勢をかって彼らをもてはやし、賞賛し、憧憬する大衆をも支配していた。野球はスポーツであるということが、いつも、忘れられそうになっていた。

それは滔々(とうとう)とした勢いでひろがりはじめた一種の社会的運動であった。生活の圏外にありながら、市民の生活にじかにふれる行事であった。人びとの思考や感情を、ある特定の型にはめこみ、一定の方向をあたえ、正体のしれない不気味な熱狂に、正義も邪悪も、博愛主義も、そして、多分、多くの場当りを狙ったセンチメンタリズムも、鼻もちならぬ偽善も、えせヒューマニズムも、なにも、かにも、いっさいを混淆して、絶えず百万の市民を催眠術にかけたように心服させてしまう熱狂にむかってかりたててゆこうとする一大集団運動の先ぶれの様相をあらわしていた。

そうした運動のなかで、選手が観客から要求されるのは、観客という不特定多数者の好みへの素直な従順、単純な奉仕、わかりやすい成果などにつきた。観客が球場を支配し、その好むままに選手が動き、動いたとおりゲームに帰着がつけばよかった。そして、観客と選手の間に野球とは別のことで互いの心情や生活態度で暗黙の了解がなりたって、人気というものが幅をきかせだした。

スターがうまれた。貪欲で、無智で、怠惰で観客の顔をみて、選手はちょっちょっと、体裁のよい仕草をくりかえし、その反応に応じて、仕草にアクセントを与えた。野球というまことに単純で明瞭なゲームが行なわれているのに、人は野球以外のあまりにも多くのことを、野球にもとめはじめた。最後には野球そのものには、人はもうなんの責任もとらなくなったし、野球をほうりだしてしまったりした。

そうした風潮のなかで、私は松井栄造だけを高く評価する。松井が一躍、全国に名をしられたのは、昭和十一年岐阜商業の主将、四番、投手として全国中等野球に初出場して優勝したことによってである。もっとも松井のほかに、捕手に加藤三郎（明治）、一塁に森田定雄（阪急）、二塁に長良治雄（慶応）、中堅に大島信雄（慶応、松竹、中日）、控え投手に野村清（全京城、後に大毎）など、後に中央球界で活躍する選手がいたのだから岐阜の初出場優勝はあたりまえだったかもしれない。

その松井だが、たしか、育英商との準決勝で、ノーダン一、二塁のピンチのとき、投匍（とうほ）（ピッチャー・ゴロ）をとるとすぐ二塁に送球し、更に一塁で打者を殺す併殺プレーを行なった。飛田穂洲（とびたすいしゅう）氏が当時このプレーを評して中学生とは思われぬ冷静な判断、忠実な基本技と絶賛した。早稲田に入ると投手から一塁手に、後に左翼手に転じた。朝日新聞の好村三郎（よしむらさぶろう）氏が分担執筆している『六大学野球部物語』のなかの一部にも「早大で再び出ることのない名選手」という表現がもちいられ、最近、出版されたばかりの広瀬謙氏の『日本野球史』にも、「攻守走そろった松井栄造選手」と特別に扱われている。

私は松井だけをみたくて神宮に行った。彼は特別の長距離打者ではなかったし、スタンドプレーをみせて観客を下品にうならすという選手でもなかった。が、その打撃のフォームは無類に優雅で、悪球にはまったく手をださず、好打、快打をほしいままにした。守備は打球の落下点にほとんど直線に到達し、実に軽快に、しかも、正確に、そして時には背走に背走をかさね、くるりと舞うようにふりかえった時に、ボールを正面に捕えた。その身のこなしがなんとも洗練されて、陽光にきらめく青葉のそよぎを感じさせる爽やかさがあった。透明な青の清潔であった。

なによりもプレーに見てくれがなかった。柔軟で、リズミカルで、私は、もし、人間の体が、清浄で、透明な幸福という概念を表現するのには彼のようにプレーをするよりほかないだろうと思った。万感をこめていながら、しかし、いかにもさりげなくうけた抱擁のあたたかみが、抱擁の終わったかなり後から、なにかの歌の一節や、なにかの花の一片のかおりをきっかけとして、記憶の底によみがえってくるあのなつかしい情感や、そこはかとない追憶をたのしむ淡いよろこびが、彼の全身からたちあがった。しかも、彼自身はプレーのために、それを、たのしんでいるようであった。その透いてみえるような清潔なはなやかさが、かえって、みる人の心をふかくとらえた。

先にあげた鶴岡、水原、苅田らの人たちは日本の野球史に、一連の名人芸といわれる技術を発揮し、それぞれ不滅の業績をつみかさねた人たちだが、それだけに、私にいわせれば独特の臭みをもっているように感じられる。しかも、その臭みこそが、彼らの名人芸をいっそうユニークなものに仕たてている持ち味なのであろう。そして彼らの芸は、戦前の職業野球時代につちかわれ、成長し、更に、戦後の大衆社会とべったり密接したプロ野球のなかで、いくたびかプロであるために体験した野球の本質の危機のなかで鍛えられていったように受けとれる。しいていえば、戦後のプロ野球の普及にともなって、観客大衆やマスコミが彼らにあたえた栄光の座と、どこかで、なしくずしに消殺されかねない評価が、彼らのかつての芸にもあたえられているのではないだろうか。

松井栄造は大学生であったが、そのプレーはすでに、完成を思わせるゆとりと落ちつきを身につけていた。しかも、完成したうえに、さらに、内からたえず外に溢れでてくる動きがあった。それはプレーだけが持つ生命の躍動感といってもよい。虹消えて音楽は尚続きおり、という余韻を、彼のプレーのあらゆるすみずみにまでこだまさせていた。淡々として水の流れにのってゆくあそびのたのしさが、精悍さをひめながら、どこか、天空をはるかに舞う逸楽（いつらく）を思わす、くったくのない資質がゆきわたっていた。野球選手としてはめずらしい日に焼けない、しかし、申し分なく男性的な容貌にふさわしい明るさが彼の周囲に感じられた。てらいもなければ、気負いもなく、それでいて、彼のプレーには常に彫琢がほどこされ、人びとに多くのものを未来にむかって約束しているようであった。彼の立つ処に光があふれた。

太平洋戦争は多くの名選手を死なせた。数えあげればきりがあるまい。松井栄造もそのひとりで華牛頓で戦死した（編集部注：「華牛頓」については詳細が不明。松井が戦死したのは中国湖北省姚家坊付近）。私はそれを知らず、復員の車中でも、もう一度野球がみられたら、なにをおいても松井のプレーをみにゆこうと念じたことを思いだす。

彼の透明な軽快さこそ、野球の名人芸の一つのゆきついたところを象徴するものであった。何にも知らないような顔をして実は何でも知っており、優等生なのに、がっついたりせず、と、いって、澄ましこんだり、偽善家ぶったりせず、ごく普通の態度を持ちつづけ、それでいて、つねに優秀な成績をおさめ、他人の心情に厚顔無恥にわけいることなく、よく人を理解し、温かい気持を持っている個性、そんなものをとめどなく連想させるプレーの持主であった。人生を強靭に生きぬく叡智が、もし、具象化され、人の肉体の型をかり、スポーツに造型されていったなら、きっと、彼が示した幾多の流麗な至芸のプレーになるのだろう。

彼の戦死をものの本で読んだとき、私はそんな想像をくりかえした。少年時代から青年期にはいりたてまでの、いっさいの夢をたくした偶像が崩れ、周囲の空気が音をたてて飛散して、「これからは、すべてを、自分ひとりでやってゆかねばならない」と、私は思った。もう一度、なにもかにも、やり直してゆこう。私はまたいつか、どこかで、彼のようなプレーをみつけだすかもしれない。そして、私自身の生きるよすがにめぐりあえるだろう。私は失うということの意味の深さを、その時、はじめて知ったようであった。

スポーツの美しさは意外に人に理解されない。理解されないために、それは、かえって安易な流行をうんだのであろう。ちょうど、ほんとうに美しいひとが、誰の目にもふれるようでいて、意外に、誰からも理解されないでいるように。あるいは、誰もが美しさを感じていながら、その美しさをうまく表現できないのかもしれない。それは、なにかが欠けているために、かえって美しさを他人に意識させる容貌のようなものかもしれない。美しいひとと、美しいひとを美しいと感ずるひとの双方に、ある種の人生体験と相手の体験をよみとる知恵がどうしても必要なように、スポーツも、スポーツを愛するひとにも、互いのうちにゆっくり時間をかけて育ててゆかねばならぬものがあるようである。丹念に、注意ぶかく、忍耐と根気をもって、スポーツの一瞬、一瞬の経過、選手の動作、その生理や心理を追う努力が要求される。待たねばならない。務めねばならない。そして、ひとは待ちながら、スポーツをとおして、自分を知ってゆかねばならない。そして、ひとは理解する。スポーツの芸は肉体であり、個性であり、倫理である、と。

南海の広瀬叔功（ひろせよしのり）が塁に出たとき、彼の全身を注意してみてみるとよい。彼は一塁から二塁にむかう線の上にたつ。彼の両足はどちらをむいているか。その両足はこきざみにふるえながら二塁にむかってにじりよっている。が、いつでも帰塁できるように、心持ち、一塁よりをむいている。やわらかい足首で足の運動を調節しながら、彼はスプリングの力をしだいにつのらせてゆく。広瀬は投手の表情をじっとみつめている。投手のわずかな心の動きをもみおとさずに読みとっているようだ。一球、二球、三球と投手は広瀬を牽制する。そのつど彼の反射神経は敏速に作用し、彼は帰塁する。そして、投手の眼がふっとはずれて、セット・ポジションにはいったという瞬間、彼は強い腰の力で、それまで一塁の方にむかっていた両足を、おそろしい勢いで、二塁の方にねじまげるように回転する。（ここが、たとえば柴田とちがう。柴田の場合は左足から踏みだすから左足が前に出るのだというようだ。）次にダッシュし、二塁の塁上で加速度が最高に達するようにしてスライディングする。広瀬は手でベースをとらえ、ブレーキをかける。（柴田の場合には、二塁の前ですべるときに力が出きってしまう。）広瀬は投手の心を読む。読んで読みつくし、投手の心理の変化が投手の肉体にあらわれるわずかな隙をとらえる。彼は走る。彼は滑る。全力で制動をかける。必要にして充分な計算とおなじ労力だけが、はじめて実現の可能な芸である。間を読み、間を生かす芸である。間を沈黙のうちに読み、生かさねばならない。沈黙と孤独に生活をかけねばならない。彼は人間のありようを予知せねばならない。

私は、これまで、あえて、野球の打撃の名人についてふれなかった。打撃が守備よりもいっそうむつかしいからである。投手の投げるボールが無限の変化をこめられて飛んでくるとき、打者は彼が習練した打撃術をもって、ごくわずかな瞬間に、もっとも効果的なミートをせねばならない。全身のバネと力を、打球にたくさねばならないとき、これこそ、最良の打撃術だというものが、はたして、あるのだろうか。ただ、私の好みだけで言うのを許してもらえれば、戦前では中京商からライオン軍に入った鬼頭数雄（きとうかずお）、そして、戦後では大洋の近藤和彦のバッティングがいちばん芸をかんじさせる。一方、その二人の上にあって、中西と王と野村は、むしろ天衣無縫の超人的な存在と言えよう。私は彼らをみていると、人間ではないのではないだろうかと思うことがある。彼らは常識をはるかにこえた神秘な打撃をみせてくれるからである。

　鬼頭はあの沢村のドロップを実にたくみに右中間に長打していたし、近藤和彦は、バットを胸の中央の真下から上にしゃくりあげて難球をファウルにしてカウントをかせぎ、好球はスライドしたり、落ちる寸前に正面で叩く。近頃は手もとにひきつけて、しばくバッティングが流行しているが、これは、それこそ天賦(てんぷ)の才能をもつ打者、鋭い勘をもち、どんなに重いバットを持っても充分にふりきれる人でないと効果はあがるまい。

　六大学では慶応の井石礼司(いいしれいじ)外野手の打撃が、実によい。最近の六大学では傑出した異材で、膝にバネをたくわえ、腰の入ったフォームが美しい。打球は申し分なく鋭く、迫力をこめて伸びてゆく。近頃になく快かった。六大学でプロになれる唯一人の選手だ。今評判になっている中央の末次(すえつぐ)などとは、私の目でみて、その素質に雲泥の差があった。末次は所詮、南海の穴吹(あなぶき)程度の無器用な打者である。

　スポーツの名選手の系譜をたどるといいながら、私はおもに野球を中心にして筆をすすめた。が、名人芸と呼ぼうと、なんと呼ぼうと、スポーツの美しさを、もっとも、端的に表現しうる技術こそが、実は芸に価するものなのである。人はむしろ、はじめにその芸を感得する生きかたを会得してから、スポーツに全身全霊をこめた愛と熱情をそそぐべきだろう。愛をそそいだら、スポーツの美しさに殉じてゆくべきであろう。事実、そうした愛好者だけが真のスポーツ支持者の栄光をになうにいたるのである。

私にとっては、この文章で野球にかわり、たとえばラグビーが、アイス・ホッケーが、相撲が、陸上競技が、ボクシングが、ボートが、野球についやされただけのスペースをしめてもよかったのである。名人芸ということだけ、つまり、スポーツのエッセンス、スポーツの美学の具現者の実例にかぎって述べれば、ゲームの運行に偶然が大きく左右する野球よりは、それ以外のゲームのほうが、はるかに、正確にスポーツの芸を表現するのにふさわしいであろう。射撃、競馬などのほうが、はるかにスポーツの精華と言えよう。

槍投げの選手は、フォームをくずしてしまうと、その回復に一年半の歳月を必要とするという。実際、走る力、走るバランス、スピード、脚・腰・胴・肩・腕・手首・指先の運動がワン・パクトのうちに、槍につたえられ、もっとも空気にのった状態で、槍が空をとんでゆくということを考えれば、それが、いかに至難の業であるかは説明するまでもないだろう。ボートを漕ぐという、まことに、単純そうにみえる運動が、同じように高度の技術を必要とされるし、しかも、それらは、レース中に一度失敗してしまうと、ほとんど、回復すべき余地がないまでの致命的なエラーになってしまう。最上、最善のコンディションがつねに要求され、運動は考えられるかぎりにおいて、全身の力が、エネルギーが、もっとも効果的に発揮されてゆかねばならない。意志が肉体を徹底的にコントロールしてゆくこと、しかも、そのコントロールの配線はすこしでも狂ってはならない。これほどデリケートな神経と、これほどの情念の昂ぶりを、選手はひたすら肉体によって表現してゆかねばならない。

私は学生時代、故会津八一先生から「書でひとつの点をうつためには、毎朝、毎晩、一メートルの長さの線を三百回ずつ書け」と教えられたことがある。一メートルの線をひく力、エネルギーが、実際の書では、ひとつの点に凝縮するわけである。名人横綱といわれた栃錦の相撲は美しさのきわみを土俵上に惜しげもなくまきちらしたが、私は、はじめの頃、栃錦の紫電一閃といわれる上手だし投げこそ、彼の才能をはっきりと証明する技能だと思っていた。が、後になって、上手だし投げは、彼の名人ぶりのほんの一カ所を、うわべだけのぞかせたものにすぎないことがわかった。彼は力士としては小兵であったが、ある特定の角度をもって相手力士にぶつかると、彼の差手の角度と、差手の深さがぴたりと一致する時に、信じられない力が、つまり、栃錦のもてるすべての才能と知恵が、その一点を接点として、幾倍にも拡大されて相手力士に奔入してゆくのを知った。栃錦にとっては、その差手の角度と深さを、いかなる相手に対しても、一瞬のうちに決定することが勝負であった。彼はゆりもどしとか、あみうち、などという無知な大向うをよろこばせる相撲は、相撲のうちでも、もっとも、能のない相撲だとおもった。それらは、無料でみていられる町内の相撲大会のはったりでしかなかった。

昭和三十一年、栃錦は大内山と激闘数分、壮烈な相撲をくりかえしたのち、首投げで相手を倒したが、それが、彼のみせた最後のくるしまぎれの、無能無策の相撲のとりおさめだった。相撲解説者楯山(たてやま)が、その一番をもって「すもう史にのこる激闘」「とても見ていられないほど激しい勝負」と称した一戦だったが、その時を境として、栃錦の相撲はいっそう合理的になり、無駄な精力の浪費をさけるようになった。栃錦には相撲とは一つの点、彼の全力、彼の渾身の情熱が集約できる一点を、勝負のなかに、瞬間にさぐりあてることであった。彼の生活、彼の思考、は、ひたすら、その一点を生きたものにするためにあった。おそらく栃錦は、その一点に生きる彼自身を勝負の上に再構成することだけに努力した。それ以外はいっさいが目にはいらなかった。彼は彼のために相撲をした。観客はもうあってもないのにひとしかった。その時から差し手のいかんだけが彼の人生であった。寸分のくるいのない力の配合の成否が、配合しきって乱されることのない生理、その生理を統御する意志が勝負のわかれめであった。だから勝負に勝つということは自分自身の構想力の勝負にほかならなかった。

名人はいたのか。名人はいない。スポーツだけがあったのである。走る人、跳躍する人、投げる人、打つ人、漕ぐ人、格闘する人だけがいたのである。彼らは私たちの眼の前で、はてしない空間にむかって運動の軌跡をえがいた。軌跡はすぐ空間に消滅し、私たちはたったひとりとりのこされて、彼らが残していった軌跡の残像をたよりに、もういちど、脳裡に彼らの運動を再現してみようとした。その時から、この作業は、実は私たち自身の創造にほかならなくなった。人びとは巷で、群衆のなかで、山野にあって、河のほとりで、それぞれの想いのまま空想のグラウンドを設けた。だれもいないグラウンドで、作業は奇妙な熱っぽい想いをまきおこして、人びとに覚醒を与えた。人びとはそうした作業を、わずかに、名人芸と名づけ、たがいに、あるスポーツを語りあうときの話のきっかけにしていった。人びとは絶望について、失意について、何か遠い昔に失われていったものにたくして、思いがけない希望をみいだして、話をすすめていった。そのたびに、スポーツの美しさがあたらしい装いをこらして、人びとの心のなかに生きかえった。

私はスタンドにたちつくす。雨のラグビー場だ。燃えるような紅葉にとりまかれて、グラウンドの芝生に銀色の雫がふりそそいでいる。低くたれこめた雨雲に、ホイッスルの音がこだまする。パントがたかく上がると濃紺のジャージ、淡青のジャージが一団となって、ボールの落下点めがけて走ってゆく。そして紺青の色彩のかたまりは、たちまち、間隔をひろげて、ある方向にむかって運動の波をひろげてゆく。ホイッスルがなる。遠くの照明灯の上に渡り鳥の群が、さっきから、ゆっくりと旋回をつづけ、やがて、先頭が急上昇で雲の切れ目にむかって突きすすんでゆく。視線をグラウンドにむけると、水しぶきをあげて、楕円形のボールがスクラム・ハーフからスタンド・オフにわたってゆく。アタックラインを浅くひいた攻撃。淡青のジャージが密集のパックをとく。一人、二人淡青の選手が光を放って集団の横を走りさってゆく。

私はレインコートの襟をたてる。雨がいちだんと激しさをくわえ、靄がたちはじめる。私は紅葉が深まって、燃えたつように煙る神宮外苑の樹々の下道を歩いてゆく。ゲームは終わった。……われらが魂のたそがれに、灯を点ぜよ。われらが行手を輝かせよ、われらかくも遠き市を離れ、われらかくも悲しき接吻をせむ。……私はスポーツを追って、巷をさまよい歩いた頃に知ったうたの一節をくちずさむ。

……われら、かくも遠き市を離れ、遠き市を離れ、……そして、ほとんど視野をさえぎるまでにたわわにたれさがった樹々の下枝をはらいのけ、むせぶような樹皮の香にうたれ、流れよせる靄のはてに、私はたしかに、なにかが、おそらく、人が地上を去り、遠くの世界に飛びたつ時の生命のかがやきが、構成されてゆくのを見たように思った。

（『スポーツへの誘惑』珊瑚書房、一九六五年）

芝生の上のレモン──サッカーについて

朝日新聞の「ハーフ・タイム」欄がつぎのようなA・P電をのせている。

イギリスのプロ・サッカーくじで、三十三万三千五百三十七ポンド（三億三千三百五十三万七千円）という世界新記録の大穴配当が生まれた。四ポンド（四千円）のもとで、八試合の引き分けをぴたりと当てたもの。このくじには九人が投資、無税なので、一人約三万七千ポンド（三千七百万円）を分けあって大喜びだった。

九人の人たちが、どのような年齢なのか、どこに住んでいる人たちかはわからない。八試合の引き分けも、まったく偶然に、当てたのだろうか。

どうせ、あたりっこないんだから、全部、引き分けにしてしまえ。そのほうが、めんどうくさくなくていいよ。いいね。じゃ、八試合、引き分け。点数は？、1─1、2─2、を四つ書いておけよ。それより、お茶をくださいな。のどが渇いてしようがない。紅茶かい、コーヒーならそのポットに冷えたのがはいっているはずだ。お茶だけじゃ、淋しいネ。サッカーくじがあたったら、うんと、ごちそうします。旅行にゆこうよ。そうだ、旅はいい。僕は旅行だけがたのしみだな。ヘブリデス群島から、ルイス・ビル島へまわろう。これは前から考えているんだ。しかしくじにあたったら、君たちとも、これでお別れにする。あたるはずがあるもんか。くじがあたりっこないように、僕らも、一生、離れられないってわけさ。くされ縁というやつ。おい、コーヒーを沸かしなおせよ。そーら、書きあげたぜ。じゃ、八試合、全部引き分けのドロー。笑わせないでくれよ。まだ当たると本気で思ってるのかネ。

それとも、彼ら九人は幾日も幾日もあつまっては、相談しあう。人目をさけて友人の家にあつまる彼らはちょっとしたテロリストの集団のようにみえる。住宅街の片隅のアパートの一室、すりへった家具、はげかかった壁紙。野菜のにおい。古新聞が机の上につみかさねられている。食いかけのパンとチーズの切れはし。会合は夜、仕事が終わってからだ。狭い室内に煙草の煙がたちこめるので、時折、だれかが立って窓をあけねばならない。窓をあける男は、仲間とのディスカッションにくたびれきっているから、息ぬきに目の下の石だたみの舗道を見おろす。街灯にてらされた舗道には、女がひとりたたずんでいる。娼婦ではない。あれは、かたぎの女。娼婦はあんな思いつめたようすで街角にたたない。女は窓のほうを見あげたが、すぐ目をもどして、舗道の遠くから誰かが来るのを待っている。心持、窓の灯から顔をかくしたようだ。彼女の心のなかをかくすように。女はもう幾時間も待っているらしい。腕をかかえた女の粗末な服装からそんなことがすぐ感じられる。

「俺たちと同じじゃないか」

と、窓辺の男は、窓のへりに両手をささえてつぶやく。

「いつ来るかわからんものを待つなんて」

それから、男は、先日みたサッカーの試合の一場面をおもいだす。あの4・2・4の防禦(ぼうぎょ)ラインはなかなかくずせない。特にセンター・ハーフの動きがよい。敏捷でタフでエネルギッシュだ。技巧も申し分ない。その彼をマークするにはどうしたらよいか、どんな戦法があるか？　彼がゲームの鍵を握っている。九人のグループはさっきからそのことばかりを話しあっているのだ。彼らの会話が情熱的なのは、この世界はサッカーだけのため存在すると信じて疑わないからである。

「もっとも効果的な攻撃方法？　ふん、それがわかったらネ、それが、わかったらネ」

この文句は、そうだ、どこかで聞いたことがある。

――『三人姉妹』、チェーホフの戯曲の幕切れのせりふさ。俺たちは、なにもわかってはいないんだ。サッカーが好きだというだけで、サッカーくじを当てようとしている。

俺たちにわかっているのは、それだけ。

それにしても、グラスゴーでの試合はよかった。タイム・アップ寸前、猛烈なユサブりをかけた。怒濤の寄せってあれさ。フォワードとバックスがいれかわり、たちかわり、攻撃をかけてゆくのさ。ああいう、攻撃は、チームのイレブンが日頃なにかに常に心を昂ぶらせていないとできない。昂ぶる心で、人の恥を知り、愛を知り、情を知っていなくてはできない。乳房を握りしめたい。思いきり握りしめたい。すると怒濤が沖のほうから湧きあがるのさ。左のウィングがラインすれすれにつっこみ、一発フェイントをかけて、敵のインナーの体勢をくずしてから、すばやいスルー・パスを味方のセンターに、そして、センターは背後にぴったりくっついていたハーフにパスをおくった。五万の観衆がボールの行方を見失ったほどすばやいフット・ワークだった。

あれが盲点だった。敵はセンターからシュートが直接出る、と瞬間に判断したのだ。センターの前面に三人の男がたちはだかった。いや、はだかろうとして体勢をととのえ、ダッシュした。そのとき、味方のハーフから、右のウィングにボールがおくられていた。右のサイドには敵のレフト・ハーフだけしかいなかった。シュートされたボールに、敵のキーパーが思いきり、体を横にして、飛びついた。が、球の勢いにおされて、キーパーの両腕が空中に高くはねとばされたように思う。肉体が叩き潰されるような音が聞こえた。ゴールめがけて蹴られたボールは短い距離なのにスライドがかかっていた。だからキーパーの両手はボールにふれながら、空中にはじきとばされ、ゆっくり弧をえがいた。

それで、ゲームは終わりだった。

ながい時間、電車に揺られて、家に帰ると、子供が熱をだしていた。彼が部屋にはいってゆくと、診察にきていた医者が、彼の不在をなじるように、けわしい目つきをなげてきた。そして、あとは、女房に話しかけるだけだった。医者が帰ると、子供は大声でなきはじめた。彼が帰ってきたからだろう。女房は子供をなだめおえてから、はじめて、「どこに行っていたの？」と感情をおさえた声できいてきた。「このどしゃ降りの雨の中？」彼は何か曖昧な返辞をした。が、どんな答えかは忘れた。「サッカー」といわなかったことはたしかだ。女房が無理に冷静をよそおっているのが、いかにも、芝居じみていた。女房は彼の返辞のないのを承知した上で、食卓の上に食器をならべはじめた。みすぼらしい彼の家庭に似つかわしいお芝居だ。女はなんにでも芝居じみようとする。芝居の調子で彼の感情をつきあげようとする。女と生活することは、芝居ぐらしをするようなものだ。あいつは日常生活と芝居を混同して生きている。それがながい間一緒に暮らしてきた女の愛の表現のように。

窓の下のむかいの女は、まだ立っている。いや、すこしずつ、小きざみに、体をうごかしている。女は街灯の光が闇に消えるあたりを二、三歩あるきはじめた。光の円周のまわりをゆっくりあるいて女は誰かを待っている。いつかは来るだろう、芝居の相手役の登場を待っている。

あの女を抱いたら、女の体から街のにおい、冷えた初夏の夜のにおいがするだろう。特にうなじに髪の毛がかかるあたり。くちなしの花がにおっている。いや、この街に花はない。あれは多分俺の胸のなかに抱かれた女の肌のにおいかもしれない。それとも徹夜で働く化学薬品工場の排気ガスのにおいかもしれない。

「おい、そこでなにぼんやりしてるんだ。窓をしめてくれよ。排気ガスの匂いが入ってくるんだ。さて、今夜も、とうとう結論がでなかったわけだ。あした、もう一日、考えよう。……」

「しかし、どう考えても、これ以上の答えがでるかね?」

「そういいなさんな。俺たち九人で、まだたいへんなことを見落しているかもわからん。一応、これで戦法も、コンディションも調べあげたのだが、どこかに網の目をのがれたものがあるかもしれない。明日一日、それを考えてみよう。」

ヘブリデス群島か、ルイス・ビル島。それもよいだろう。手製のツィード織りの極上等の洋服、それに、にしんの燻製(くんせい)、牧場の新鮮なミルク。そして、俺は一日中、暖炉のそばで、戯曲を読んでくらす。なぜなら、金をたんまりつかんだ俺には、もう、人生のお芝居が必要なくなったから。俺は戯曲が人生だと信じてゆくだろう。芝居は貧民のためにある。芝居は満足に屋根の下で寝られぬ者のためにある。俺は夏なのにセーターの襟をたてて、暖炉の火をかきたてる。それがルイス・ビル島の生活だ。

それにしても、どこかに、盲点がある、と、あいつはいった。どこかに見落しがある。俺達の学生時代のサッカーは必ず最後で逆転負けをくった。そのくせが身にしみついて、あいつはいつでも、どこかにぬかりがあるとくりかえす。用心ぶかいことが、あいつの生活信条になっている。

彼は友人のアパートを出る。階下の重い扉をおして舗道に出る。むかいの電灯の下にいた女は、もう、いない。舗道のどこにも女の姿はない。街は靄につつまれて眠りにはいろうとしている。人気ない舗道だけがつづき、塀にむかいあった家々の窓に忘られたように三つ灯りがともっている。そのうちの一つがすぐ消えた。あの女の部屋なのだろう。多分そうだろう。

歩きながら考えよう。ホイッスルがなる。ボールを左のウィングに効果的におくってゆこう。高いロビング・ボールが蹴られる。ボールに集中するパック力、凝集力。これがゲームに幾重にも綾をつくってゆく。マークせよ。マークをはずせ。マーク。ノー・マーク。パック力の差が時間の経過とともに、はっきりとあらわれてくる。ボールへの集中力。

じゃあ、どう、あらわれてくるのかネ、そのパック力の差は。前半、四十五分のゲームの経過を考えなおしてみよう。考えているうちに、家につくだろう。

彼はレインコートを肩にかけ、煙草に火をつける。それから、ゆっくり舗道を駅にむかって歩きはじめた。

九人の人たちが、どのような人たちか私にはわからない。彼らが、どのように、くじを当てたのかもしらない。まったく偶然にまかせたのか、それとも、考えて考えぬいて当てたのか。そのどちらでもあるようにも思えるし、どちらでもないようにも思える。当たったことよりも当てるまでの経過に興味を覚える。

『コレクター』(ウィリアム・ワイラー監督)という映画の主人公は、サッカーくじに当たって、田舎の古風な屋敷を買いきり、そこで、蝶の採集生活をおくりはじめる。蝶の採集は昔からの彼の趣味、というよりもう趣味をとおりこした、なにか生きる欲望のモチーフみたいなもので、彼は貧しい銀行員生活をしているときにも、田野で蝶を追うことだけに情熱をもやした。

庄野潤三氏が『婦人公論』にこの映画について書いているが、「もし彼がここで一生、ひとりで、あるいは結婚して家族といっしょに蝶ばかり集めて暮したというのなら、独創的な映画となったに違いない。」

同感である。

映画は、それまでで、後は、たいへんつまらなくなる。主人公の青年は屋敷の地下の穴倉に、ロンドンの美術学校の女子学生を誘拐してくる。美しい衣裳を女子学生のために用意するし、絵も描けるようにする。三度の食事は、彼が部屋まで持ってくる親切さだ。もっとも、娘のほうは地下室から逃げたい一心だから、主人公としては、片ときも目をはなすわけにはゆかない。

彼は貧しい家にうまれ、教育もろくに受けなかった。内向的な性格で他人ともつきあわなかった。誰にも相手にされなかった。

いつか、大きな屋敷に住み、美しい少女と生活を共にしたい、と、いうことを必死に考えはじめていた。それを忘れるための蝶の採集だったのかもしれない。サッカーの予想を懸命にくりかえしたのかもしれない。

地下室でふたりの若い俳優の演技がはじまる。これはみごとだ。男と女の心理と感情が、いかにも、地下室というシチュエーションのなかで、捕えた者、捕えられた者、願望する者、拒絶する者にたくされて表現される。男はなんとかして、女の愛を得ようとする。女はそんな男のひがみと自惚れと、歪んだ甘えと、ずうずうしさを、逆に利用して、男から逃げてゆこうとする。女は蝶の化身。私たちのあらゆる欲望のシンボルのようにも思える。

女は豪雨の夜、脱出に失敗して肺炎におかされ急死する。男は女の死骸を人目につかず処理した。他人は何も知らない。彼は次の獲物をもとめて、街頭で自動車の運転台から、美しく、若い女、第二の犠牲者に陰鬱な目差しをおくる。自動車が徐々に、第二の女に近づいてゆく。

原作はサスペンス小説だから、若い美術学生が脱出できるか、どうか、ということに主題をおいている。映画は、むしろ、地下室のなかの男と女の心理のかけひきに主題をおいている。

私はといえば、主人公が蝶を追う田野の風景と、彼の動作の真剣さ、そして、彼があつめた蝶の標本が、部屋のドアが勢いよくしまった反動で、いっせいに、翅をうごかす、それも、青、紫、紅、さまざまな色の蝶の翅がうごくのに感動した。それだけであった。それ以外は、どうも、やりきれない。

男は女に生いたちを語る。自分の性格を告げる。そして「私の愛を受けいれよ」と哀願した。

そんな絶望的な経過のなかで、愛が他人にうけいれられるはずはない。「私はあなたが好きだった。こんなことを言うつもりはなかった。いつか、ふたりから自然にこの言葉が口に出るのを待ちたかった。」という。待ちたかった、という気持はわからぬでもないが、自然に口に出るための準備が主人公には、心身ともにまったく欠けていた。彼は、その点では、ひたむきに強引、完全にオーバー・ペースだ。愛し愛される見込みのまったくない男と女。そのやりとりを見ているのは、虚しい。男優も女優もうまい演技者である。そのために、結末がいっそうはっきりわかってしまう。それが虚しいのである。辛い。ワン・サイド・ゲームを最後まで見ている辛さだ。というより主人公の青年は、はじめから恋愛の場に登場する資格がなかった。ライセンスを持たないアマチュアがいきなりプロのリングに上がり、思いきりうちのめされている試合のように、残酷きわまりなかった。

男は片意地なまでに、自分の生い立ち、自分の性格に固執する。それは、それでよい。そのような生きかたもあってよい。

たとえば、彼が変質者かと思われるほどに蝶のコレクションに傾倒する。珍しい蝶を採集している。そんな男がサッカーくじを引きあてた。私はそこだけが、たいへんリアルに感じられた。映画にはそこがない。それは、物語の提示部の役割をはたしているだけだ。が、物語の場は、そのような設定のなかに、悲劇というか、残酷劇の太い骨子を構えるべきではないのだろうか。それのほうが、ドラマにはるかに迫真力を与える。話はまさに現実の、私たちの話になる。

あれほど蝶に情熱をそそいだ人間なら、この映画のように、安易に、軽薄に、衝動的に女の愛を求めはしないだろう。むしろ、彼は蝶をじっと狙うように、蝶の性質を研究してきたように、サッカーの試合経過を練りに練って考えたように、彼が女性にむかうときの彼自身の性質やその他、彼のすべてを冷静に見きわめ、それから行動をおこすだろうと思う。彼自身の生きかたに周到な傾斜をみせてゆくだろう。

私は映画『コレクター』をみながら、念場ヶ原の秋の空を飛びかっていた、蝶の女王、ヴァネッサ・イオのことをしきりに思った。映画のたのしみである。映画は、ふしぎな空想力をかきたてる。暗闇のせいだろうか。男と女のむなしい戯れに似た会話と行為が、しきりに、私に蝶を追う夢をせまり、夢がとだえると、サッカーくじのことを思わせた。

サッカーくじに当たり、蝶を生活のうれいなく追いはじめたときから、男は、はじめて、男のほんとうの姿にたちかえるだろう。私はそんな男の姿を見たく思う。私はそんな男が好きだ。そんな男になりたい。

そうした情熱は、昔は、尊いものとされていた。だれもが、そうした情熱を心のなかに抱いて、表面はさり気なく生活していた。だれもが、その情熱にむすばれて、なにも、理解とか、尊敬とか、愛という言葉を口にしないで、目と目がふれあったときに通じあうものがあった。そこから思いやりと、いたわりの感情がうまれた。ひとつことを飽きずに、くりかえし、くりかえししながら、人びとはそれが生活であれ、遊びであれ、昆虫採集であれ、そこからなにかを学びとっていった。学ぶというより、肌で感じとっていった。肌で感じとったものだから、うまく言葉に表現できなかった。それでも、人びとは理解しあった。おそらく、目にみえないものが媒介となって肌に流れてゆくものを感じあった。感じあうものを、たがいにいつくしみ、それが、もっと大きな成長をとげてゆくことを無言のうちに協力した。暗黙のうちにかたい了解があった。

私は少年時代に、よく、東大のグラウンドでサッカーを見た。サッカーにかぎらず、ラグビーや陸上競技の基礎的知識を、ほとんど東大のグラウンドで学びとった。

家が本郷にあったから、東大は、適当な運動場であったわけだ。親しい友人もなかったし、家庭は女手ひとつでやってきたことが自慢の母が、常に独裁的専制主義をたてまえとした運営をつづけていたから、私は東大の構内にはいると、はじめて、快い解放感と明るい孤独感にひたれた。グラウンドの奥には赤煉瓦づくりの建物を背景にして、ヒマラヤ杉が横一列に立っていた。その緑と赤のコントラストを更にひきたてるようにセメント漆喰（しっくい）の色が目にはいった。建物本来のもつ赤さを正確に映えさせるために、白い漆喰がはめこまれているようであった。

私は土手に腰をおろす。

グラウンドでは、ゴールにむかって、フォワードが波状攻撃をかけている。三人のハーフ、そして、二人のフル・バックが、体あたりのチャージをかけてゆく。ボールはこまかいパスでフォワードの間をめまぐるしく転送され、あるきっかけをさかいにして、地を匍（は）うようなシュートがゴールめがけてはなたれる。練習は幾度もくりかえされた。

今でも、ふしぎに思えるのだが、私はその練習しているチームの主要メンバーの名前と顔を正確に記憶している。記憶しているのがふしぎなのではない。どうして、私が彼らの名前を知ったのかがふしぎなのだ。

二宮、播磨、賀茂兄弟、ゴール・キーパーは佐野、すると、これは昭和十一年冬か十二年初春のことか。ベルリン・オリンピックの年か、その前年。寒い日日であった。いつも曇っていた。鈍色の雲のはてから、太陽の光がさしこむことがなかった。石の柵にかこまれ、細い木々を植えこんだグラウンドには夕べの色がただよって、雪の降るのを予感させるように、雲は薄く灰色にあかね色をにじませていた。その下で、選手たちは休むことなく、ゴールの寄せをくりかえした。そして、誰かが高いロビング・ボールを蹴りあげると、ボールの反響がいつまでもグラウンドにこだました。そのこだまが遠い建物からかえってくるなかで、選手たちのかけ声が冷えきった空気を突きやぶった。

彼らの顔と名前が一致するのは、私は、グラウンドに一番近い石塀にもたれて、彼らの動きを見ていたことになるのだろう。遠い思い出のなかでは、その石柵もなかったような気もする。私はペナルティ・エリアすれすれの所にでも立っていたのか。選手は、ゴールの寄せをくりかえす合間に、互いに、他の選手の名前を呼びあった。

彼らが全日本のピック・アップ・チームであることは、その動きが、すくなくとも少年の私にも、今までに見たことのないほどシャープであったこと、スピーディで、体の動きに異様な速さと重量感があったため、わかったのではないだろうか。東大グラウンドで、かなりのサッカーを見てきたが、この時の十一人は、たしかに、異様な、名選手だけが持つ、あの体全体から発散する眩ゆい光、目にみえぬ透明な光、しかし、光とか輝きというよりほかないものを、強烈に感じさせた。曇り日なのに、彼らのまわりだけは光があふれていた。天の角から大きなスポット・ライトの光が彼らを浮かびあがらせていた。

私の横にも多くの人が立っていた。彼らのうちの幾人かは、メガホンを口にあて、選手の動きに、ひとつひとつ大声で注意をあたえた。そのつど、選手の名が呼ばれ、呼ばれた選手はプレーにひとくぎりがつくと、メガホンの指示にこたえて手をあげ、了解のしるしに、幾度もうなずいたりした。全力でボールを追い疾走する選手は、急ブレーキをかけて両足をふまえ停止する。と、その反動を利用してくるりと体をひるがえし、斜め背後に、あるいは前方にダッシュしてゆく。むろん、ボールの移動にしたがっての動作である。

しかし、ゴールへの寄せは、たしかに、浜辺、それも広大な浜辺にたち、汐風にはげしく頬をうたれながら、幾つも幾つも湧きあがるように白い翼をひろげながら押しよせてくる海のうねりを見ている光景をおもわせた。あるいは、野に立ち、野のはてから、吹きよせる風に、草がいっせいになびき、風のすぎてゆく勢いの強弱によって、草のある部分は光り、ある部分は翳り、光は更に光をくわえ、影はますます翳りをふかめ、やがては野の草が一面に光と翳りの交錯につつまれてゆく光景を連想させた。

私は幾日も、幾日も、彼らの練習を見にかよった。彼らの練習は、いつも、午後三時頃からはじまり、夕方、あたりがすっかり暗くなるまでつづけられた。選手たちの動作は、少年の私から見ても一日ごとに、より敏捷に、鋭角に、そして、重量感がつのって映った。たとえば、トラッピング、あのオフサイドすれすれの瞬間を狙う攻撃方法も、しだいに、寄せのタイミングがせばまっていった。一日に、〇・〇五秒くらいずつの時間で上達してゆくようであった。

グラウンドがすっかり夕闇につつまれる。闇のなかに選手がひとりずつ消えてゆく。私は彼らと別の方向に帰ってゆく。

私は家につき、食事をすませると、ノートをとりだし、彼らの動きを点と線で描く。点と線、そして、私にだけ理解されるなにかの記号、それらを交互にうごかしながら、私は昼間みたサッカーの動きを連想した。連想は私が実際にみた練習場の、空気の冷えた重み、その重みを破る選手個人個人の体臭や、体が空気の層をつきやぶる衝撃音を欠いていたが、そのために、かえって、選手の動きを敏活にスムーズにした。選手は私の思うように動き、ボールは軽快に、鋭く地を匍い、あるいは、極めて低い高さで、そう、地上二十センチあまりの高さで、加速度をくわえてゴールめがけて飛んでいった。ゴール・キーパーは、そのたびごとに、身を挺して、飛びついて、ボールをはたきおとした。

空想のプレーは、空想にふさわしい色彩をもっているのかもしれない。そこでは、空がいつもあかね色に薄くにじんだ。選手たちは白い清潔なパンツに、黒のジャージーを着て、だれもが眉目秀麗な凜凜しい青年になっていた。彼らの体のひとつひとつを想いうかべ、その体の秘密をさぐりあてることは、少年の私にとっては、たいへんにむつかしいことであった。また、そのような欲求も感じなかった。欲求がどういうたぐいのものか、ということもまだ、わからなかった。わかっているのは、しだいに昂まってゆくサッカーそのものの魅力であった。

それから後、私は少年期をおえた頃から、かず多くのサッカー試合を見たが、実際のゲームは想像のゲームよりも迫力を欠いていた。選手の動きにシャープさがなかった。プレーの展開にひとつ張りがなかった。弓をぎりぎりに引きしぼるとき、全身で受ける張りみたいなものが物たりなかった。思いつめて、思いつめながら、どこかで甘さを感じさせる少年や少女の思いつめように似て、こちらから全身で受けとめてやろうという気になれる体験の重さ、とでもいった手ごたえがなかった。

日本の国内で見られるサッカーが未熟だったのか、そしてサッカーを見る私自身の未熟さ、理解力の浅さ、むきだしの感受性、そうしたものが障害になって、私はサッカーというと、きまって、少年時代の空想のサッカーにだけ魅力の源泉を仰いだものである。

私は、そんなサッカーの空想をしている私自身だけに、ひそかに愛着をもっていたのかもしれない。なぜなら、その頃、私は愛する対象をなにも持たなかったから。いや、愛する、ということを、ついぞ知ることがなかったから。私は情のうすい少年であった。家族に対して、友人に対して、つねに固く殻をとざしていて、心のうちを語りかけるすべを知らなかった。他人の愛をもとめることにかけては、おそろしく貪欲でありながら、極端に排他的に自分に執着するだけで、私は、他人からの語りかけに、最後まで、答えることがなかった。

他人に対しては素直で、従順な態度をとっていたが、自分には片意地であった。他人の言葉はよく聞いていたが、それは、大部分が自分に関係ないことだと思っていた。それに比例するように、自分のことを、いっさい他人に語らなかった。勉強の成績がよかったのは、私が勤勉であったからでなく、成績のよいほうが、誰にも、あたりさわりがないからだろう、と、単純に考えていたからだった。親にも、教師にも、友人にも、おつきあいの上で、そのほうが、なんとなく無難に思えたからだった。そのかわり、勉強をし、成績をよくし、よい学校にはいることに、精一杯の努力をすることは、自分の良い加減な処世術を悪く伸ばすだけの効果しかないのだろうと考えた。

多くの人が私を勤勉な少年と思いこんでいたころ、私は、ひそかに、東大のグラウンドで、毎日、夕暮れまでサッカーの練習を見ていたのだ。

昭和十二年。ベルリン・オリンピック。日本のサッカー・チームは強敵スウェーデンに逆転勝ちをする。日本中のだれもが予想しないできごとであった。

私はそのニュースを、房州、御宿の海岸で聞いた。夏休みで、知人につれられて、そのオークル・ジョオン色の砂浜のゆたかなうねりとひろがりで名を知られた海岸に避暑に来ていた時である。

ニュースを知らせてくれたのは、海岸で毎朝、顔を合わせていた若い女性である。

「シュートをしたのは、二宮かしら、賀茂弟かしら？」

そんな選手の名を知っているので、女性はちょっと表情にとまどいの色をみせたが、

「今日、将棋をしにいらっしゃいって、あなたを呼びにきたの」

と、用件をいった。

彼女ははじめに海岸で逢ったとき両国の病院の娘だと自己紹介をしたが、別荘に同行している叔父さんという人との組合わせは、なにか通常でないものを、少年の私にすらすぐ感じさせた。叔父と姪という密接な肉縁、血のつながりよりも、むしろ、すべてを理解し、探りあったあいだの男女の、ひらけきったために生じるゆたかな、濃い契りといったものが強烈に匂った。それでいて、その契りのなかには、当人同士でしかわからぬ密度のたかい空気のつながりができていて、私は好奇の目で、まるで万華鏡のふちを

ぐるぐるまわして、中に映る色紙模様の変化をのぞくように、ふたりをめぐる空気の色の変化を感じとるほかないように思われた。私がある朝、地引網をひく海辺で彼女の呼びかけに応じて、口をかわしたのは、そんな雰囲気を自然に彼女がさりげない言葉に仕草に身につけていたせいかもしれない。

私の万華鏡のなかでだけ、その女性は、小麦色の肉付をもち、爽やかな感情の流れを私にそそいでくれた。私は色とりどりの色片でつくられた、そうだ、キャラメルのさまざまな箱の断片でくみあわせた女性として、彼女を見ていた。薄青い鏡の地色の上に、色彩はいくつもの時に応じた彼女の像をつくりあげた。

私は、もともと、万華鏡のように脆く、崩れやすく、人工的なものに弱い。そのあやうさに容易にひかれてゆく傾向をもっている。あやうさのなかに、強烈な生命の輝きを発見しやすい。

彼女の叔父という人と、彼の別荘で将棋をさした。彼女は私たちのかたわらでメロンを切り、冷たい飲物を用意する。私は定跡どおりに駒をすすめてゆく。叔父さんは、定跡をしらない。一手一手に破綻をみせてゆく。ひまつぶしの将棋なのである。私は、なぜか、頼りない中身のない勝利感を味わう。押えようもない憎しみをおぼえる。「やる将棋ではなかった。」私はいらいらして呟やく。むろん、声は口のなかで消えた。私は窓の外の海のほうに目をむける。海は青く、外界のあらゆる色彩を吸収するようにひろがっている。あの青さは、なにかの誘惑のシンボルではないか、と、私は感じる。そのとき、突然、私は姪だという若い女性に、あやしい誘惑をつよく感じはじめる。たぶん、私が長い間、見ていたサッカー練習のように、くりかえし、くりかえし習得しながら身にそなえてゆくもの、体でしか感じとれないもの、敵のイレブンのあらゆる動きに応じて変化してゆく体のうごき、そんなものにひかれる誘惑とほとんど同一のものを、私ははっきりと感じとった。

叔父という人は海岸にほとんど出ない。出るとしたら夕方だけである。それ以外は終日、風とおしのよい縁側に籐椅子をだして、本を読んでいる。あるいは、本を膝の上にひらいたまま、椅子に体をのばしてノートをとっている。本の表紙にはグンドルフ著『シェークスピアとドイツ精神』と書いてある。本を読むときには眼鏡をはずしている。眼鏡をはずすと、痩せた顔つきにきびしいものがゆきわたる。口から頬にかけて、ひげのそりあとを中心にして、青白い艶がひろがりはじめる。眼のへりに、大きくしわができてくる。本を読みつづけるためうつむいたまま、卓上の煙草を口もとにもってゆく。時折はげしく咳きこむ。長身のからだを折りまげるようにして肩ではげしく息をととのえる。

「なんだ、君か。いつ来ていたの？」

声をかけられたのは私である。背をむけたままの叔父さんの籐椅子ごしに海が見えている。風がつよい。波頭が沖の方で白く光る。

「君は大きくなったら、なんになりたいのかな」

私は、なんか、ためされているのだと思う。彼は、私の万華鏡の秘密を知っているのではないか。返辞をためらう私のちょっとした上気と動揺をすかさず捕えた、という安心感が、背中いっぱいにひろがっている。浴衣（ゆかた）をとおして、骨格があらわに見える背に、私は淡い憎しみをおぼえる。私の知らぬものを悠悠といつくしみ、育てあげた背中、私とはあまりにも距離のある肉づきのうすい背中に、私は冷たいものを覚える。彼の黄白色の皮膚は、赤褐色の私と、ちがう世界に育った人のものだ。

「サッカーの選手。それもオール・ジャパンのです」

「サッカーか」

彼は本のページをくる。

「私もよく見た。あれは面白い。ヨーロッパの国々では、サッカーの試合に何万と人があつまる。五万、六万、いや七万ちかい人が大きなステーディアムにやってくる。老人も、子供もいる。大試合のときには、ほとんど、国をあげて熱狂する。私はウィーンでも、コペンハーゲンでも、ブダ・ペストでも、ブレーメンでも、ずいぶんゲームを見たもんだ」

彼は、そこで本から体をはなして、私のほうにむきなおる。

「日本では野球がさかんだろう。それが、ヨーロッパではサッカーになっている。君、世界中で、どのくらいの人間がサッカーをたのしんでいると思う？」

「わかりません」

「約三億だといわれている。三億人という人間の数を想像できる？」

「できません」

「できないだろうね。それらの人達が、小さいのは町の中のサッカーから、大きいのは国際試合に血道をあげる」

「日本のサッカーからは、想像できません」

「血道をあげすぎて乱闘がはじまる。大観衆がグラウンドになだれこむ。警官が出動する。軍隊が鎮圧、取りしずめるために駆けつける。つい先日もトリポリというところでおこった。現地にいたイギリス海軍と現地人が乱闘した。催涙(さいるい)ガスを使って乱闘をとりしずめたそうだ。トリポリという所を知ってる？」

「レバノンの港でしょう」

「トリポリなんて所は学校の地理でも習わなかっただろうね。ふだんは平凡な商業都市でね。町中が白っぽく光っている」

「行かれたことがあるんですか」

「イランからトルコへ出るとき通っただけ。暑い。あそこは無性に暑かった」

「トリポリではサッカーを見ました？」

「いやそれ所ではなかった。五年間、ヨーロッパにいた疲れが、いっぺんに暑い国の旅行でふきだしてきたんだ。僕は旅行中熱にうなされつづけだった。体の悪くなる前兆だったんだね。すっかり体をこわしてしまった」

「どうして、むこうではサッカーが人気があるんですか」

「それは、素晴らしいゲームばかりやるからだろう。人びとを感心させつづけるのさ」

「ちょっと、想像がつきません」

「大きくなったら、ヨーロッパへ行って、その目で本物を見てきたまえ。そうだ、君はサッカーの選手になるって言ってたな。いや選手になって行けばよい。むこうでは、今、イタリアがめっぽうつよい。どの国も歯がたたない。イタリアには優秀なタイプの選手がいっぱいいる。何千円という金をとる。それと南米の国々ではないかな、強いのは」

それから、彼はサッカーの歴史を語ってくれた。

昔、ヨーロッパでは都市と都市とで大群衆が動員されて、ボールを相手の都市の城門のなかに蹴りこむ行事をやった。都市の全員が一つのボールをめぐって、攻める者、守る者が一致団結して、敵の城内をめがけて突進した。

一つのボールの帰趨（きすう）は、それらの都市、都市の間で解決せねばならない政治や経済や宗教や外交（交渉）のすべてを決定する約束になっていた。むつかしい経過をたどって、いつも難航してラチのあかない問題、都市同士の利害や発展や、いや存在そのものをボールの蹴りあいできめていった。ボールのゆくえによって、ある国のある都市は専制君主制になるか、自由な民主制になるか、専制や民主の市民権はどのような様式をとるのか、そのような問題に結びついていった。

サッカーには、だからヨーロッパの市民の生活が直接結びついていった。

それから、また、日本のスポーツの歴史についても語ってくれた。

日本のスポーツ、明治以後の外来のスポーツをのぞけば、そのほとんどが農耕生活、田の農作を願う祈りの感情から出発したことを説明してくれた。

「田の上にごろごろ寝て、体にいっぱい稲の穂がつくと、その年は豊作だと考えたり、東の村と西の村のどちらがゆたかな収穫にめぐまれるかとうらなうために相撲をとらせたし、幾頭かの馬をはしらせて、その勝負の結果で、その年の月月(つきづき)の吉凶をうらなったりしたんだね。国技館の相撲はそれが後世に残ったよい例なんだ。そのうちには、そうしたスポーツに、娯楽をたのしむ要素が大きくはいってきた。田の豊作を願う気持と、ちょうど、芝居を見るたのしみとがいっしょになってくるのさ。相撲の梵天(ぼんてん)とか、手数(でず)入りとか、芝居の花道などというのは、その相撲と芝居がうまく混じった名残りなんだ。それから四本柱もそうでしょう。あれはいろんな神様の象徴。むつかしい信仰感情を、やさしく相撲という型であらわそうとしたわけだね」

彼は、いつのまにか、眼鏡をかけなおしている。籐椅子の上に全身をのばしている。頭の下に両腕をまわしている。浴衣の裾がわずかにはだけている。型のよい足指が、籐椅子の先から外にでている。

この足がヨーロッパの国々の土地を踏んできたのだな、と私は思う。この伸び伸びと育った体、しかし中年の男らしい脂肪がうすくのった体の持主が、ヨーロッパの都市、都市で、サッカーの試合を見てきたのだなと思う。七万の大観衆。その中の一人。この体には、ゲームに酔った大観衆の名残りがしみついているのかもしれない。名残りのなにかがにおってくるように、私は錯覚する。

私の知らない法悦を、この体はどこかに体験したまま、ひそかに隠しもっている。彼はそれをいつくしむように、時折、掌の先で愛撫している。自由都市、ブルジョワジイの形成、地中海の重商主義、信仰の象徴、そんな言葉は消え、言葉を語る彼の声の乾いた、しかし、いかにも重味をもった響きだけが耳にのこる。

夕方の散歩の時がくる。

私たちは岬の先端にある丘にのぼる。夏草の強烈な匂いがたちこめる。花茨(はないばら)の咲く崖道をあがってゆく。真夏の太陽を思いきりあびたあとのゆたかな生命力が崖道にゆきわたっている。草のかげで虫がないている。私たちの草を踏む足音にもきえずに虫がなく。

「ほら、今日はもう丘の上まで上がれるようになりましたものね」

姪は、崖道のまわりかどで立ちどまり叔父の手をひく。叔父は右手でステッキをつき、左手を姪の手にたくしている。姪は叔父の手を強く握りしめている。

「もう、すぐ、体がもとになりますものね。そうしたら、いろいろなことができますもの。秋になったら、またお仕事がはじまるのでしょう」

「今度は君にも、世話をしてもらいぱなしだから」

「そんなことありません。私は、たのしくて、お手伝いしたんです。そんなことより、体がよくなってゆくのが嬉しい。毎日、あ！　昨日は、ここまで歩けた、今日はここまで歩けたと、私は、歩きながらそれが、どんどん延びてゆくのが嬉しいんです。ほんとうに私たちは生れかえってゆくようですものね」

私たちは丘の上に立つ。丘はそのまま海を見下ろす。メキシコの遭難船員を日本漁夫が救ったことを感謝する記念碑が私たちの傍らに立っている。海は茜色、暗い紺青色の縞が海面にいくつもできている。風が吹きすぎる。姪は裾を風にとられないように、右肢（みぎあし）の上に掌をあてている。彼女の小麦色の掌に私は視線をそそぐ。熱いものを受けた掌は細い輪郭をはっている。小麦色の肉体にはげしい生命のはびこりを見る。

「風が強すぎますね」と姪は言う。

私たちは風にむかって両足をふんばる。

大きなバッタが飛びたつ。バッタは私たちの足もとから、はじめは海にむかったが、風にながされていったん高くあがり、しばらくその姿勢を保っていたが、やがて、落ちるように丘の右手にきれていった。私たちは黙ってそれを見つめている。海にうねりが出はじめていた。

姪はふたたび叔父に手をかす。叔父は肩で息をととのえた。

私は、なにかが終わったのだと思う。心の中で大きな音をたてて、巨大な影が崩壊してゆくのを痛いように感じていた。サッカーも、ヨーロッパの国も、小麦色の掌も、私にはついぞめぐりあえないであろう。それだけが、正確に実現するだろう。私の東大グラウンドのサッカーなどは他愛ないものではないか。東京の片すみ、ひとりの少年がサッカーの練習をあきずに見ていた。それだけの事だったのである。私の目の前には、世界のビッグ・ゲームを見てまわった人がいる。その人には小麦色の肌をした女性が寄り添っている。

その夜、ラジオのオリンピック放送がニュースで伝えた。簡潔なものであった。

「日本のサッカーは先に強豪スウェーデンを破り期待されましたが、第二回戦イタリアと対戦、8―0と善戦むなしく敗れました。」

雑音の多い鉱石ラジオが善戦むなしくという箇所だけを強調したように聞こえた。日本のサッカーがまけたのはどうでもよい。私が毎日見にかよったサッカーが敗れたことが私もまたなにかに敗れたと宣告されたようであった。私自身の敗北、そんなパセティックな感情にうたれて、私はスイッチを切った。誰も私を知らない。誰も日本サッカー・チームの敗北に一顧を与えない。

私は東京に帰り、平凡な中学生にもどった。一年の秋の新学期からは、それぞれ、なにかの部に入らなくてはならない。私はサッカー部に届けをだしはしたが、結局、第一日目から顔をださなかった。私の入部にしこりとなったものを、私は承知していたが、理由は、最後まで病弱ということでおしとおしてしまった。ひとりで野を歩いた。

戦争が終わると、色々な国の色々なスポーツ・チームが日本を訪れるようになった。むろん、サッカーもやってきた。どれも、これも、日本チームを木ッ端みじんに粉砕しつくして去っていった。善戦むなし、と、はじめ書いていた新聞も、やがては、完膚なきまでに叩きのめされる、と書くようになった。基礎から根本的に叩きなおさねば、という談話がかならず記事の最後に申しわけのように書き添えられていた。

コリント、グラスホッパー、ダイナモ、彼らは縦横にグラウンドを駆けめぐり、ほんとうに任意の時を選んで、遠くから、左から、右からシュートを放った。シュートが放たれるときには、きまって、日本のゴール前はキーパーひとりをのこして、がらあきの状態だった。日本は前半の四十五分は健闘する。執拗にボールにくいさがり、果敢なチャージをみせる、が、後半になると、思う存分、海外チームに遊ばれてしまった。選手たちは心ははやっても、体がいうことをきかなくなるのが、スタンドからもはっきりわかった。サッカーというより、九十分間の長距離レースを見ているようであった。日本選手がばたばた追いぬかれ、くたびれきって路上にうずくまってしまう、そんなゲームの連続であった。

その頃、ひそかな慰めは、イギリスのニュース映画であった。このニュースは巻末に、かなりの時間をさいて、イギリス国内のビッグ・ゲームや、ヨーロッパの国際試合を上映してくれた。それはサッカー、ラグビー、競馬、ボートとさまざまなヴァライエティにとんで、毎週毎週、観客をたのしませてくれた。私はいっしょに上映している劇映画の映写中は、外の廊下で本を読みながら待って、ニュースのときに中にはいる。そんなことをくりかえした。

戦後、そう昭和二十五、六年の頃だったろうか、イギリスとイタリアの青年（たしか二十歳未満の者たち）の国際試合があり、イギリスの青年がびっくりするほど鮮やかなバック・キックを放ったのを見たことがある。

イタリアのハイ・ピッチの波状攻撃に耐えかねて、イギリスのバックスが、自陣のゴール前で動きをまったく封ぜられてしまう。かさにかかってイタリアはシュートをはなつ。一本、二本、三本、イギリスのキーパーとフル・バックが右に、左にボールをはじきかえす。と、四本目が前方につりだされたキーパーのまうしろから放たれた。しかし、完全にゴールがなったと思う瞬間、信じられないような奇蹟が起こるのである。

イギリスのキーパーは背後に頭から倒れながら空中にきた足でボールを蹴りかえす。

イタリアはゴールがなったと思う。だれもがそう思う。しかし、その瞬間の隙が、攻撃側のリズムとテンポを一挙に崩壊に導いてしまう。キーパーから蹴りかえされたボールは、イタリア攻撃陣の頭上をこえ、イギリスのウィング・フォワードの直前に落下する。

攻守の状況が一瞬に逆転する。

イギリス・チームはそれまでに防禦（ぼうぎょ）一方に追いまくられて、ためにためていた力を、いっせいに攻撃に注入する。ボールを受けたウィングから、右のインナーにすばやいスルー・パスがおくられる。その時には、完全にイタリアのマークをはずしたセンター・フォワードが三人で攻撃隊形をととのえる。

あとは、イタリアのゴールめがけて殺到すればよい。

また、チェコとドイツの国際試合では、こんなこともあった。ドイツが左隅からのコーナー・キックをえた。コーナー・キックというのは、わかりやすく言うと、野球のホーム・ベースの上からボールを蹴り、サード・ベースの上にあるゴール（ただしセカンドの方をむいている）にむかってボールを蹴りこめばよいのである。ふつうは、そのゴールの前の味方にロング・パスを蹴り、パスをうけたものは、そこからゴールに蹴りこむ。あるいは、ヘッディング、頭でボールをうけて、そのまま敵のゴールにボールをいれてしまえばよい。

が、ドイツの選手は、左足のくるぶしと足の甲をうまく使って、ボールに独特なスライドをあたえる。

蹴られたボールは、蹴られた点から十度位の角度をとって普通の高さより、ちょっと高くとび、ゴールまぎわで円弧をえがいて左にカーブを切る。ゴールをまもるキーパーは素早く、身がまえて、ボールの落下点の延長上に立ち、ボールをとらえようとする。が、カーブを切ったボールは、キーパーのちかくまでくると、更に、角度をつけて左側に大きくスライドしてしまう。キーパーの目測は完全に狂ってしまう。彼の斜め右上をボールは急速度でゴールにむかって落下してゆくのだ。

ボールを蹴る瞬間に、足の甲で独特なヒネリとスナップをあたえるのだ。しかも、ボールはゴールに入らねば意味がない。ボールの飛行する高さも高すぎてはスピードを失う。低すぎては、敵にボールをとらえられてしまう。そして敵のキーパーの目測を狂わすスライドとスピードの変化を持っていなくてはならない。

敵味方、十四、五人の選手がゴール前にたちはだかる。その間隙をぬうようにして、ボールは定められた軌跡、それ以外には、どうしてもゴールを狙えない高さと距離をたどりながら、空中を飛行するのである。

むろん、それらはゲーム中の些細なボール処理のひとつの技術のあらわれでしかない。サッカーのおもしろさのひとつではあるが、サッカーの真のおもしろさではない。

サッカーの魅力はスピードである。流れるように、息もつかせず、十人の選手が攻撃をくわえてゆく、その隊形、そのフォーメーション、その展開の変化の様相である。十人の人間が、十一人の人間の防禦態勢にさえぎられながら、ひとつのボールを中心にして、無限に攻撃運動をくりかえしてゆく、そのスピードとリズムと力強さ。いわば、走る人間、蹴る人間、ダッシュする人間、走りながら急激に方向をかえ、しかも、執拗にボールをキープしてゆく人間、そうした人間のあつまりが、ボールを敵のゴールにいれるという、まことに単純な目的のために、テンポをオフ・ビートしたり、フォーメーションをさまざまに変えながら、しかし、常に、一定の法則を保ちつづける。流れる時間のなかで、一瞬一瞬に、運動方向と法則に変化を予約してみせる。ひとりひとりの人間のあらゆる意志と力が時間感覚になって、グラウンドの上を流れ去ってゆく。

一定の法則が芝生を敷きつめたグラウンドを支配する。法則というより、十一人の動きが、時間と空間を秩序づける。いかなる妨害にあっても、十一人の動きが散乱したようにみえながら、実は、一つの意志によってしっかりと結びつけられて、ボールを敵のゴールに蹴りこむという目的のために集中されてゆく。

強い、と、いわれるチームの攻撃を見てみよう。

そこには常に音楽がある。強弱長短のはっきりあらわれた律動がある。律動を生かしも殺しもするのが選手個人個人の素質と修錬である。遠い沖合で波がおきる。波はうねりを加え、上下の高低に奇妙なアンバランスを保ちながら、押しよせてくる。右から、左から、波頭を白くたて、浜にせまり、最後に一挙にぴたりと一線上であらゆる波の力を最大のうねりと化して、青白い牙をたてて、浜に真向から襲いかかってくる。そして、浜の奥ふかくまで波をゆきわたらせ、力強く砂の上のあらゆるものを引きさらって、沖にひきあげてゆく。小刻みに波がたちはじめる。はじめの波は次の波を呼ぶ。この運動がくりかえされ、次第に力をましてくる。第二回の攻撃がはじまろうとする。

私たちは浜にたち、沖から寄せてくる波のなかに、波の運動の量と力を強く推進しているいくつかの点を見出すだろう。その点をむすびつける線を発見するだろう。

私たちの日常の生活にも、あるいは集団の生活のなかにも、いくつかの主要な点と線がかくされている。個人の場合には、それが、日常の出来ごとを処理する思考や行動の基点となり、点は拡散して、ひとつの運動を導きいれる線となっている。

十一の点は、目まぐるしく前後左右に動き、数えきれない無数の線によって互いに連繫して、敵の十一の点と無数の線と交錯し、時にもつれ、時に切断され、ある目的をはたそうとする。そこに運動のもつスピードとリズムがうまれる。たとえば、パスをうけて、敵の間隙をついて前進する点は、常に、四点以上の味方の点と連繫のつく延長上にあらねばならない。すくなくとも、それが望ましい。もし、それが不可能なときは、味方の十一の点は一挙に動きを停止してしまうであろう。動いたとしても死んだ動きにすぎないであろう。むしろ、敵の十一の点の動きを一層、敏捷に、活発なものにするだけの役割しかはたさないであろう。

しかし、それだけがサッカーではない。

秩序と法則、点と線、体力と精神力、そうしたものの運動がみせる、迅速に消滅してゆく美しさ、あわただしく誕生する美しさ。運動の量感、スピード感。須臾の間の生命の充足と拡散。それらの無限の連続。

私はこんなことも考える。

アメリカではサッカーも、ラグビーもさかんでない。

さかんなのは、アメリカン・フットボール、野球。それにゴルフ。

いずれもゲームの合間合間に時間を必要とするスポーツである。合間はスポーツをスポーツとしてたのしませるよりも、むしろ、ドラマとしてたのしませる傾向に人を持ってゆく。合間の、間のとりかたに、選手はいろんなことを考える。彼の日常の倫理がすべて投入される。間をいれることで、ゲームはしだいにクライマックスにちかづいてゆく。観客はそれをたのしむ。実際、無雑作にポン、ポン、ポンと投手が投げて、打者がバッティング・マシンのように、そのボールを打ちかえしていたのでは、およそ、つまらない野球になってしまうであろう。

反面、間の取りかたに、不必要な選手の思いいれが入ってくる余地をのこしている。プロのように、見せることが第一条件のスポーツでは、その傾向が特に強調される。スポーツとしての要素よりも、芝居としての要素がどうしても強く要望されるわけである。

野球やアメリカン・フットボールは芝居の伝統のない国が作った、土や芝生のうえの、脚本も背景も、ストーリーも必要としない単純な芝居ではないだろうか。演劇の文化的基盤のない国、それがプロ野球をたのしむ。スポーツとしてでなく、ドラマとしての野球を。それも素人の三流芝居を。

日本のプロ野球も、この傾向を追っている。戦前のプロ野球は、むしろ、技術的には何の取柄もないくせに、いたずらに大衆的人気だけを博して大見栄をきることに専念していた大学野球のだらだらした試合はこびに対抗して、スピーディに行なわれることに特色があった。それが今は、思い入れ専門のドサ廻り芝居になりさがってしまった。テレビの悪い影響だろう。

演劇といえば、サッカーに関して、私にはこんな経験がある。

イギリスのマイケル・ベントールという人が演出した劇団「雲」の『ロミオとジュリエット』を観たときのことだ。例の有名なバルコニーの場。

舞台には青と緑の光があふれている。右手にジュリエットの立つバルコニー。蔦がからみ、白い木柵がついている。その下にロミオが立つ。

「静かに。あの窓から洩れる光は？　あれは東。ジュリエットは太陽。昇れ、美しき太陽。あの妬み深い月を葬ってしまえ。悲しみのあまり青ざめている月を」

そして、ふたりのせりふのやりとりが行なわれる。

ロミオ「ここに立っていよう。それが想い出せるまで」

ジュリエット「それなら忘れてしまいましょう。いつまでも立っていていただけるように。お傍にいられる喜びのほかに生き甲斐のないことをくりかえし想い出しながら」

ロミオ「いつまでも立っていよう。あなたがいつまでも忘れていられるように。このほかに住む家があることをすっかり忘れて」

ロミオとジュリエットは全身で動く。それはチャスラフスカやムラトワや、アスタホーヴァの体操を見ているようだ。全身のバネがいかされ、筋肉がつかわれ、およそ人間の体の想像できる限界まで力がうごく。そして、せりふは、早いリズム感をもって、語られる。早いが充分に抑揚とストレスが利いて、人間の呼吸そのもの、血の動きを言葉にしたように、魅力にとんだ爽やかな、律動をつくりだす。

観客席はしずまりかえって舞台のテンポ、演技のリズムに耳をすます。ホール全体に力づよいものが支配しはじめる。観客席に感動がゆきわたる。

私たちは子供の頃から知っている。『ロミオとジュリエット』のストーリーと主題を。イタリアの古い名家の確執。その家の娘と息子の恋愛。と、いうより悲恋。登場人物たちがかわす言葉の暗示と比喩のゆたかさ。ニュアンスの色どり。ついに稔らなかったふたりの若い男女の想いのかずかず。

そうした、きまりきったパターンのなかで、予定されたコースをたどりながら、劇は進行する。誰もが安心して、舞台をみつめる。

しかし、安心はやがて意外な衝撃とかわってゆく。

舞台にはリズム、肉体の、言葉の、感情のリズムがみなぎる。俳優の肉体の動きはたえず変化し、時には身体が大胆に伸び、屈曲し、跳躍し、それにともない、言葉がシンコペーションの作用をともなって、調子と強弱を抑え、伸ばし、高まり、そして、なによりも、囁くように音量をしぼり、しかも、潤い、漏れ、不意に透明に輝いて、劇の骨格を、主人公たちの感情の起伏を、あきらかにしてゆくのである。

私たちは耳をすまし、体を前にのりだして舞台をみる。劇の進行をつかさどる時間の小刻みなリズムを正確にとらえよう。とらえないかぎり、舞台の上のあらゆる量感、色彩、装置、そして、俳優、なによりも、ドラマをとらえそこなうであろう。そんな危惧の念が不意に襲ってくる。

淡いオレンジ色の光。黄と緑に燃える夜の光。ジュリエットの白い衣装が、その光のなかに、彼女の体の半分を浮かびあがらせる。ジュリエットの伸びきった手、しなう指先、充分に弾力をたたえてゆたかに肉づいた上半身、裾におおわれてはいるが跳躍をひめた下半身の屈伸力。ロミオはバルコニーの下、その柱、その壁の蔦かずらに沿って、両手をささげ、「月に仕える乙女、あなたのほうが遥かに美しい。もう月には仕えるな。あれは妬み深い女だ」と彼女に語りかけ、さっと、舞台の中央にとってかえす。それに畳みこむように、すがすがしい響きをともなってジュリエットの答える声がバルコニーからかえってくる。

恋ではあるが、恋だけではない。生命の脈動に拍車をかけられて、恋という形をかりて、私たちを肉体のいちばん深いところで、突きあげているもの。観客席に腰おろしている私たちを、ともすると、空中に浮揚させようとする激しい律動感、それが、たえまなく劇場の中を支配している。

私は、それが、ドラマの重要な魅力だと思う。むろん、それだけで、ドラマはなりたたない。主人公の性格、心理、主張、主人公をめぐる人たちのそれぞれの生きかた、倫理観、そして、人物をめぐる状況といわれるものの重量、作者の思想、そのどれが欠けてもドラマは魅力を失うであろう。が、ドラマの骨格となり、ドラマを生かすも、殺しもするもの、その究極のエッセンスが、今、俳優の動きとせりふによって私の目の前では惜しみなく発散されている。

私たちのドラマは終わる。

私たちのドラマには、思いいれがいらない。立ちどまり、ゆっくり首をうごかし、観客席をみまわすようなドラマは私たちの好むところではない。舞台上の俳優が、たがいに、観客席にむかいあって、観客に語りかけるような意図とポーズを露骨にだして、せりふのやりとりをする。そんなドラマはいらない。なにごとにも段取りが重要だといわれているドラマを好まない。私たちはわかりきった日常の生活感情に安易にすがりついているドラマを拒みたい。

ほんとうのドラマは、日常の生活を否定することから出発する。しかも、否定が単なる否定におわらず、よりいっそう高度の、第二次の生活を舞台の上に構造する。

ドラマを持たない国民が、草っ原の上で、安直なドラマをたのしむ。もしかすると、それが、ドラマのもっとも原始的な形式なのかもしれない。ドラマを完成した国民も、初期のころは、草の上で、かがり火をたきながら、肉を食い、楽器をならし、舞を舞う陶酔にちかい感情で、自分たちとおなじ平面で行なわれるドラマを愛した。そのもっとも素朴なスタイルをそなえたものが現在行なわれている野球なのかもしれない。スポーツではなく、ドラマというよりお芝居の野球がもてはやされている。

ドラマが人生そのものに対決せねばならないなにかの表現手段だと自覚した国民は、ドラマの内容と様式をひたすら緻密なものに押しつづめていった。緻密さを最小極限までに押しつづめきったところで、ドラマの美しさに、ちょうど、私たちが人生を見つめ、そこから、つねに、新しい生きる意義をさがしもとめるように、かぎりない愛着をおぼえていった。しかも、大事なのはドラマの美しさでなく、緻密さを得るために様式や内容を徹底的に押しつづめてゆこうとするプロセスであった。

人はプロセスのなかに、ドラマの究極をさぐりあてた。

そして、あらためて、サッカーに、ラグビーに、おなじようなプロセスを発見した。むしろ、そうした発見を容易にするため、考えぶかい人たちが、ドラマから辿ってゆくコースとサッカーやラグビーからさかのぼるコースを二つ用意していたのかもしれない。二つのコースは、いつかは、どこかで、交錯するにちがいなかった。それは解っていたが、だれもが各自の生活から予感のようなもので解っていたが、では、どこから手がけたらよいか、と、なると、だれもが「やってみなくては」と思った。

狭い路地の奥をくぐりぬけて、明るみにでたところにできた空地で、人どおりのはげしいスクエヤーで、農家のバックヤードで、人々は、最初は、おそるおそるボールを蹴ってみる。幾度も幾度も蹴ってみる。やがて、そうした人々が幾人かあつまり、交互にボールを蹴り、軽々とするボールの移動につれて、前と後に、縦に横に走りはじめる。

人々の動きにあるリズムがうまれかけてくる。

より速く、より遠くに、よりデリケートに、シャープに、ボールが回転する。大胆に鋭角的にリラックスして人間が回転する。

　ボールを中心に、二十二人の男たちが壮大な舞踏をはじめる。リズムが強調される。野の舞踏。大地をゆるがせる舞踏。

　ある者は天にむかって翔(か)け、ある者は傷つき血まみれになって草の上に伏す。舞踏が昂じてある頂点に達する。切断された足がほうりだされる。肉がさけて骨が体の外にでている。野の空気をつんざく絶叫。したたる血。人々が傷ついた者にかけよってゆく。

　静寂。

　私はそんな光景をみたことがある。

　広島国泰寺(こくたいじ)高校のグラウンド。西中国高校サッカー大会のときのことだ。太陽を背にしてフォワード、バックス一体となった波状攻撃が、頂点に達し、乾坤一擲(けんこんいってき)の思いでチーム全員の総力が最後のシュートに叩きつけられようとした瞬間のできごとであった。野のはずれですさまじい叫びが発せられた。

　それが人間の声だとわかったのは、私には幾時間もたったときのことと思われる。人間の絶叫で、あれほど、大きい声を聞いたことがない。その後の静かさ、物音ひとつしない静かさ、グラウンド上の選手はもとより、グラウンドのまわりの観客のだれもが沈黙した。長い間、沈黙はつづいた。そのように感じられた。夏の太陽だけが、容赦なく照りつけていた。グラウンドがまぶしかった。かぎりなく遠くに、グラウンドは反射していた。

倒れた選手の折れた足、肉を内からつきさいて骨が外に出ている。骨の先端にはストッキングの切れたはしがひっかかっている。肉は鋭利な刃物でそぎとったように鮮やかな色をしていた。選手も、観客も、声を殺して、後ずさりしているように感じられた。そして、倒れた選手の前方に、もう一人、うつぶせに倒れた相手側の選手がいるのが目にはいった。

私の背後をあわただしい足音がすぎさった。それが合図のように、今度は選手と役員たちが地に倒れた選手のまわりにかけよった。担架が呼ばれ、傷ついた者ははこびさられていった。もう声は聞こえなかった。夏空をゆるがした絶叫だけがいつまでも耳にのこった。それが、彼が私たちに残した、ただひとつの生きた証(あかし)のようであった。

そして、何事もなかったように、ホイッスルがなり、選手が声をかけあうのを合図にして、すぐに野の舞踏、いっそうの強暴さと、勇壮さを復活した舞踏がふたたびはじめられていった。

一九六四年、十月。

ある朝、天使が電話で私を呼びおこした。天使はある美術雑誌の編集部であった。サッカーの切符が手に入った、というしらせである。天使は交換条件に、「そのゲームの模様を記事にすること。」

朝からの雨が午後になって、ようやくやんだが、空は雲におおわれていた。それは緑の芝生のうえを、たえずレモン色のボールが鋭いカーブを描いて色どるメルヘンの世界。緑とレモン色の無限のコントラスト。

えんじのユニホームを着て、白いストッキングに細く赤と青の線を二本そめぬくのは、ハンガリーの選手たち。王子さまの行列。

チョコレートの色の肉体に、淡いあざみ一色のユニフォーム。ジャージのシャツにパンツもあざみの粋なアラブ連合。だから黒光りするチョコレート色の肉体が、凜凜しく、勇猛にみまもられて、ゲームがはじまる。

はやい。素晴らしくはやい。全身のウェイトをのせて、王子たちとチョコレート色の肉体がグラウンドをかける。切れる。鋼鉄のスピード感がグラウンドにゆきわたる。

シュートがきれる。加速度をつけて、ボールがのびてゆく。その落下点にたちまちさまざまな色彩があつまる。色彩の量感が濃さをまし、すぐ、それは割れ、その上をレモン色のボールが高く高くあがる。

ハンガリーは左のウィングを、敵陣の奥ふかく切りこませる。センターを中心にしたボールが、はっと息をのむ瞬間に、地上、二十センチあまりの上を飛んでゆく。と、誰もいなかった緑の野に、ボールが芝生におちる点に、白い王子が姿を現わしている。

たちまち、王子に襲いかかる熱砂の住人。三人、いや四人、四人の褐色がいりみだれる。と、そのなかから、再び白い王子が奇蹟のようにあらわれる。レモン色のボールを鮮やかに足であやつりながら、王子はふたたび褐色の色感のなかに姿を消してゆく。ハードルをこえるような勢いでアラブのバックスが遠くで跳躍する。

レモン色のボールが、ふたたび、緑、あかるい緑の上を走る。攻撃はいつのまにか、ハンガリーの右側のウィングとインナーに、そして、その背後に、ぴったりとフォローしたハーフたちに移されている。

アラブ。はやく帰れ。陣をかためろ。

3・3・4のフォーメーションが帰陣しながらつくられてゆく。

ハンガリーは波形の4・2・4。たえまなく前進し、前進しながら、たがいに連繋をたもち、ウィングはインナーに、インナーは、ハーフへと縦の線がしっかりと結ばれる攻撃のフォーメーション。

ステップを踏みかえしながら、サイドの交互におくられるボールの変化。休む間のない攻撃の波。そのなかにはいって、チーム全員が機械で計測された正確さで、動いている。力と重量と、知性が動きに換算される。十一人の動きが、ひとつの目的のために、それぞれの細分化された性能をフルに発揮して、中絶することなく動く。動きが更に強い動きを喚起する。

アラブがボールをキープした。ボールはいったん後方にさげられる。ハーフ団がボールを中心に、次第に大きな円弧をえがいてゆく。そのつなぎ、フィーディングの間のとりかたの隙のなさ。ハンガリーをつりだそうとしているのだ。ハンガリーの守備隊形の破綻を狙っているのだ。かん高い掛け声があがる。フィーディングはいつのまにか、攻撃の準備にはいる。センター・ハーフがひとりで前進する。その背後からボールが蹴り送られる。

と、3・3のフォーメーションができあがる。いくつかの白いパンツの影があわただしく私の視野を掠める。

インナー二人にセンター・ハーフが後の三人の攻撃態勢をつくった。前の三人のフォワードがハンガリーにマークされている。再び掛け声があがる。攻撃は強行される。前進。よし。フィーディング中にたくわえられた十一人のエネルギーが点火する。

すさまじい勢いで火をふく。焔がたつ。爆発する。

その直後、まだ火が消えず、いや、火勢が更につよまる瞬間を、ハンガリーがとらえた。アラブは勢いにのろうとする。その気負いの逆に、わずかの盲点が生じた。激しいチャージの連続のなかから、ハンガリーが逆襲のきっかけを作った。攻守は一変した。必殺のスクリュー・パンチがはなたれた。守りながら、それが、そのまま攻めにかわる体勢をハンガリーは用意していた。目にも止まらぬ早さで、ボールが転送され、センター・フォワードを中心にした速攻がはじめられていった。

センターをマークするはずのアラブのハーフは、むしろ、直前の攻撃のため体勢が完全に前進姿勢になっていた。むろん、すぐ、体をひるがえした。彼だけではない。バックスの全員が体をひるがえした。ある者は勇敢に身体ごとハンガリーのボールにぶつかっていった。が、ごくわずかのタイミングで、それがはずされた。あっという間に両軍が交錯して、いり乱れ、それから全員がボールを追って、ひとつの方向に走りだした。ハンガリーの、カルマン・イハス、グスタフ・セペシがひたすら集団をふりすてて突き走る。彼らは全身を左右にゆさぶり、しかし、狙った目標に最短距離をとり、一秒間十メートルのダッシュのお手本のように走っていった。彼らの白いパンツの隆起が、いつまでも、私の視野にのこった。

ハーフ・タイムの笛がなる。

周囲のスタンドを埋めつくした観衆をのぞいて、芝生のグラウンドの上には誰もいない。グラウンドの中央、ハーフ・ラインが真白にひかれた上にボールが一個おいてある。広大な芝生のひろがりを、レモン色の点が支配している。

私はそのような爽やかに緑を支配するレモンの色を見たことがない。

雲がきれて、西の茜色の光が斜めにグラウンドに射しこみはじめた。場内に煙のにおいがたちこめている。私の背後では、スタンドの壁まぎわに立つ木々の紅葉が、さっきから、風もないのに、散っている。落葉が地面にふれる音まで聞こえてくるようだ。

私は、ふと、地中海を想う。

夕陽がさすレモンの木を想う。木々のむこうに海がある。海は夕陽に染まって、沖のほうだけがあかるい。浜にちかい方はすでに影のなかにはいっている。

私は、また、御宿の砂丘を想う。

丘草のうえから飛びたった昆虫をおもいだす。あれは軽く透いた形のよいレモン色のバッタではなく、もっと重い醜怪な蝶か蛾ではなかったかと考える。蝶も蛾も私たちの足もとから粉をまきちらし、海へ墜ちていったのではなかったか。風にさからい、風に巻かれ、粉の尾を曳いて、丘から飛びさっていったのではないだろうか。醜い蝶と蛾の重さを感じたから、私はあれから今まで生きていたのではなかったろうか。バッタの軽さでは私もまたどこかで生命を失っていたのではないだろうか。なんとなくそんなことを想う。そんな想いだけが現在につながるようだ。

昭和十二年、少年の私は白いカスリを着て誇らしげに、「サッカーの選手になりたい」と言った。「世界のサッカーを見なさい」と答えてくれた人がいた。その人に、かしずくように面倒をみていた女の人がいた。彼女は小麦色の掌で、籐椅子に身を横たえた人の足をしっかり乳房のあたりで受けとめていた。あれは何の表明であったのだろうか。小麦色の横顔が清潔であった。ゆたかな髪を簡単に後に結び、籐椅子の傍らに坐した彼女の横向きの姿だけは、今でも、鮮やかに、私の脳裡によみがえってくる。

あの人たちは、あれから、どうなったのだろうか。

「世界のサッカーを見なさい」という言葉がもう一度よみがえってくる。

そして二十八年。

よく生きていたと思う。恥だけをかさねて、恥だけが生きるよすがとなって、私は生きていた。なにひとつとして取柄のない少年が、ただ、わずかに、空想のサッカーをくりかえし、くりかえし生きてきた。私は謙虚に、それだけを、あの人たちに語れるような気がする。

会って語りたい気もする。が、語ったところで始まらないとも思う。私だけが自分に語っていればよい。

戦争をはさんで、戦後の生活のなかで、私はどのように自分を確認してきたのだろうかと反省する。これが、私なのです。と言いきれるものを何でもよい、たったひとつでもよい、私は持ちあわせているだろうか。いくつかの職業につきながら、それらは、いずれも喰べるための手段として、私は精をださなかった。だから生活そのものが無かったようにも見える。職業も、人との交わりもなかったように思う。それらの記憶には、どれもが、匂いや、色彩や、食欲や、憎悪や、歓びがなかった。すべてが淡く、軽くすぎていったようである。透明で、微小であった。

私は何をしていたか。

言えることは、ただひとつ。

いつ終わるともない空想のサッカーを、空想のラグビーを脳裡に描いては消し、描いては消しつづけていた。それだけ。それだけなのである。後にはなにもない。完全になにもない。

空想の源を涸らさぬため、私は実際の試合をみにゆく。ひたむきに、競技場にかよう。ゲームをみるごとに、私の空想は絵具の塗りを濃くし、空白の部を埋め、時の経過に緻密さをくわえてゆく。その中で、人はいっそう迅速に走り、ウェイトを充分に全身にゆきわたらせ、鮮明な行動をとり、ゲームのはこびをもりあげてゆく。

突然、私の背後で鳥のなく声がする。

私はふりかえって空を仰ぐ、競技場の照明灯の周囲を渡り鳥が群をなして飛んでいる。先頭の鳥が高度をあげる。紅葉したけやきの梢をこえて鳥は、ゆっくり、旋回をはじめた。

（『スポーツへの誘惑』珊瑚書房、一九六五年）

III

朽ちぬ冠——長距離走者の孤独

大理石の碑

人見（ひとみ）絹枝（きぬえ）の生家を岡山市のはずれに訪ねた。

人見絹枝は大正十四、五年から昭和五年までの間に、当時まだ揺籃期（ようらんき）にあった日本女子スポーツを代表して、世界の強豪を相手に幾多の勝利をおさめ、走幅跳びをはじめ陸上競技の諸種目に世界記録を樹立し、十八歳で世界にその名を知られた女性である。が、激しい練習にくわえ、新聞記者としての仕事、女子スポーツの指導者としての負担、オリンピックをはじめ海外遠征などの資金集めの心理的疲労、そのほか、いくつもの原因がつみかさなって、昭和六年、わずか二十四歳で、短い生涯を終った。

彼女は光芒（こうぼう）に似たあわただしさで死のゴールへむかって走りさった。その間に、『スパイクの跡』など五冊の本を書きのこしていった。これらの本は現在、芦屋（あしや）図書館内の、田尾文庫に収められている。

彼女は十八歳で、単身、スウェーデンのヨテボリでひらかれた第二回女子国際陸上大会（編集部注：一般に「国際女子競技大会」と呼ばれる）に参加した。コーチもいなければ、監督も、役員もいない。まさに彼女ひとりきりの遠征であった。彼女はひとりで日章旗をかかげて入場式で行進した。スウェーデンへの旅はシベリア鉄道を使った。約一ヵ月の旅である。この大会では五日間に六種目の競技に出場し、うち二種目に優勝する。とくに走幅跳びでは負傷をおして、イギリスのガン嬢との決勝にのぞみ、勝利をおさめた。ガン嬢はのちのコーネル夫人である。夫人と人見の間にはこの競技会での出会いから友情がうまれ、人見が、大阪の阪大病院で死んだとき、病室の机上にはコーネル夫人から贈られた櫛その他が飾られてあった。コーネル夫人は現在でもロンドン郊外に健在で、人見の死後四十二年たった一九七三年の秋、彼女の贈った品物が人見の最後の病床に飾られてあったと聞かされて、銀髪をふるわせ、

「胸が痛む」

と、声をかすれさせた。

「今でこそ、若い人びとは容易に国境をこえて出会いをかさねる。が、私たちのころには、出会いといっても、東と西の世界をつなぐ、奇蹟のような橋わたしの役割にしかすぎなかった。それだけに私たちは友情を大切にしました」

コーネル夫人は自宅の庭のはずれで椅子に腰をおろして静かに語った。

青春、逝きて帰らず。

胸中に去来する想いを抑えながら、コーネル夫人はかすかに微笑むだけであった。

昭和三年、人見絹枝はアムステルダムのオリンピックに出場(余談だが、女子が男子と共にスポーツをすることは婦徳に反し、女性の美しさを損うものとして、クーベルタンはじめ各国のオリンピック関係者は、この年までオリンピックの女子の陸上競技への参加を禁止していた)、女子八百メートルでドイツのラトケと壮烈なデッドヒートをくりかえす。当時、人見絹枝は女子四百メートルの世界記録保持者だったが、八百メートルを走った経験はない。優勝まちがいないとみられていた百メートル競走で五位に敗れたため、彼女は急遽(きゅうきょ)、未経験の八百に挑戦した。

「男の選手等は各自の定められた種目に負けたとて、日本に帰れない事もない。が、私にはそのようなことは許されない。百メートルに負けました、といって日本の地を踏める身か、踏むような人間か。あとに残されたものは八百メートルである。勿論、八百メートルを走るだけの力は持っていない。出場するだけで恥になる。しかし私は勝つ敗けるは問題でなかった。走るだけ走ってみよう。八百メートルを走り抜けたならどうせ斃(たお)れてしまうにきまっているが、斃れるまでやってみよう」(『スパイクの跡』)

予選を通過した人見は、大会第五日目の決勝の前夜、宿舎で不安と昂奮から眠られぬ夜を焦躁のうちにすごす。ベッドから起きて廊下を歩いてみるが満足に歩けない。寝室に帰って身体を横たえるが、意識は冴えるばかりである。ベッドと廊下を三回往復した

アムステルダム・オリンピックの人見絹枝。100 メートル予選で 1 位でゴールするところ　提供：朝日新聞社

のち、彼女は祈る。彼女は持参したタゴールの詩集を四十ページほど読んで眠りがおとずれてくるのを待った。

「私に今少しの運命がありますならば、どうか明日の戦いをただ一度、走らせていただきたいものであります。ただ一回でよろしゅう御座います。私のからだにどうか明日一回走る力を与えて下さいませ。明日もし一回走らせていただいたなら、あとはどうなってもかまいません」(『スパイクの跡』)

実際、どうなってもかまいません、と、彼女が言ったように、彼女はこの八百メートルレースを最後に、死への疾走の第一歩を踏みだしてゆくのである。

レースで一コースをひいた人見絹枝は、スタート直後、いったん最後尾にさがる。彼女はもともと百メートルの短距離ランナーである。走るピッチが速い。それを抑えた。そして四百メートルのトラックの一周目をすぎるあたりから、彼女はスピードをあげて三人、四人と抜きさり、第三コーナー前後で先頭から三人目に進出した。一挙にスピードをあげ、最後の爆発力にすべてをかけた人見は、三コーナーのカーブにさしかかる。先頭をゆくラトケの荒々しい呼吸音を耳にとらえ、ラトケの背筋の隆起と、赤味をゆきわたらせた肩の肉、首にまつわる栗色の髪のうずまき、汗のほとばしりなどを視線のはずれに完全にとらえて、人見はラスト・スパートに入った。そのとき、抜きさろうとしたイギリス選手の体と激しくぶつかり、人見は瞬間、コース上に転倒しそうになる。たたらを踏んで、崩れた上体をたてなおしたとき、ラトケはすでに十五メートルから、二十メートル前方に走っていた。人見は追った。懸命に追った。すでに意識はない。体力のすべてをつかいはたした彼女の視野には、ただ意識の混沌とまったく同種類の青色とも灰色ともつかぬコースと競技場が織りあげる色彩の渦巻きだけが、映っているにすぎなかった。人見はラトケとの差をちぢめていった。十メートル、五メートルと差をちぢめた。が、あと一メートルがどうしてもちぢまらなかった。まるで、一メートル前にあるのがラトケの幸運、後にあるのが人見の不運の象徴さながらに、間隔は生来のもののように二人の間に不動であった。一メートルの距離をおいてふたりの女が髪をみだし、手を左右に交互に振っていた。そしてまったく気づかぬままにラトケはゴールを通過し、テープを切った瞬間に意識を失いコースの上に全身を崩れおとしていった。人見も倒れた。以下、ゴールに辿りついた九人の女子選手は全員が仰むけになり、両足を爬虫類（はちゅうるい）のように空にむかってあがきつづけ、やがて、それも力つきて、手足を不自然に歪曲したまま腹を波うたせつつ、それぞれ失神状態に陥っていった。ただ、その中で、人見絹枝だけがコース上にうつぶせになっているのが、とくに観客の目をひきつけた。彼女だけが顔と胸と腹を隠していた。彼女は両腕で肩の崩れを辛くも支えていたが、それもこらえきれなくなって、顔をトラックに埋めるようにして地に上体を横たえていった。心臓が激しく鼓動しているのに、彼女の全身は蒼ざめはてていた。

この惨状が物議をかもし、以後、オリンピックで女子八百メートル競争は中止される。女子には苛酷すぎるスポーツだとみなされたからである。再開されたのは二十二年後の戦後のローマ大会からである。

昭和五年九月、人見絹枝は悲劇的ゴールにむかってのスピードを早める。彼女はチェコのプラハでひらかれた第三回女子国際陸上大会に、三度目の海外遠征をした。彼女は五人の若い女子選手を引率し主将兼監督、コーチの役割をつとめた。プラハでは民衆の歓呼の声に迎えられた。彼女が街を歩くと、舗道の人びとは彼女に走り寄って、

「人見、人見」

と連呼した。彼女は、すでに、市民の英雄であった。

当時、人見絹枝に引率され、プラハに遠征した梅村すみ子（旧姓・渡辺。現在中京学園大学総長夫人）は、

「なぜ人見さんがあんなに人気があったのか、日本でのことしかしらない私たちには驚きでした。市民たちは熱狂して、帽子をふったり、音楽をならして、東洋からやってきた一日本女性に昂奮と賞賛を浴せかけました」

と、往時を回顧する。プラハの競技会で彼女がどのような感銘をプラハ市民に与えたのかを、僕らは知るよしもない。そのような手がかりは現在、皆無である。が、彼女の存在はすでにソ連の圧制下にあって、弾圧と暴政の強制をよぎなくされていたプラハ市

民たちにとって、なんらかの象徴、すくなくとも、自由とか、解放とかを予告する、ひとつの役割をはたしたのではないだろうか。大国を相手にたったひとりで、スウェーデンで戦った女性への賞賛は、そのまま、大国にかこまれたチェコスロヴァキアの立場への認識に、つながっていたはずである。疾走する彼女、跳躍する彼女は、自由に運動することをどれほど光彩陸離のものにして、市民の眼に映させたのであったろうか。単なるヒロイン賛美や東洋のエギゾチシズムへの傾倒ではあるまい。そうでなくては、一人の東洋の年若い女性が、こうまで、異国で熱狂的歓迎をうける理由がなくなってしまう。が、人見絹枝はそのころ、往きのシベリア鉄道の車中から咳がとまらなかったという。十六歳、岡山高女を卒業した人見は、二階堂トクヨの二階堂女塾に入学。一年後には月給七十円で京都第一高女に就職（この月給は当時としては破格の高給であった。そのころ、大学卒の男子の月給が五十円前後である）さらに一年後、大阪毎日新聞社へ入社している。ヨテボリに参加したときには、すでに大毎社員になっていた。大毎入社後は各地に講演旅行に行ったり、外国の政治家などとインタビューし、その記事を書いている。また請われるままに地方での体育指導をおこなっている。多芸多才の女性で、弁が立ち、講演をすると満場の人が水をうったように静まりかえって、彼女の一言一句に耳をすませた。文章がよかった。僕は彼女の残した五冊の本に目をとおしたが、二十代はじめの女性とは思えぬ闊達（かったつ）な文を書いている。文字が、わけても、毛筆がみごとであった。プラハ遠征のときの日記はペンの走り書きだが、他の女子選手への気のくばりようをはじめ、プラハの風景や、チェコの社会状況などを書くくだりが圧巻である。乾いたペンの走りが魅力である。人見絹枝の後、戦中から戦後にかけて活躍した山内リエさんも、世界の超一流クラスの陸上選手だった(日本は敗戦直後でオリンピックはもとより、世界各国の陸上競技への参加を禁止されていた。そのころ、山内さんの走幅跳びその他の記録は、常に世界のナンバー・ワンもしくは、ベスト・スリーにはいる傑出したものだったが、日本の世界陸連への参加が許されていなかったから、世界記録としては公認されていない)が、山内さんも文章がよかった。紀行文や短歌その他になみなみならぬ才能をみせた。超一流の女子陸上選手の特徴である。なにをやらせても、行くところ可ならざるはなしだった。その山内さんもかつては、おなじ大阪毎日新聞の社員であった。山内さんは今は退社して、京都におられると聞いている。

日本チームはプラハで惨敗した。わずかに人見絹枝ひとりが気を吐き、彼女の単独の活躍で、日本は参加国中第四位の成績をあげた。

人見絹枝は燃えつきる寸前の生命の灯をかきたてて、競技に挑戦したのだが、すでに余力を使いはたしていた。昭和五年十月、彼女は日記につぎのように書いている。

「私は日本帝国女子を代表したのではないのだ。人見個人としてプラハに行ったのだ。そう考えていただこう。私はあれ以上働けなかったのだ。私に不満があったら勝手にするがいい。人のアラが見えて次第に自分が淋しくなる。アサマシヤ、アサマシヤ」「すまないことである。言える義理ではない。が、しかし、私はいま、故国の人びとに向って大きな謀反心（むほんしん）をもっている。許されよ！」

「幸運に恵まれて、恵まれすぎて、初陣の功名をたてて故国に帰ってからは、私に注ぐ世間の人びとの目は、当時、十八歳になったばかりの私には余りにも淋しい思いをさせるものだった」

女子がスポーツをすることが、はしたないことと見られていた時代である。彼女は当時の女性としては破天荒のことをやってのけた。パンツにランニング・シャツのいでたちで槍を投げ、円盤を飛ばし、走高跳び、走幅跳び、百、二百、四百、八百各メートル競走の疾走をくりかえした。しかも、それらの業績は文句なく世界に超一流として通用した。彼女は世界的な名声を博すかたわら、ジャーナリズム方面でも活躍した。が、同じような速さで病魔が彼女の体をむしばんでいた。彼女はひとりで、女子選手六人分の遠征費を調達した。彼女は女子選手一行の遠征先での宿泊、移動、その他のいっさいの面倒をみなければならなかった。

翌、昭和六年三月、彼女は欧州遠征をおえ、白山丸で神戸へ帰ってきた。船中では食がすすまず、彼女は船室にとじこもったままのことが多かった。

彼女を神戸埠頭に迎えた父の人見猪作氏（一九七三年現在、九十三歳）は娘の顔を見た瞬間、「あッ！　駄目だ」

と、思ったそうである。下船した彼女はすぐ病院に送りこまれた。

半年後、奇しくも、彼女がアムステルダムのオリンピック大会で日の丸をかかげた八月二日に、彼女は死んでいった。病名は肺結核。

父の猪作氏は絹枝危篤の電報をうけとると、ただちに岡山駅から列車で大阪へ向かった。炎熱の姫路駅に列車が停車したとき、たまたま、ラジオが人見絹枝の死を報じた。猪作氏が病院へ入ってゆくと、枕もとには前記のコーネル夫人からの贈り物と、最後まで絹枝の看病をしてくれた女性の飾った白薔薇の花が花瓶にいけてあった。

昭和三年から五年、六年へと、日本は暗黒時代の様相を深刻にしてゆく。国内では凶作とパニックが相つぎ、街には失業者があふれた。共産党弾圧がおこなわれたのもこの時代である。経済不況を挽回してゆくため、日本にのこされた道は大陸への武力進出しかなかった。満洲事変がはじまろうとしていた。それはまたモガ、モボ（モダン・ガール、モダン・ボーイの呼び名）、エロ・グロ、ナンセンスの時代でもあった。頽廃と失意、錯乱と諦念の交錯した狂気と萎縮の季節。軍人の勃興とファシズムの擡頭がはじまっていた。これが人見絹枝が生きた年月の凄惨な時代背景であった。世界的名声を博しながら、彼女はこの社会の狂乱の渦の中にすぐ、忘れられていった。彼女のような生きかたや功績が無視される世の中の荒廃がつづいた。しかも、その荒廃をすら健全と錯覚する時代の風潮であった。十八歳、単身、日本を代表してヨテボリの女子国際陸上大会に参加した彼女は、日本のために走り、跳ぶと書いた。二十四歳、プラハ遠征の彼女は、すべては「私のためにある」、私は私のために走り、跳ぶと書いた。が、そのようなことはすでに、時代の認めるところではなくなっていた。あらゆる人びとが自分のために生きることは放棄していかねばならぬ時代が迫ってきていた。

人見絹枝の生家は岡山市のはずれの福成(ふくなり)にある。岡山空港に近い。

昔は海ぞいであったという。埋め立てにつぐ埋め立てで、人見家の前方はひろびろとした田園である。人見家は農業をいとなむかたわら、大きな温室で蘭の栽培をしていた。家の背後には、清冽(せいれつ)な小川が流れている。刈った稲をのせた小舟がこの流れを利用して、田から田へと渡ってゆく。

人見家は古い門構えをしていた。庭内には池があり、小松が植っていた。家の建築は昔風に縁側が高く、部屋の天井には頑丈な梁(はり)が走っていた。玄関の土間には石を敷き、そこにテーブルと長椅子が置いてあった。

父の猪作氏はすでに夫人になくなられ、寿枝、絹枝のふたりの娘も失っていた。ただ、長女寿枝さんの娘さんや息子さんが健在で猪作氏の面倒をみていられた。もっとも猪作氏は（ちょうど僕が訪ねた日に、岡山県知事から長寿を祝福されて金一封を贈られていた）耳も目も衰えず、すこぶる健康であった。なによりも意識がしっかりしていて、娘、言葉すくなく何かに耐えているようであった。

人見絹枝を語るのにもいっさいの感傷を排して、淡々と娘の生涯を詳細にわたって説明してくださった。記憶は正確で、事実を客観的に把握している冷静さだった。猪作氏は言葉すくなく何かに耐えているようであった。

むしろ、そのことが、僕に、先に死ぬものよりも残されて生きているものの辛さを伝えてきた。人の一生や運命を達観した老人の落着きが、ある感動をせまってきた。

猪作氏は明治三十年前後に人見家の養子になったが、当時、地主の搾取に苦しめられていた小作農の先頭にたち、農地改革や小作料の改定に奔走した。一方、養子先の人見家がそのころ背負っていた莫大な借金約千二百円を長い年月をかけて返済していった。明治三十年代の千二百円は現在の約五千万円に相当する。従って氏は終日、はげしい耕作労働にはげまねばならなかった。今、氏の手をみると両手の親指が後方に大きく彎曲しているのに気がつく。節くれだった腕や、陽に焼けつくした顔の皮膚は、それだけで、氏のこれまでの生涯を明確に物語っていた。

氏は丹念な日誌をつけておられた。日誌には明治十年代から、二十年代の農村生活の模様が詳細に書かれてあった。秋になるとくぐつ師が農村におとずれてきて、くぐつを見せた後、農家からわずかずつの綿をもらって去っていった。子供たちは夕方になるまで村から村へと、くぐつ師のあとをついていったそうである。日清戦争のころの農村の様子も僕には興味深く読まれた。戦争の経過は淡々と記述されていた。そして絹枝のことは、きわめて客観的に叙述されていた。そのことが、かえって、父の娘によせる愛情の深さを思わせた。

「なるようにしかならんですけんの。あれが大阪の毎日に入りまして、大阪府下の豊中(とよなか)に一軒、家を借りまして、私が引越しを手つだいました。標札には私の名をかきまして、そう三日ほど、その家でいっしょに居ましたか。これが父と娘が共に過したもっとも長いたのしい生活でした。なにせ、短い生涯でしたから、ほんとに父と娘が共になる期間はありませなんだ。あれが小学校、女学校と通学しておりましたときは、私は農家ですから一日中、働きづくめでした。（福成から岡山高女までは歩いて約六キロの道のりがある。人見絹枝は毎日、午前六時に起床、この道を歩いて通学した。これが娘を強くしていった。父は母とともに鍬(くわ)をかつぎ星と共に田に出て、星とともに家に帰ってきた。親たちと娘はほとんど会話をかわすことがなかった。行楽の思い出もなければ一家団欒(だんらん)の記憶もないとのことだった）。娘は明治以来、この福成から、女学校に通った二番目の生徒ということでした。女学校を出たら学校の先生にでもなって結婚してもらおうと思っておりました。今生きていれば絹枝は六十六歳です。孫が幾人もいておかしくない年齢です。でも、あの娘がいたおかげで、あなたが今日、訪ねてきてくださった。これも、あの娘のなにかの引きあわせでしょう」

僕は氏に案内されて、人見絹枝の墓に行った。

墓は静まりかえっていた。

墓地のはずれの石垣には小さい赤蟹が幾匹も匍いまわっていた。

「私はなぜか、昔、多くの旗がふられている大阪駅の群衆の中を、淋しそうに私から去っていった絹枝のことを夢にみたものです。が、もう今では夢も見なくなりました」

猪作氏のために、僕は大きなつるべを動かして井戸から水を汲みあげた。猪作氏はその水で黙々と墓石を洗った。

「若いときに、娘は体にも年齢にも不釣りあいの仕事をつぎつぎと引きうけすぎましたからなァ。私の知らぬ間に娘は苦労を引きうけすぎました」

猪作氏は墓に合掌した。それから、後もふりむかず、九十三歳の老人にしては信じられぬほどの足の早さで、家にひきかえした。

僕は猪作氏から人見絹枝のアルバムを見せてもらった。

僕はいかなる種類のアルバムをも見るのが苦手である。糊(のり)とカビと油のにおいに圧倒される。アルバムに登場する人物の過去が甦ってきて、暗澹(あんたん)とした想いがせまってくるからである。

アルバムの中の人見絹枝は、僕が伝説として知っている人見絹枝とは、どこかでちがっているように見えた。彼女の少女時代、彼女の女学校時代、ふだん着の彼女、通学服の彼女などが映っていた。

そして多くの悲劇的な人物の例にもれず、アルバムにのっている彼女の姿は、たとえば、他の人々が右をむいているのに、彼女だけ視線を左にむけて彼女の立像や顔の側面あたりに妙に白々しい光を拡散していた。それは、どこかでやむをえず戦場にかりたてられて、戦死した女性の少女時代というような印象を与えた。彼女は浴衣を着て生家の縁側で、他の多くの女性たちと、夏の、ひとときをすごしているのに、そして、彼女以外の女性が順調な家庭に入ってゆけたのに、彼女だけはなぜか戦野に赴き、荒野を彷徨してゆくような予感を僕に与えた。

「本人の顔が写真とそっくりでなくても、また反対に写真の顔が本人と瓜二つでなくても、その点はかまわないんです。身分証を調べる人間の心の動きなんて、そんなもんですよ。まず顔を見てから、身分証を出せって言うのがふつうでしょう。それからやっと写真を見るんです。でもそのときはもう、目の前にいる者のイメージが心に焼きついていますからね。それが判断に影響するんです。写真との違いより、似ている点を捜そうとするんですよ」

僕はそんなことを書いたフレデリック・フォーサイスの文章の一節をゆくりなくも思いだした。僕はアルバムの中の彼女の写真に、僕の知っている人見絹枝の像を結びつけていた。

僕は彼女が着ていた白い麻のブレザー・コートを手にした。ナフタリンのにおいにまじって、かすかに、なにかの植物のにおいがしていた。袖はみじかく、ポケットは大きかった。スカートは想像していたよりは短かった。そしてブレザー・コートの中に、僕はかつてそこにあったろう女性の体の輪郭や体温を感じた。と、今までアルバムで見ていた少女のほのかな肉体が血の鼓動や、呼吸の深浅（しんせん）をともなって静かに僕の腕の中に横たわっているのを覚えた。僕はブレザー・コートを握る手に力をいれていった。

我が生のあらむ限りの幻や
振りにし旗の前を征きし子

あらむ限りの幻や、か、と、僕はアルバムを猪作氏にかえしながらつぶやいた。この歌は出征していった子を送った尼崎（あまがさき）にすむ老婦人が戦後二十八年もたってなお歌いつづけている短歌のひとつである。僕らもまた、つねに歴史の中で、歳月の流れに漂泊しながら、なにかの幻を見つづけているのにちがいなかった。旗の音がしていた。風が鳴っていた。僕は夭逝（ようせい）したこの女性に、奔放と抑制の交錯した時代を生きた女性の性の閃光を垣間見たと思った。スポーツは、所詮エロチシズムの変形にしかすぎないのである。

時代と社会がエロチシズムを必死になって撲滅しようとしていた。そんななかで人見絹枝はコーネル夫人や名もしらぬ看護の女性との交わりに、性の名残りをとどめて消えていった。そのことがことのほか僕に「女性とスポーツ」を感じさせた。

「人見絹枝、一九三一年八月二日、大阪にて永遠に眠る。愛の心をもって、世にかがやかしい女性、人見嬢に対して感謝の心をこめて」

プラハには今なお人見絹枝を讃える大理石の記念碑が建っている。

（『ロマンチック街道』話の特集、一九七九年）

朽ちぬ冠——長距離走者・円谷幸吉の短い生涯

彼らは朽つる冠を得ん為なれど、我らは朽ちぬ冠を得んがために之をなすなり。
（新約聖書　コリント前書）

昭和四十二年、初冬。

ぼくはあるテレビ局から、日本の五輪候補選手をえらび、彼らの練習状態や、肉体的コンディション、そして、翌年のメキシコ・オリンピックへの抱負などを紹介する一時間番組の構成を頼まれた。

撮影にあたって、

「あなたは、メキシコで日の丸をあげられますか？」

と、いう質問を、体協の指導者や、各種目の監督、コーチ、選手にむけてゆく方法が採用された。これは、当時、メキシコへは日本の国力にふさわしい少数精鋭を送ろうとの声があり、制作スタッフはその映像化を試みたわけである。質問に対して、指導層は自信にみちた返答をするであろうが、当の選ばれる選手たちは、どんな反応をみせるか、が、狙いであった。

表面は豊かな肉体的条件にめぐまれ、豪放な性格をそなえたようにみえる運動選手が、衰弱した感情の持主である例は、意外に多い。一瞬のうちに極度の集中力と起爆力を要求される競技にたずさわっているからである。彼らは外部のわずかな現象によって、たちまち、生理的痙攣（けいれん）をおこす。はたして、カメラにむかった選手たちは、「メキシコでは？」と聞かれると、例外なしに、頬をひきつらせ、言葉をもつれさせた。

撮影が終わった瞬間、彼らは彼らの実力、才能、素質への内心の危惧（きく）や、国を代表することからくる重圧感からの解放を露骨にふきあげた。彼らが運動選手らしくみせようとする動作は、むしろ、ぎこちないことによって、わずかに人間らしい親近感をあらわした。用意した他の一台のカメラは、そんな彼らを捉えた。

北は北海道、南は九州へと飛んだ撮影取材班が現地からフィルムを送ってくる。送られてきたフィルムは現像され、ラッシュにかけられ、編集されていった。制作スタッフたちの狙いは、だいたい、成功だったようである。選手たちの表情は頑（かたく）なに沈痛であることや、装った豪快さによって、たえず心情との乖離（かいり）を告白し、ユーモラスな画面効果をあげた。作品は、総じて、冷酷な明朗さにあふれて、それが、いかにもスポーツ番組の性格にかなうように思われた。

が、そこにひとつ、例外があった。

円谷幸吉選手である。

彼だけが、他のすべての選手が失っていた微笑を終始つづけていた。カメラにむかって気負うことがなかった。言葉は適当に抑揚がきいて、音声は澄んでいた。良く書かれた戯曲の一節を朗読するような余韻をのこしていた。

「体は絶好調です。練習も快適にすすめられています。勝てますね、勝つこと以外は、考えられません」

彼は謙虚だが、明快に、言葉をはずませた。体は軽く解放され、腕や、上体の動きは自然であることで、観る者に人間の肉体を感じさせ、かえって、逞しく印象づけられた。

撮影は、雪の日であった。

自衛隊体育学校内の渡り廊下の一隅を使った。円谷選手の右背後には廊下の庇がならび、その奥は暗い校舎である。画面の左奥は、雪を被った低い灌木である。

時折、風がふくと、粉雪が足もとから舞いあがる。雪は画面中央の円谷選手を境にして、左右に吹きわれる。一方が明るくなると、他の一方が翳った。その濃淡が融和して均衡がとれると、円谷選手像は顔の部分にハレーション現象を生じはじめた。額や、鼻の隆起した部分は見えなくなり、眼や頬のくぼみが、鮮明な影を浮き上らせた。それは、円谷選手でも、だれのでもない、物語の人物の少年時代のネガ写真を見ているような錯覚を与えた。

「ちょっとした心霊写真だな」

ラッシュをくりかえし、フィルム缶や、メモ・ノートの散乱した映写室のなかで、だれかが呟いた。それまで賑やかだった室内が、このシーンで静まった。明らかに異形の被写体がスクリーンに現われてきた、という静かさだった。光だけが、さまざまなスピードの変化をつけて、画面をよぎっていた。

「仕方ない。これでゆこう」

と、壁に背をもたせたまま、担当プロデューサーがうめき声をあげた。——撮り直しするには時間がない、という意味がスタッフ全員に了解をもとめていた。

「しかしだね、万事に控え目な円谷が、今度にかぎって、自信満々というのも、珍しいじゃないか。これが放言居士の重量挙げやバレーが云うなら、文句なくカットさ……」

プロデューサーの後の言葉は、暗闇のなかで、だれかがコーラの瓶を倒した音響と、その後始末の騒ぎに、かき消えてしまった。

テレビ局の運動部員だから、スタッフは各種目の選手や監督に接し、日頃からその性格についても、かなりの予備知識を持っている。彼らの評価にしたがえば、円谷幸吉は真面目で、謙虚で、礼儀正しく、温厚で、当今の青年としては、できすぎるほどできた運動選手とみられている。アマチュア選手と称しながら、適当なパトロンをみつけて、金銭の援助をうけたり、妻に美容院を経営させ、自分はその収入に頼って選手生活を維持したり、海外遠征のたびに財産その他をふやしてゆく選手が多いなかで、円谷幸吉は東京オリンピック入賞後も、自衛隊員の恵まれない環境におかれたまま、貧しい食生活に甘んじ、選手にふさわしい練習時間も設備も与えられず、走って勝つことだけをむかし以上にきびしく要求されている。彼らの間で円谷幸吉に同情的感情があらかじめ準備されていたこともあるが、それにしても、約八十人にのぼる被取材人物のなかで、円谷幸吉だけが、ごく自然に、街頭の立ち話の気軽さで、

「勝つ」

と云っていることに、ぼくらは画面の奇妙な効果とともに、ある種の驚きを受けたことは否めない。

円谷幸吉の顔が、舞う雪にかさなり、背後の壁に溶けてゆく。そのとき、彼は意識せずして、笑いにひそかな流れをつけた、と、ぼくは思う。それらは冬の光景なのに、なぜか早春の午後の柔らかい日射しのなかの出来事を連想させたし、映像のおぼつかなさは、どこかで生命のおとろえたものの、最後の輝きを想いおこさせた。しかも、その輝きは、光よりも力ないことによって、光よりもはるかに熱をおびた無色透明な焔が画面いっぱいに燃えているように映った。

むろん、ぼくはそれから旬日後に、円谷幸吉が自殺するなどとは、すこしも考えなか

った。が、画像がおかしい、と思ったことはたしかである。それよりも、勝つ、という彼の言葉の呼吸音の強さに、運動選手にありがちな軽薄な悲壮感がすこしもないのが、もっと不思議に感じられた。しいて言えば、それが不安を誘ったと言えないこともない。

これが、ぼくの見た最後の円谷幸吉である。

円谷幸吉は、昭和十五年五月、父幸七、母ミツノの七人兄妹の末子として、福島県須賀川（すかがわ）市に生れた。

円谷幸吉の人となりについては、父幸七の感化に負うところが大きい。父は辛抱づよく、物を合理的に考える農民の典型であった。

父幸七は、大正八年、若松歩兵六五連隊に入隊、射撃、銃剣術、剣道にすぐれて、下士官適任証を授かった。身体が強健で、人柄が真面目であった証拠である。当時の歩兵連隊に共通した訓練方法であるが、重装備の完全軍装で行軍をつづけ、兵の体力強化をはかるなかで、幸七はとくに健脚で知られた。

除隊後、宇都宮駅で鉄道運送の仕事についた。須賀川商業の前身である補習学校を出ていたから、そろばん、簿記の心得がある。若干の英語の知識もあったので重宝がられたが、むしろ、強い膂力（りょりょく）を買われて、現在の日通の前身である民間の運送会社に引きぬかれた。二〇〇キロのセメント樽を楽にかつぎあげ、貨車から線路横の倉庫へ運べたという。

昭和四年、幸七の兄、菊蔵が事故死する。農耕馬に荷車をひかせて街道を通行していると、馬がすれちがったトラックの警笛に狂奔し、菊蔵を地面に引きずったまま、約二百メートルを走りつづけた。菊蔵は荷車の車軸に胸部を破砕された。胸のポケットに、当時の人気女優栗島すみ子の顔写真をはったマッチが押しひしがれていたのを、幸七は今でも覚えている。菊蔵の死について、その未亡人が土地を無断で売却して出奔する。親族は協議して、幸七夫婦を須賀川に呼びもどして、家の後継者とした。

幸七は、三十四歳で、未経験の農業をはじめてゆかねばならない。受け継いだのは、九反の田に、七反の畑、ほかに馬一頭、鶏十五羽、山羊二頭などである。そのころ、米一俵の値段が約六円五十銭。豊作ならば九反の田から、六十四、五俵の収穫があった。が、年間収入にすると、種料、肥料代、労働費の出費がくわわるから、宇都宮の運送会社時代よりはるかに劣る。そのなかで、長男、次男、三男と相ついで成長してゆく。くわえて、日本全体に不況がひろがる。東北地方に凶作がつづき、一家の餓死や、婦女の身売りが日常のこととなる。地は痩せ、稲は病み、畑は枯れた。

兄の菊蔵は村の模範青年で、野菜づくりの名人といわれた。研究熱心で、この地方のトマト栽培に成功した最初の人である。菊蔵の出荷した野菜は、㊕といわれ、目をつぶって買ってもよいと評価された。その後を引きついだ幸七が、兄に劣る作品を作ったのでは申し訳ない。兄の人格、兄の勤労のすべてを冒瀆するものである。幸七は物事をそのように考える人である。兄ののこした手づるで、農地試験所をおとずれ、種の選別、交配の方法、肥料の案分と、すべてを、零からはじめていった。地の衰弱、天候の不順を、労働だけでおぎなってゆかねばならなかった。

　幸七の家は、鍋師橋のかたわらにある。近隣の人は、円谷家を「ナメズバシ」と呼ぶ。幸七の労働を見て、人びとは、「ナメズバシでは、夜っぴて、鍬が唸る」と云った。幸七は、野の果てにある月を引き落す勢いで、激しく、やすみなく、鍬をうつ。寒風の吹きすさぶ中で、夜空を走る雲を仰いで、土瓶の水をすすり呑む。体から肉が削がれ、骨格だけが目立った。

　凶作がつづく。須賀川も例外でない。朝、起きると、むかいの家の雨戸がおろされたままになっている。家人が全員で毒薬を仰いでいる。周囲の人たちは、あえて、家の中をのぞかない。昼ごろ、霜どけでぬかる野の道を通って検屍の役人がやってくる。幸七はそんな光景も忘れていない。荒涼とした枯木林をくぐって、葬式の列がすぎてゆくことが、再三くりかえされる。

　昭和十年、長男はすでに小学校高学年になった。父の幸七、母ミツノが田畑の労働につくかたわら、子供たちは飯炊き、風呂焚き、庭掃除、家畜の手入れの分担がきまる。幸七は、一カ月あまり水田につかったまま代掻きをしているうちに、夜、目が見えなくなる。飛びかうほたるの灯だけが、辛うじて識別できた。稲刈りはカンテラをたよりに、夜もつづけられた。夜でも楽に刈れるように、昼は刈りにくい場所を先に選んだ。夜盲症のおぼつかない視野に、掌でふれる稲の感覚だけが仕事をはかどらせた。下肥えを満載した樽二つを天びん棒にかついで、畑をとおりぬけてゆく。天びんが折れるか、自分が参るか。幸七は肩にくいこむ棒で骨がきしむのを聞く。最後にうなりを生じて棒が折れ、はずみで幸七は下肥えにまみれ、地面を匍いつくばった。が、成果は徐々にあがった。幸七は兄に劣らず、米、野菜づくりの上手と云われるようになる。産物は清冽な水気をふくんで、簡潔な甘味をたたえていた。不毛の土地条件を克服したうえでのことなので、賞讃はひときわであった。他県から見学に訪れてくる者もいた。彼らは幸七が中年からの農業転向者と聞かされると、あらためて、日に焼けきって、油気のほとんどなくなった、長身、痩軀の幸七を感嘆の目で見なおしたりした。

　円谷幸七は近在一の働き者であった。

貧しさを肉体の酷使という代償によって、未経験を勁い意志と旺盛な研究心できりぬけて、幸七は長男以下の子どもたちを、上級学校にすすめた。子供たちは父母を援け、役所の給仕、商店の手伝いその他を厭わずして進学した。不況のあとに、戦争がやってきた。そのなかで、幸七は堅実に収穫をあげ、地道に田畑を拡げていった。勤勉で、向上心に燃え、夫として、父として、模範農夫の生き方を確実に実践していた。

おなじ意味で、夫に従った妻ミツノは、農婦にふさわしく、黙々と働き、子を産み、子を育てた。その資格において、夫幸七に劣るところは皆無であった。短軀(たんく)であったが頑健な体をそなえ、不屈の意志を忍耐づよく堅持した。子供への愛情も、言葉や、仕草ではなく、黙ってそそぐ目でもってした。彼女は体に不釣合いと思われるほど大きく、つぶらな目をもっていた。母が目さえむけてくれれば、子供たちは、それを愛情と判断した。彼女の目には、晴れた空をよぎる雲のように、さまざまな感情が映しだされるようであった。

昭和十五年、円谷幸吉がうまれた。

父の体つきと、母の目を受けついだ。

兄妹七人のうち、幸吉が、もっとも、両親に似ていた。父の長い顔、比較的横にはった頰の上部、それから、脚のかたち、とくに足指のならびが父の生れかわりかと思われた。目は母ほど見開かれていなかったが、母とおなじように冴えた瞳をしていた。母とちがうのは、明るい光の部分に視線がゆくと、眉、それも右側のほうがわずかに歪むことであった。それは彼を母以上に口かずのすくない、内気な子供に思わせた。眉の歪みをもとにもどしてから、彼が口をきくからだった。

円谷幸吉に最初に与えられた仕事は、この家のしきたりによって、家畜、秋田犬と山羊の面倒をみることであった。彼は五歳になっていた。朝、犬をひいて、付近の野や丘を走った。犬は少年になつき、彼の足音をきくと鎖をならして駆けよってきた。少年と犬が走る様子は、田畑で激しく働く父母の目をよろこばせた。少年は時に、犬よりも前方を走り、犬の追いつくのを待つことがあった。父は彼の青年時代の健脚が、申し分なく、子供のすべてにゆきわたったのを満足した。そんななかで終戦をむかえた。

幸吉は、その年の夏のある夜、足が痛むと父に訴えた。父は幸吉を裸にして、寝かしてみた。左右の脚の長さが、わずかに、均衡を失っていた。短い脚のほうを足の指先から、掌でなぞりあげてゆくと、股のつけ根のところで、少年は、はっきりと苦痛のうめき声を発した。苦痛を支えるため、少年は、両腕を中に游がせて、父の手をもとめた。

翌日、父は幸吉を背におい、炎天の道を、須賀川市内の病院につれていった。幸吉は父の背に体をあずけた。幸吉のまだ幼年のにおいをのこす体臭が、汗といっしょになって、父に伝わってきた。病院までは徒歩で約三十分かかる。田舎道の中央に舞う白い砂塵をすかすと、病院の屋根は近くに光っているのだが、距離はちぢまらない。父はそれに苛立って、「我慢せい。もう少しの辛抱ぞ。病院に行けば、すぐ癒るからのお」とくりかえした。幸吉は無言でうなずいた。幸吉は泣きもせず、わめくことも忘れて、歯をならして痛みに耐えていた。父は聞きわけのよすぎる幸吉に、我が子ながら、なにか不幸な将来を予測した。騒がしく駄々をこねてくれたなら、父はもっと別のことを感じたかもしれない。幸吉の痩せた、肉の乏しい体が、子供らしい放恣さを慎んで控え目に父の肌に伝えてくるものは、素直に耐えることの悲しさである。父は親の直感で、肌から肌へつたわる肉の欠損感によって、もしかすると、この子の一生は忍耐の連続ではなかろうか、と感じた。父は自分の肉体になぞらえて、息子の生涯を想った。それは、なにひとつ具体的なことを考えつかなかったが、それだけに、連続して耐えていることの重圧感だけが、背にへばりついた幸吉の胸のあたりから、父の体内へ音もなく入ってくる。父は背にまわした腕首に力をいれて、ずり落ちそうになる幸吉を、ひきずりあげた。幸吉は熱にうかされて、荒い呼吸を吐いていた。

「股関節がはずれてます。骨に欠陥があるようですね」と、医師は診断した。

「こういうのは、遺伝もあるし、日頃の、とくに幼児時代の栄養も関係しますから……無理な運動はいけません。体がうけつけないですよ」

それから、来る年も、来る年も、炎天がつづいた。田も、土も、道路も埃っぽく匂いを放った。田のはずれで煙があがって、白く横に流れてゆく。その薄れるあたりで、幸七は妻や長男たちと田の労働をつづけた。むせるように強烈な土のにおいが、空の高さを感じさせた。街の家々は静まりかえり、そのはずれの病院が年ごとに設備をひろげ、建築をくりかえしていった。風景は変らなかったが、夏の想いが、年ごとに沈鬱をくわえてゆくなかで、幸吉の股関節脱臼の記憶が父幸七のなかでうすらいでいったころ、幸吉は須賀川第一小学校を卒業、同市立第一中学校から、福島県立須賀川高校へ入学している。

小学校時代の彼は、算数、理科、工材を得意とし、小鳥の生態観察用巣箱を考案し、小学生コンクールで県知事賞を受賞している。一方、国語、作文、唱歌など、情操方面は不得意であった。生来の無口と、内向的な性格によってであろう。むしろ、ひとりで、こつこつ自分相手にする地味な学科を好んだ。その傾向は、中学、高校とすすむにつれ、珠算、速記に上達する。高校卒後の就職にそなえてのことであるが、高校三年になると、第十回中根式速記競技大会に須賀川高校を代表して級友たちと参加し、団体優勝し、彼は個人総合で第七位の成績をあげている。珠算は二級にちかい腕を持っていた。

ちなみに小学校の運動会では、満足すべき成績をあげていない。力や素質がなかったのではない。内気で、穏和で、子供らしい競争心を、子供なりに嫌悪する性格だったのである。そのかわり、蠅取りコンクールなどでは、つねに、抜群の成績をあげ、市から褒状をもらっているのである。眉をしかめながら、蠅叩きをもって、そっと蠅を狙う円谷幸吉の少年時代の姿が想像される。

就職試験は落ちた。

常磐炭坑、松下電器を受けて通らなかった。というより、実際には合格したが、採用側がひとしく、不況に災いされて、自宅待機を通告してきた。昭和三十一年の春である。採用側では、好況にもどったとき、新規の社員を高校から募集するためには、学校側と緊密な需要供給のパイプをつないでおくように、はじめから不採用というゆきかたを避ける。が、落ちたことにはかわりない。と云って、浪人は家計上許されない。円谷幸吉は自分で自衛隊員募集の広告に応じて願書を提出する。願書を出したあとで、はじめて、父母や、兄たちは、それを知った。

父や兄は、戦前の軍隊生活を体験している。その体験にしたがえば、軍隊は農家より、楽な生活を送れる場所である。規律に忠実に従い、云われたこと、命じられたことを、そのとおり実行していればよい。とくに、父幸七は、「人に迷惑をかけるのが、一番、良くないことである」という生活信条を持っている。軍隊で忠実な兵士であれば、他人に迷惑を及ぼす必然はひとつもないと考えている。兄はなによりも、農業労働からの解放をよろこび、つぎに軍務の実習は、自己の体験から家にいるよりも肉体的、精神的負担がすくないことを知っている。

幸吉の自衛隊志願は、ほとんどの抵抗なく、家人にむかえいれられた。まして、そこで職業実習の実技を身につければ、社会に再復帰したとき、より有効な効果をあげるであろうと判断した。

幸吉は、昭和三十四年三月、自衛隊八戸教育隊へ入隊した。もし彼が自衛隊に入っていなかったら……と言ってみてもせんないことではある。

須賀川は明治の末まで、磐城と越後を結ぶ商業町であった。が、後に新設された磐越東西線の中継点が郡山になると、急速に、没落した。須賀川は追憶と閑寂の街である。それを象徴するかのように、ここの牡丹園は古さと、広さで日本一と知られているが、花ざかりの牡丹には、どこかに時流に忘れられた頽廃の俤が匂っている。張りつめたあとの衰えが漂っている。

戦後、須賀川とその周辺の農村の青少年にとって、唯一の娯楽は走ることであった。昭和二十年代初期、福島県下に、それまでにない現象として、吉成昭二ほか幾人かの長距離選手があらわれて、十キロ、二十キロのロードレースや、クロスカントリーに記録をだして話題になる一時期があった。

走ることは、ひとりでもできる。夜でもできる。金も、場所もいらない。吉成そのほかの出現は、他の青少年のヒロイズムを煽った。畑仕事を終わった若者たちが、野良着を脱ぎすてると、街道すじや、丘陵を走りまわる。日頃から鬱勃とした心情と生理の負担をもてあまし、その捌け口をもとめるに急な青少年にとって、優勝走者であることは功名心を誘うだけでなく、なにかからの遁走と、なにかへの熱い憧憬をかきたててやまない。走ることがこの地方の流行現象になって、青少年の心をとらえた。

円谷幸七の子供たちも例外でない。一日の仕事が終わり、食事がはじまるまでの風呂の時間に、年齢順に家をぬけだし、それぞれが近隣の青少年たちと、呼び出しの暗号に応じあうかのようにつどいよって、街道をよぎり、川にそい、森をぬけ、畦道(あぜみち)をつたって走りまわる。彼らにとってそのひと時はまた、農業知識の交換や、人の噂話から、就職時の状況の事や、恋愛のうちあけ相談にまで及ぶ交応の時でもあった。

円谷幸吉は、中学校へ入ると、あたかも、若衆宿に参加するように、兄たちに手をとられて、走る仲間に加えてもらう。それは、一人前として扱ってやる、という青年たちの暗黙の認(しるし)である。農業はもとより生活のすべてを、大人なみに見てくれるということは、この温順で、質朴な農村少年の、きわめて内向的な、つつましい虚栄心をひそかに満足させた。

兄たちが先頭でかわす冗談の言葉尻や、消えてゆく笑い声の余韻を、夕暮れの風の中にうけて、円谷幸吉は走りはじめる。先頭集団は市街地に灯(とも)りはじめた電燈の光を遠くにするあたりで、丘陵になびく野火の煙をかいくぐりながら、だれとなく掛け声をあげて、スピードをあげてゆく。残照と夜の暗黒の境目に砂ほこりがあがる。埃(ほこり)はゆっくりと薄れ、形をくずして、淡く夜にまぎれてゆく。幸吉と先頭集団の差が徐々にひらきはじめる。彼らは郡山と須賀川の境にある雲水峰(うつみね)山の頂が見えなくなるカーブの箇所で、少年を容赦なく斬って捨てるようにピッチをあげる。道は急坂になる。少年は下行結腸(かこうけっちょう)のあたりに、異様な狭窄(きょうさく)と癒着(ゆちゃく)の混合した痛みをおぼえて、歩幅をおとす。こめかみの部分に剃刀(かみそり)で抉(えぐ)られたような空白感がひろがりはじめ、やがて、その空白感だけが全身の感覚をみたす。呼吸がせまり、のどに焼けつくような涸渇(こかつ)感がせまって、痙攣をうながす。彼は下腹部に手をあて、走ることをやめる。肌が熱して、肌が呼吸器にかわって貪欲に夜の冷気を吸いとろうとしている。彼は路上にうずくまる。脱落したという落伍感よりも、いまは、虚脱感をむさぼるように味わうことが、肉体に快いことを、本能で知る。かすかな愉悦が、肉体の深部にうずきをもって、揺曳(ようえい)しているのに少年は純粋な満足をおぼえる。

脱落の試練を幾夜もすごして、二年、三年たつ。やがては、彼も先頭集団に伍したま ま、走行を完了する。十キロ、二十キロを、連夜走りぬくだけの力を内蔵するに至る。同時に、身長は伸び、体重は増し、他の兄妹を凌(しの)ぐ。

コーチはいない。理論もなければ、走法、フォームすべてが自己流であった。自分のなにかを後にすててゆく快感、放棄してゆく逸楽が、体内を流れる血に熱気を、筋肉に覇気を与える。ただその感覚しかない。見馴れた街道、踏みしめる土、夜露(よつゆ)にかぐわしい野の草は、走ることによって崩壊する寸前にまで追いつめられた肉体を、さらに未知の快楽へといざなうかのように錯覚される。走ることは、自分を破滅の寸前で絶えず堅持しつづけるための陰湿な陶酔を思わせる。その陶酔を適宜(てきぎ)に体内に吸収し、折を見て、払拭(ふっしょく)してゆく。走ることには、どこか、麻薬に似た快楽がある。

不幸で、皮肉なことには、走者は、その麻薬をよりしたたかに吸いこみ、申し分なく心身に浸透させうる度合いが強まってゆくごとに、強く、逞しく、迅（はや）い走者へと成長してゆくことである。円谷幸吉は高校二年のとき、はやくも県横断駅伝大会第五区に出場し、区間最高高校記録をあげる。ついで高校三年、牡丹の花ざかりを記念しておこなわれる須賀川牡丹マラソン大会（二十キロ）に一時間一五分〇四秒の記録で、第二位となる。

昭和三十九年十月二十一日、東京オリンピックの陸上競技最終日、円谷幸吉はマラソンで三位に入賞した。つねに先制を計って先頭集団に属し、哲人アベベを追った。国立競技場のトラックに展開したイギリスのヒートとの最後のデッド・ヒートは激烈であった。しかし結局ゴールを寸前にして円谷はヒートレーに抜き去られてしまう。が、この大会の陸上競技をつうじてはじめて、彼は日の丸をメインポールにかかげたのだった。不振の日本陸上界にあって、彼はこの大会のひとつの輝ける星であり、国民的熱狂と称讃の的であった。〝よくぞ円谷！　闘志の日の丸〟そんな大きな見出しが翌朝の新聞に見られた。

オリンピックの活躍により、円谷幸吉は日本の円谷になり、一方では自衛隊を代表する円谷になった。三宅、鶴峯につづいて三人目の一級防衛功労章を彼は受けている。東京大会は第三位であったが、二十三歳という年齢から考えると、つぎのメキシコ大会で

円谷に並びかけるヒートレー　提供：朝日新聞社

は、技心とも円熟し、日本人で最初のマラソン優勝者になると期待された。東京大会における円谷を除いた日本マラソン陣の惨敗は、すでにマラソンが持久力、耐久力のレースではなく、スピード一点張りのレースになっていたことを証明していた。マラソンは五千、一万とかわらぬ中距離レースである。その前年、円谷幸吉はニュージーランド国際競技大会で、二万メートルに五九分五一秒四の世界新記録をだしていた。そのスピードに着目して、日本陸上の上層部は彼のマラソン転向を目論んでいた。試走の意味で中日名古屋マラソンを走らせ好成績をあげると、つぎに毎日マラソンを走らせ、そこで第二位の成績をあげると、彼を一挙にマラソン代表に決定したのだった。円谷幸吉は申し分なく東京大会で指導者たちの意図を満足させた。となると、メキシコでは是非、完勝してほしい。そんな声がおのずと、質、量ともに不自然に拡大され、誇大化されて、円谷幸吉に集中した。良い選手を見つけ、育て、強化することに成功すれば、それは、まちがいなく、その発見者、指導者の功績に帰せられるのが、スポーツの世界の鉄則である。

円谷幸吉は、ごく自然のなりゆきで自衛隊に入った。就職試験に落ちたからだった。が、自衛隊に所属し、とくに八戸教育隊から郡山連隊へ配属されて、郡山付近の種々の競技会に出場して勝利を得るにしたがって、走ることは、いつのまにか、彼を連隊の代表者の地位におしあげてゆく。思えば中学から高校にかけて、兄たち、その仲間たちと、日常の時間割のなかのごく一部として、風呂や、夕食の前に、稚い運動感覚を満足させるために走っていたのにくらべると、おなじ肉体運動なのに、その心理的内容は、はるかに晦渋で負担の重いものに変ってきていた。昭和三十六年七月、それまでの自衛隊員としての競技成績の抜群を認められて（三十五、六年、彼はあらゆる二十キロ、ロードレースに一位を連続して独占した）陸上自衛隊東北方面総監より体育優秀者として表彰されてからは一層、走ることに自覚と責任、ほとんど倫理的圧迫感を意識しながら走らねばならなくなった。競技者としての失墜は、まさに、道義的頽廃を意味する厳しさであった。自分は名誉ある組織の一員であるという自覚が、彼の走ることへの傾倒と没頭を、従来では想像もつかぬほど、過酷な求道的性格のものに変えていった。幼時、蠅取りコンクールに入賞し、珠算、速記に勉励した性格は、しかし、どこかで、その要求を欣んで受けいれる要素を備えていたものと思われる。彼は素直に、上からの命令を服膺し、忠実に履行することに、人倫の大道を発見する。

郡山の初夏は、まだ寒い。

自衛隊の周囲は菜の花がさかりであるが、冷たい香りは、その上の清澄な大気をふるわすほどに湿りをおびている。遠くには冬の名残りのすすきが銀色の穂をつらね、それを越して、磐梯を中心とした山々が残雪を陽光に反射させている。円谷幸吉は起床時刻前二十分に寝床からぬけだす。鉄製のベッドが粗いコンクリートの床の上に並んでいる。兵舎内には藁と男性特有の体臭と寝息がたちこめている。彼はそれをくぐりぬけるようにして、兵舎の周囲四キロの早朝ランニングに飛び出してゆく。一日の課業が終わると、ふたたび、残照に暮れなずむ山々を目標にし、背にし、走りつづける。一日の規定の食事量ではたりずに、時折、路傍の畑に駆けていって、あわただしく、大根や、胡瓜をもぎとって、頬ばる。生野菜のつゆが彼の口もとからしたたりおちる。

競技会はつぎつぎに待っていた。彼が弱音をはき、挫折するのを、待ち設けるように、スケジュールが組まれている。そのころの競技成績をみると、彼は一週ごとに、東北陸上競技大会、全国勤労者陸上競技大会に出場し、勝ち、二週後に、日本陸上競技選手権に出たあと、さらに東北方面陸上大会、そして福島県総合体育大会などと、七、八月の炎天の下で、驚嘆すべき強行日程を消化し、しかも勝っている。走って、走りぬいて、これでもか、これでもかと、彼自身の肉体を苛めるように寸暇を惜しんでいるかのようだ。

若さにまかせてのことであろうか。それとも、適切な指示を与え、競技による消耗をすみやかに回復する手段を講じられる指導者がいなかったのであろうか。あるいは、彼は信念として、勝つことが、忠誠の表明となると単純に確信していたのであろうか。一時にはかりしれぬエネルギーを放出する長距離レースで、それに比例する休養と、カロリー補充が不充分なまま、彼は走る。すでに、走る職業人といってよい。彼にとって走ることの代償は何だったのか？ 専門職なら、金銭が目標となる。あるいは人気でもよい。が、彼の場合には、そのいずれもが、目標の外におかれていた。彼は第十一回、青森・東京駅伝で三つの区間新記録を樹立したのち、埼玉県朝霞の自衛隊体育学校へ入校を命ぜられた。

ここで、円谷幸吉は運命の人と云える教官畠野洋夫氏と知りあう。彼は畠野氏によって、はじめて、走法の理論指導と実技コーチをうけた。大学時代すぐれた走者であった氏は、円谷のスピードを、より効果的に爆発させる走法のみならず、競技における心理的均衡の維持から、肉体管理の処方を円谷に伝えるのに熱心であった。円谷幸吉の素質は、氏によって、ようやく開花し、東京オリンピックで結実した、と、評してよい。この期間の円谷は、氏の指示に従うことで、精神的慰撫と心理的栄養をつぶさに味わった。氏は選手の立場で、選手の心の翳りと、肉体の好、不調をたくみに組合せるのにひいでた人であった。

不幸なことに、隊の命令により、畠野氏はやがて北海道千歳自衛隊に転属され、円谷と訣別しなければならなかった。しかし、顧みると、朝霞体育学校時代から東京オリンピックまでに、円谷幸吉はその青春の全エネルギーをすでに完膚ないまでに発散しつくしてしまった、と思われる。そして、東京オリンピックでの勲功により、時の人となるに及んで、彼はますます、忠実無比の軍人となることを要請された。当時の同僚だった人に聞くと、「真面目の度がつよすぎるので、だれも、後についてゆけなくなってしまった」という。偉すぎて歯がたたなかった、という意味であろう。

昭和四十二年十一月。

円谷幸吉は故郷、須賀川に帰ってきた。その年の秋、椎間板ヘルニアとアキレス腱の手術をした。医師は癒った、と云ったが、円谷は本能的に「だめだ」と思った。脊椎の間に筋肉がねじれてくいこみ、その周囲がくさりかけていた。アキレス腱の切断は、彼の競技生活の放棄を意味した。

故郷は収穫祭であった。街の人々は街のはずれの丘陵で、飾り松明に火を灯した。油をしませた大松明が幾本も地上におかれ、その火焔が天を焦がした。それから、雲ひとつなく澄んだ晩秋の夜空に花火が打ち上げられた。花火はふっと宙に浮いて、すすきの穂のようにしだれ、いったん闇に没し、ふたたび落下しながら、斜めに幾条もの尾をひらいて消えていった。

円谷幸吉は、父母や兄たちと、父の作った野菜をたべながら、遠くの花火を見た。澄んで乾いた空に、花火の音は、夏以上に冴えてきこえた。父の野菜には野の香りが豊饒だった。

翌日、彼はひとりで、近くの母畑温泉に行った。大川街道をバスに乗り、阿武隈川をよぎり、紅葉のさかりの山と山の間のせまい道をうねった奥に、温泉は静まりかえっていた。

温泉は筋肉を痛めた者に特効があるというので知られていた。東京の鳶や、大工などの間でも利用者が多かった。温泉旅館は古風な建築で、内部は暗く、歩くと床も、部屋も、きしった。いざるように老婆が床を匍っていた。

円谷幸吉は幼少のとき、股関節を痛めた後の治療に、父幸七に背負われて、この温泉に来たことを想いだす。

温泉は無色透明であった。硫黄とも、鉄ともつかぬ匂いがしていた。湯船のすぐ横にまで、古い苔むした岩石がせまり、その上は、あかるい紅葉の焔であった。紅葉が風に吹きわれると、はるかに高く空が仰がれた。空は冬の色であった。張りつめた勢いがあった。

円谷幸吉は湯船の中で体をのばす。

窓の外は、降りしきる紅葉で、湯船の中まで明るくなった。

東京オリンピック後も、彼は休むことなく走った。久留米の幹部候補生学校に入ってからは、将校教育を受け、陸上競技ならずいっさいのことに、師表に立つことを要請された。どこに行っても、日本の円谷であることが話題の眼目になった。彼は絶えずそれを意識せねばならなかった。彼はそれは甘受しつづけてきた。

こんなことがあった。一年前、郡山の農家の子女と婚約がまとまったときのことである。自衛隊体育学校校長が、相手の母親に、

「円谷幸吉は、日本の円谷である。娘さんも、そのつもりで、それにふさわしい妻になるようにしてもらいたい」

と、懇請した。校長はむしろ、祝福の意味で述べたのであろうが、それに対して、その母は、娘と共に、

「恐ろし。それは、私どもに到底できることではありませぬ。ごらんの通りの農民でございます」と、婚約の破棄を申し出た。円谷幸吉が郡山連隊に在隊中、柿を食べに入ったのが縁で知りあった貧しい農家の母娘であった。母と娘は、この時以来、円谷幸吉の前から姿を消してしまった。

が、それ以上に打撃だったのは、手術を一挙に遂行したのち、まだ回復もおぼつかない時期に、彼は早々と、翌年のメキシコ・オリンピックの候補選手に選ばれたことである。彼は自分の身体から判断し、メキシコは見送り、満身創痍(そうい)で、心的消耗が衰弱の極致に達している現在の状態を根本から回復し、あらためて、競走生活に戻ろうと欲した。それだったならば前途に一縷(いちる)の希望がたくさせそうであった。不完全な状態で、不満足な成績をあげるよりは、そのほうが、はるかに望ましいことに思えた。が、上層部は、日

本のために、日本陸上のために、自衛隊のために、彼に走れと命じてきている。彼は理を尽して、おのれの心身衰弱を述べるべきであったろうか。

医師の診断は、走れると云う。

上層部は、走ってほしい、と云う。

円谷幸吉はスポーツの世界に、弁解はいっさい通用しないことを知っている。倒れてのち止む。

闘魂あるのみ。死して走れ。

彼はそんな世界に、自分が生き、栄光を受け、賛辞のかぎりをつくされてきたことを知る。

午後の温泉は、客がすくない。

円谷幸吉は一度、湯船の中に全身をつからせて、しばらく、湯の中にもぐっていたが、勢いよく底を蹴って立ちあがる。

彼はもう一度、父と母をともなって、冬、この温泉に来ようと思った。それから、定められた部屋にもどって、床を敷いた。

目をつぶると、近くの小学校で、生徒たちの歌う唱歌の声がきこえてくる。声は一度、消えてから、前よりももっと朗々と、紅葉の明るさを歌っている。それから、歌の合間に遠くの山で、山肌を切りくずす爆発の音が聞え、それが山峡をこだまして近づいてくる。そのあとは、深い沈黙がやってきた。次に深い眠りがやって来た。

＊

それから二カ月後の昭和四十三年一月九日の朝、円谷幸吉はカミソリで頸動脈を切って自殺する……。

（父母と家族あての遺書）

父上さま母上さま三日とろろ、おいしゅうございました。干し柿、もちもおいしゅうございました。（中略）

父上さま、母上さま、幸吉はもうすっかりつかれ切ってしまって走れません。なにとぞお許しください。

気がやすまることなく、ごくろうご心配をおかけいたし、申し訳ございません。幸吉は父上　母上のそばで暮しとうございました。

（「小説新潮」一九七〇年二月号）

Ⅳ

佐渡に鬼を見た——コラム「うえんずでい・らぶ」抄

唐十郎はタイ式ボクシングだ

状況劇場『腰巻おぼろ・妖鯨篇』唐十郎作を見た。

僕はいつも唐十郎の作品を見ていると、タイの本場のキック・ボクシングを思いだす。戦士がふたり舞台に登場してきて、線香の煙が流れ、胡弓やドラの音がうずまくなかで、たがいに愛撫をくりかえす。この世にあるものは、肉体と音楽と香煙と人いきれだけであり、人間は互いに相手のハダを慰撫することによって、心と心をかよいあわす。試合場は薄汚ない芝居小屋を思わせる作りだ。

タイの若者がリングの上で身をくねらせてヒトミにあやしい光をたたえるさまは、演劇のエッセンスのように思えてくる。状況劇場の演劇が若い人、とくに、女性観客たちを酔わす秘密はそんな感性的な恍惚にあるのかもしれない。若い女性の間での大久保鷹の人気は女性たちの法悦のあらわれだ、と、僕は見ている。

ところで、唐十郎の作品には、かならずといってよいほど、年上の女と、若い男の恋愛感情がとりあげられる。が、これは通俗的感性の意味での「年上の女」への思慕ではない。むしろ、女性が、恋愛で彼女らの情念の翼を、ほしいままにはばたかせる自由を与えられるために、あえて「年上」という境遇を身にまとう。

李礼仙の演じる女は、つねに暗く、重い過去を背負っている。女であるために耐えしのんできた屈辱が、彼女の全身にまといついている。彼女は女であったために、いいたいこともいわずにきた。もし、自分が、男のように振舞えたら、自分はどれほどのびのび、くったくなく美しく、朗々と生きてこられたろう。彼女は、たえず、そのようなことを自分に言いきかせている。だから彼女が、ほんとうに、彼女の良さを発揮するのは彼女が男のように、恋愛をしたときしかない。

僕は唐十郎の、肉体と言葉の感性の新鮮さにみちあふれた演劇を見るたびに、ピエール・ド・マンディアルグの作品、わけても『ビアズレーの墓』を思いだす。『ビアズレーの墓』では、巨大な女が倭人（こびと）を犯しながら、逆に、倭人に犯されていく陶酔が描かれている。女たちは自分が軽べつしきった、とるにたらない男を、自分の意のままに操っていながら、最後には、その男の膝下（しっか）にひれふしてしまう。彼女たちの歓喜は、あきらかに倒錯的だが、それゆえに、歓喜はストレートに爆発する。僕にはその爆発が、タイのわびしいキック・ボクシングの若ものたちの酔いに、たいへんちかいものに思われる。

唐十郎の劇作家として、演技者としての最大の才能は、李礼仙という女優を、徹底して、女への賛美の源泉として描ききる大胆さにつきると思われる。寺山修司の演劇の根底に、つねに、失われた母への追憶と憧憬があるように、唐十郎のそれには、今は地上から姿を消した女への復活の祈願がこめられている。状況劇場の演劇が、若い女性たちに好かれるのは、そのせいであろう。

唐十郎の作品は、時に、僕に大本教の教祖出口ナヲと、出口王仁三郎との関係を思いださせる。

教祖ナヲは幾人もの子供を産んだ。が、子供たちは精神障害者であったり、家出娘であったりした。彼女は生涯、母として、妻として、不幸から脱け出られなかった。それが、ある日に突如として、神がかりになり、教祖となっていく。

一方、娘婿、王仁三郎は貧しい環境にそだったが、天性、詩人の要素を授かっていた。彼は詩的陶酔にちかい共鳴をナヲにおぼえた。ふたりが大本教をひらいてから、多くの信者をひきいるのだが、娘婿王仁三郎は、詩的感興というより演劇的感興が昂じると、自ら女装して、信者の前で説教をしたという。このことについては、城山三郎氏が、くわしく書いている。彼の女装の説教に、多くの女性信者たちは熱狂して、宗教的エクスタシーをつのらせた。ナヲは女として傷めつけられたゆえに、男のように振舞い、男のように語り、心情を吐露した。娘婿は女のように、男の資質を発揮したわけである。唐十郎と李礼仙の演劇にも、それに似たところが多いように思われる。

（「スポーツ・ニッポン」一九七五年六月十一日）

佐渡に鬼を見た

祭りは辺境から生まれた。荒涼とした辺境に豊穣(ほうじょう)を祈願する祭りが芽ばえた。祭りが芸能をつくった。その意味で、芸能もまた辺境に花ひらいた庶民の祈願である。そして、芸能の背後には、常に、辺境の思想がある。

ここに都会を追われた若者たちがいる。思想問題、経済的不遇、精神的荒廃、恋愛の挫折感、倫理上の破綻理由はいくらでもある。彼らは石もて追われるように、都会を去って、辺境に流れついた。

彼らは再起を願う、というより、都会を追われたからといって、容易に、生を放棄するわけにはいかない。彼らは生きるよすがを発見しようとする。生活の祭りを身につけようとする。原点への復帰。生エネルギーの再探求をこころざす。——かつては、もし、オレの記憶がたしかならば、オレの生活は祭りであった、という十九世紀末のランボオの放浪生活が、今日でも新鮮に映るのは、このためである。

ここに佐渡に流れついた一群の若者たちがいる。彼らは太鼓、笛、三味線、民族芸能の踊り、その他、日本芸能の原材を習った。芸能は修練を要求する。芸能は激しい肉体訓練からはじまる。彼らはマラソンによって、耐久力を養った。太鼓を連打しても崩れない姿勢をつくること。わけても腹筋に力をつけることに、意をそそいだ。笛しかり、舞踊しかり。彼らはひたすら走る。男も、女も時によっては、マラソンと同じ距離の四十二キロを走らされた。生命の鍛練である。

佐渡は国中平野である。正月一日、街も村も田園も静まりかえっている。風が吹く。ごうごうと音をたてて、北風が野をすぎていく。そのなかを、彼らは男も、女も黙々と走った。訓練はつづく。芸能は心情と肉体の遊戯である。遊戯が辺境に神を呼びまねく。大地や、生命を支配する神が、そのまま、芸能を支配する。芸能の美しさとは、その支配の凜烈さぶりを指す。平野の疾走が若者たちの体内に神の支配を浸透させた。

若者たちの上に幾年かの歳月がながれた。来島したときにはひよわさや蒼白さだけが目立った体は、今は筋肉は隆々として、肌は赤銅色に輝く肉体に強化された。と、ともに彼らの芸に磨きがかけられた。まことに、辺境の芸にふさわしく、たけだけしく、たくましく、骨太で、生命力のみなぎった芸が習得された。若者たちの集団を、鬼太鼓座という。彼らはパリやニューヨークの海外公演に招かれる。

篠田正浩が、彼らの集団生活を一時間半の記録映画におさめた。鈴木達夫の撮影が良い。

佐渡は離島である。古来、刑を受けた者が流された島である。僕らは古歌のいくつかによって、佐渡流刑（るけい）の悲しみを知っている。『佐渡流人行（るにんこう）』、その他、『無宿人別帳』などからも、流刑の悲惨を教えられてきた。前述の若者たちも、見かたによっては、一種の流刑を受けた若者たちと言ってもよい。彼らが流刑人とちがうのは、日本古来の楽器を扱うことによって、芸能にたずさわり、生霊の復活に、直接、たずさわれることである。現代に死にたえた命を、まさに、大地に稲がみのり、果物が結実するように、ふたたびよみがえらせることができることである。

映画は、その過程を背後にマラソンを流すことで、映像化してみせる。執拗な映像による蘇生描写が、僕らのうらに眠る肉体のリズムをよびおこす。リズムは、おのずと、映像を塑型（そけい）し、あらためて、笛、太鼓、舞踊の言語を伝えてくる。そのプロセスが映画の魅力である。芸能そのものの肉声が聞こえてくる。肉体が芸能の精と昇華する。

映画は問う。若者たちの修練は、精神の覚醒をうながすものであろうか。それとも、芸能の定着をめざすものであろうか。質問はくりかえされる。このままでは、若者たちは、最後には芸能人になってしまうのではないか。笛や、太鼓や踊りがうまくなればなるほどその疑問はうまれないだろうか？　彼らはプロ芸能人の集団に堕し、最初の荒々しく、素朴で、健康な精神は虚構的なものに華々しく装飾されていってしまうのではないか。映画はその質問そのものを映像化した。それが作品の魅力となっている。一見をおすすめする。

（「スポーツ・ニッポン」一九七五年八月六日）

原辰徳は笛吹童子

東海大相模の原辰徳選手が人気になっている。ちょっと前の島本、太田幸司の人気を思い出させる。いずれも、甲子園のヒーローたちだった。わけても、女子高、中学生のアイドルだった。

それはそれで、別にとりたてていうことはない。が、年の端がゆかぬ女の子たちがさわぐ対象を、世の有髯の男了たちが、それに劣らずさわぎたてる。そのさわぎたてようも、営業のため、商売のためとなると、これは、いささか悲しい。

僕はこうした現象をみるたびに、昭和二十年代末のころの『笛吹童子』『紅孔雀』の流行を思い出す。いずれも、当時の子女をよろこばせた。彼女たちが、これらのラジオ番組を通して時代劇のおもしろさを知り、やがて中村錦之助、東千代之介、大川橋蔵たちの出演する東映時代劇のファンとなった。そして東映時代劇の黄金時代がやってきた。女の子たちがチャンバラ映画を愛好した。

しかし、彼女たちは、時代劇、いわゆるチャンバラを愛したのではない。また、錦之助、千代之介、橋蔵を時代劇の映画スターだからといって愛したわけでもない。彼女らは映画に登場してくる女（桜町弘子、大川恵子、丘さとみ）に自分をなぞらえることを愛したのである。

市井のかたすみに、貧しい女がいる。その女が、なにかの折に、悪人におそわれる。それを前述のヒーローたちに助けられる。ヒーローにだかれて、気を失った彼女たちはヒーローの屋敷につれてゆかれる。彼女は目がさめる。ヒーローは、すでにいない。あるいは、そうした女たちが、父や兄の敵をうとうとして狙っている男が、実は、これまた前述のヒーローたちであった。彼女たちはそれでも短刀をふりかざして、ヒーローにおそいかかる。逆手をとらえられる。が、そのとき、彼女たちはヒーローをこのましい男だと考える。

こうしたシーンが、かならずあることで、彼女たちは東映時代劇のファンになった。彼女たちは、男の映画ファンがよろこぶチャンバラ、その他には、まったく興味がなかった。むしろ、彼女らが熱心に、目をカッ！　とみひらいて凝視していたのは、映画の中で廊下を歩く女たちの着物のスソさばきとか、ヒーローや、ヒロインたちの着る衣装のがらだったのである。それが彼女たちの美学の対象だったからである。だから、彼女らは東映時代劇が大すきだった。そして名目上、錦之助や、千代之介や、橋蔵がすきだと、他人に対して言ったのである。

が、時代がうつり昭和四十年代になると、日本はもはや東映の時代劇映画、あるいは、それにかわるものを持たなかった。日本の娯楽が『笛吹童子』や『紅孔雀』などで、幼い少女たちをひきつける準備作業を怠っていたので、あらためて、少女から成長した大人の女性たちをひきつける媒体をひとつも持たなかったのである。むしろ怠惰な時代劇にかわって女の子や、女をひきつけたのが、歌謡曲と歌手である。

ただし、これも、世の大人の男が単純に考えているような経過をたどってではない。彼女たちは歌謡歌手に熱をあげている自分がすきなのである。歌手のポーズに、歌手の着物にひかれる自分だけを愛した。

錦之助も、千代之介も、橋蔵も、やがてあっけなく、女の子たちに忘れられた。彼女らは、彼らに冷淡に扱われながらも、彼らヒーローを思う自分の姿だけがいとしくてならなかったからである。それが恋の骨頂だ、と彼女たちは考えた。

彼女らはチャンバラの美学や時代劇の哲学にはまったく無縁であったように、野球にも無縁である。たぶん、ストライクとボールのちがいすらも、わかっていないだろう。そんなことは、どうでもよいのである。彼女らが愛しているのは、ヒーローが、いつか貧しい自分にも目をかけてくれることである。が、残念ながら彼女らのまわりには、ヒーローがいない。いないから、たまたま、太田が、島本が、江川が、原が目につくのである。それ以外のなにものでもない。

野球でもよい。映画でもよい。歌手でもよい。彼女たちは、自分の恋だけを愛した。原の人気が異常だという。むろん野球とはまったく関係ない。

（「スポーツ・ニッポン」一九七五年八月十三日）

女への誤解

先日、作詞家の有馬三恵子さんから、有馬さんの少女時代の話をきいた。例の広島カープの優勝祝いのテレビ番組が終わってからのことだった。話は明けがたの午前四時ごろまで続いた。少女時代の視覚、感受性などが、女としてどのように成長してゆくか。そのプロセスが話題の中心になった。（世間はふつう、少女の感受性や心情を、少女趣味と軽べつするが、あれは暴論である。その証拠に、僕はすぐれた『ベルサイユのばら』論を、いまだに読んでいない。近く封切られるシャーロット・ランプリングの『愛の嵐』論も読んでいない。僕は名著『教育の森』の著者村松喬氏が、あるとき、毎日新聞の学芸部記者が、なにかのことで「宝塚少女歌劇のようだ」と書いたとき「宝塚をろくに見てもいないで、なまいきなことを書くな！」としかりつけたという痛快なエピソードを聞いている）

少女時代に理想の女性と仰いだひとへの賛美とか（自分もそう生きたい、と願う）ふとかいま見た秋の逆光のなかの海辺の光景とか、世間への反感や両親への憎しみと憫れみなど、そのほか、さまざまなファクターが女を形成してゆく。その過程が、女の魅力になってゆくのである。

ついちょっと前のことだが、ラジオが荒井由実の歌を一週間にわたって放送した。多くの女性が仕事が終わると、わき目もふらず家に急いでかえり、ラジオから流れる荒井由実の歌に耳をかたむけていた。その数は意外に多い。

こうした事実を、世間の男たちは、まったく知らない。多くの女たちが会社が終わると、デートに出かけたり、わびしい食堂でわびしい食事をしたり、ショッピングに夢中だったり、ろくでもないテレビ番組をぼう然と見ていたりしているだろうと、想像する。それはちがう。若い女性たちは、自分たちの感性がそこなわれずに、そっくり、そのまま、作詞され、作曲され、歌われているのに、ふっと、救われたような気持になる。荒井由実は美声の持主でもない。うまい歌手でもない。だが、彼女の歌は未完成な女、生成途上の女、傷ついてはいるだろうが、傷を気取ったり、自虐過多にならない女の感性をすなおに、明白に歌う。それがよい。小気味よい。

彼女の先輩に五輪真弓がいる。これは、まぎれもない女である。堂々として、陰翳がゆたかである。それだけ、一般の女性からは遠い存在になってしまった。荒井由実は、そこまでは成長していない。新鮮だが、危なっかしい。だから共感がよせられる。粗いが、ういういしい。

僕の女性の友人には、理科系の学問を専攻したひとが多い。数学、物理、化学、医学などである。なかにはユネスコの主催する世界の児童の数学試験の審査員に選ばれた薬学博士がいる。女性の薬剤師は多いが、女性の薬学博士はたぶん日本中に十人はいないと思われる。職業上、彼女らは冷静で、物事を客観的に把握し、抽象的な思考に強いと思うのは一般常識だが、実際は逆である。彼女らは自分たちが徹底して女っぽいことを自覚しているために、かえって、数学その他を専攻した。彼女たちが一般の女性とちがう点は自覚能力を多分に身につけていることと、数学や物理を専攻する集中力を忍耐強く養った点である。

その彼女たちが、ひとしく、劇画を愛好する。あのおどろおどろしく、淫靡で、女の愛憎がうずまく世界を好む。彼女たちはつげ義春の『ねじ式』や、水木しげるの『ゲゲゲの鬼太郎』を熟読した。赤塚不二夫の『ギャグゲリラ』に涙を流した。おなじ視点で横溝正史や、夢野久作の全作品を読破した。しいて意味づけると、そこに六〇年安保から七〇年安保にかけての女の青春があった。僕は映画『本陣殺人事件』を見ながら、なぜか、そのことを思った。彼女たちは異口同音に、映画『本陣――』に失望していたからだった。横溝正史の影が完全に抹殺されていたことに、彼女たちは衝撃を受けたのだった。

僕自身も、発表当時、世間から黙殺された東映の『本陣――』や『獄門島』や『八つ墓村』をあらためて傑作だったと懐かしんだ。

（「スポーツ・ニッポン」一九七五年十月二十九日）

『ベルばら』の原点

朝日新聞が十一月のはじめに「少女まんがの世界」と題して連載ものをのせていた。僕は少女まんがが大好きだから、むろん、この記事を読んだ。この特集は、例の『ベルサイユのばら』の大ヒットから発想されたと思われる。いずれにしても、記事は丹念に書かれて、なるほどと読者を納得させるところが多かった。わけても少女まんがの弱点をつく所が秀逸だった。

が、たぶん、男性の記者が書いたのであろう。なぜ、女の子が（少女まんがというが、ほんとうの読者は、じつは、少女期をとっくにすぎた二十代以上の女性である）少女まんがにひかれるのか、という部分についての省察が欠けているように思えた。現象としての少女まんがの流行のすう勢を分析する目は、さすがに光っているが、かんじんのまんがに魅せられてゆく少女の心理が通りいっぺんで、捨てて、顧みられていないのが、僕にはいささか不満だった。もし、女性記者が書いた女性の目でみた少女まんが論であったなら、もうすこし、ちがった形の記事になったのではないか、と思われた。

それからしばらくして、某テレビ局が『ベルサイユのばら』の池田理代子さんと対談してほしいと言ってきた。半分はお世辞だろうが、池田さんからのご指名だというのである。少女まんがについては、これまでに、幾人かの人たちがそれぞれの意見を書いているが、共通して、それらの人たちが、一見、表面はこわもてなのに、実は内心がきわめて女性的な人たちだというところに難点があるようであった（事実、池田さんも僕にそう語ってくれた）。池田さんが、今、宝塚でやっている『ベルばら』には、全く不満だというので、僕はそれならば池田さんと話しても大丈夫だと思って、対談をひきうけた。

テレビ番組は一時間で、あっという間に終わった。僕たちはそれから新宿へ出て夜中ちかくまで、少女まんがやそのほかのことを語りあった。池田さんは生まれた大阪の上新庄のことや、大阪女の気質とか心意気や、たべものと趣味性のこと、少女時代のエピソードなどを、つぎつぎと話してくれた。

なによりも、宝塚の『ベルばら』の原作料が十五万円だった、ということに、僕は驚かされた。もっとも、宝塚の方では、衣装代や大道具、小道具で一億円は軽く使っているはずだから、原作料の十五万円はごく常識的な扱いかたなのかもしれなかった。

上新庄からは夕焼け雲の残照を背景にして大阪城の遠望がみられた。池田さんは幼心に歴史のもつ物語性に、漠然とした憧れをおぼえたそうである。そして、ごくふつうの少女が辿る道を辿って、ノートのきれはしに漫画の少女の顔を書きなぐっていった。あらゆる少女が思うように、自分もこういう女になりたいと願った。少女というのは、かならず、理想の女性像を身近の現実の女性に見出して成長してゆくものである。

池田さんは中学の国語の女教師に憧れた。清潔で、温厚で、才気があり、美貌の持主だったという。池田さんもまた、国語を教える女性になりたいと願った。池田さんは冷たく、透明で、堅固で、孤独なものを愛した（余談だが、池田さんのもっとも好きなものは氷である。彼女は氷を手にとって、あきもせずに、氷をみつめている）。女性にとっては、なによりも美しいということが先決問題であり、美しくさえあれば、あとは多少愚かでも、よこしまでも、許されてしまうのである。つまり、彼女も、ごくふつうの少女として育ち、成長し、東京の高校から、大学へ進学した。この間の彼女の諸体験が、やがて『ベルサイユ』への道をひらいていった。

おなじ大阪出身（たしか茨木だと記憶するが）の里中満智子さんの少女まんが『あした輝く』『彼方へ！』は、徹底して大阪流の、これでもか、これでもかというほどに、女の心情がサービス過剰気味に描かれているところに特徴がある。が、池田さんもおなじ大阪流なのに、それでいてどこか冷たく冴えた部分を画に残している。僕は、それはたぶん池田さんが大学生として七〇年安保の体験者だということに、その主な原因があるとみている。七〇年安保運動は挫折して、ハイジャックとか、浅間山荘事件などを暗く残したが、一方では『ベルサイユのばら』を残したのである。世間は意外にそのことに気付いていないのはどうしてであろうか。

（「スポーツ・ニッポン」一九七五年十二月三日）

続『ベルばら』論　女の意気地

僕は池田さん（『ベルばら』の原作者）と話しながら、池田さんとおなじ年齢の僕の幾人かの女友だちのことを思った。彼女たちは、大学生時代に、七〇年安保を体験している。それを支持したにせよ、傍観したにせよ、彼女たちは例外なく、あの嵐のなかに、身をさらさねばならなかった。好むと好まざるとにかかわらず、そして、たとえそれが不毛と荒廃と失望しかもたらさなかったにせよ、彼女たちは青春が、いかに実りすくないものであったかを自分の青春を代償として身をもって体験してきたのである。

彼女たちは大学を出ても、一流企業につとめるのを潔しとしなかった。いわゆる常識的な（まさにテレビのコマーシャルに出てくるような）結婚生活に入るのを拒んだ。彼女たちは、女ながらも、野に下った。半面、心情は明快で、感性は冴えた。言葉にユーモアとウイットをたくわえ、処世の姿勢において、ノンシャランと、心意気を一貫して尊重した。「ツラツラ人生ヲ顧ミテミマスガ、ナンニモぷらすニナルコトガアリマセン。デモ、生キテユカネバナリマセヌ」。生きる方便として、彼女たちは人生のさまざまな屈辱に耐えながら、耐えることをも、さらりと軽く流してみせるダンディズムを身につけた。

世間は『ベルサイユのばら』を女の愛を描いた作品だときめてかかっているが、僕はあの作品の骨子は女の心意気だと思っている。「女ながらも、まさかの時は、なぎなた小脇に抱えこみ」というのは桂文楽の名作「よかちょろ」に出てくる端唄だが、僕は『ベルばら』を読みながら、幾度も文楽演じるところのたいこもち一八さんのふしまわしを口ずさんだものである。女ながらも、この人間のためには死んでもよい、この自由のため、この正義のためには、かんじと犠牲になってもよい、と自ら決意する。明治初年熊本の「神風連」の旧士族の蜂起のときにも、女たちが、すすんで義のために一命をなげだしてしまう。もっとも、彼女たちの義の倫理観には愛の感覚が色濃くにじんではいたが、いずれにしても登場人物たちの決意の潔さ、明快さが、少女から二十歳台の女性たちをとらえた。

少女期から成人期にいたるまでの女性の心理とか、生理は、意外に男性社会には理解されていない、と僕はくりかえしこの欄に書いてきた。男性が男性の感覚でとらえた女性像があまりにもこの社会では決定的なものとして大手を振りすぎているのである。女性は例外なく、心中ひそかに「なんにもわかっちゃいないのね」と言っている。もっと極端に言えば「男なんかに女がわかってたまるか」と、彼女たちは昂然と胸をそらす。

もとより彼女たちは愛に思いをはせる。

彼女たちの形而上学は、愛の夢想のひとことにつきる。が、だからこそ、まことに、だからこそ、心意気やダンディズムを尊重する。彼女たちが人生にシラけ、人生に透明な冷淡さを求めるのは彼女たちが心意気やダンディズムを常に心中に復活させたいと切望するからである。そこに、女の主張を発見するからである。愛に執着するゆえに、愛と恋を、やすっぽく扱わないでくれ、と、彼女たちは要求する。彼女たちは、だから、テレビのドラマを軽蔑する。流行歌を拒否する。映画を敬遠する。それらは、男性が勝手に想像した女性しか描きださない。

世の女性は必然のように女が描いた女の理想を『ベルばら』に見出すよりほかなかった。

劇画『さそり』の成功は男性の夢想した女性へのサディズムとマゾヒズムが渾然とひとつの女の別の世界をつくりあげた奇妙な結果である。この女性たちが劇画『さそり』に魅せられた理由はただひとつ、描かれた女が、いわゆる常識的なワクにはまった、型どおりの女から逸脱していたという偶然による。映画でも、ヒロインを演じた梶芽衣子が、奇しくも、そうした雰囲気を天性に身につけているかのような錯覚を映画を観るものに与えた。

それはどこかで、高度成長の時代に劇画『銭ゲバ』が、あえて時代の流れに逆らって時代の常識に反した人物を描いて成功したのと、理由をおなじくしているのかもしれない。

六〇年安保は「アカシヤの雨にうたれて」の歌をはやらせ、七〇年のそれは『ベルばら』をはやらせた。いずれにしても挫折した女の感性と心意気が世の共感を呼ぶのも奇しき現象である。

（「スポーツ・ニッポン」一九七五年十二月十日）

〝花〟の映画２題

今年は花が目についた。強い印象をのこした。

ひとつは『薔薇のスタビスキー』、他は『レニー・ブルース』である。僕はこの二作が七五年を代表する映画だと思っている。

前者では、主人公スタビスキーが、女のために、室いっぱいに花を飾る。スタビスキーは国際的詐欺師である。彼は金銭上の欲望のため、厚顔きわまりない陋劣な手段を用いた。金銭に貪欲だったのは、彼がユダヤ人だったせいかもしれない。その金で、人生の歓楽を買った。

いっぽう、女の側から言うと、スタビスキーのような男こそ、童心と純潔の象徴と映った。彼は周囲を敵にかこまれていた。彼は危機の連続だった。が、彼のような男は、一見、ふまじめそうに見えて、実は誠をつくす男なのである。一見、まじめそうに見えて、嘘と偽りだけしかない男ばかりの現世で、彼は得がたい人物だった。女はそんな男の誠にひかれた。女にとっては、その意味で、彼はまぎれもない愛人であり、恋人であり、女のただひとりの理解者だった。女は彼を愛したことを誇りとした。

アラン・レネ監督は、その間の男女の心情をみごとに映像化した。これほど、男女の恋愛心理を活写した映画は最近にない。ロマネスク、という言葉は、この映画のためにあるといっても、言いすぎではないだろう。

わけても、カメラがよかった。スタビスキーが女を訪ねてゆくホテルの仰角気味にパンして、ホテルの量感を表現するくだり、また廊下の移動シーンのダイナミズムなど、この映画は映像の美しさを満喫させてくれた。

スタビスキーは強い意思の持主だった。全身が野望のかたまりだった。彼は完璧な行動力を身につけていた。それでいて、彼は現世を夢幻と観じ、その観照の延長に男女の愛欲のつかのまの昇華を夢みた。彼にとってはトロツキーの亡命も、スペイン人民戦線の敗退も、まさしく邯鄲(かんたん)の夢にしかすぎなかった。スタビスキーが、フランスの片田舎の町角で、むかし彼が起用したユダヤ人女優にあうシーンは、流転と彷徨の人生のなかで、とりかわされる男女の一瞬の出会いの哀歓を心ゆくばかりに描いて興趣をつのらせた。男も女も、言葉ひとつかわさずに、すれちがってゆく。街路樹は紅葉のさかりで、男女は風景のひとつにすぎなかった。

レニー・ブルースの伝記については、先に、この欄でも述べたので、省略する。

この映画でも主人公レニーが、女の歓心を得るために、室いっぱいに花を飾って、女を迎えるシーンが印象にのこっている。

花を飾って女を迎えるという行為は、僕ら日本人男性には至難のワザに思われる。キザで、ミエミエで、自分で自分にテレてしまう。よほどの破廉痴漢か、無知の男でないかぎり、このようなことはできないのがふつうである。西欧の男がそれをやっても、キザに映らないのが、なんともシャクにさわるが、これは致しかたない。

というより、日本人にとっては、花は、どうも陰湿で、沈んだ、淫靡な印象を与えるのである。僕は日本人の花は、本質的に暗い花なのだと、思っている。日本の風土や、日本人の心情が先天的に湿って、乾きを欠いているせいかもしれない。

『レニー・ブルース』では、女優バレリー・ペリンに感心した。まことに、さりげなく、淡々として、すこしも飾らず、それでいて女の心情を鋭く、適切に、表現していた。あれこそが映画女優の典型的演技というものである。『アリスの恋』の女優の演技もみごとだが、しかし、そこには、まだ表現してやろうという野心が露骨で、かえって、作品のあと味を苦く、陰惨なものにしていた。日本の女優では、僕は『田園に死す』の八千草薫にいちばん、なまみの女を感じた。作品の中心に位置して、作品の魅力になっていたからである。

（「スポーツ・ニッポン」一九七五年十二月十四日）

これは大傑作『カッコーの巣の上で』

『カッコーの巣の上で』(監督ミロス・フォアマン、脚本ローレンス・ホーベン、ボー・ゴールドマン)を見た。冒頭に書くが、これは大傑作である。ある作品を傑作とほめちぎるのは、なにか抵抗を覚えるのが普通だが、それを承知した上で、この映画を傑作だと書く。つぎにこのような映画が作られ、公開されている国、アメリカをやはりすばらしい国だと思った。と、同時に日本の映画が年々、衰退してゆくのが、悲しく思われてならなかった。日本では、このような映画を作ろうとしても、たちまち、周囲から反対されるだろうし、また上映しても、たちまち、上の方から、不愉快な干渉を受けるにちがいない。この映画にしろ『狼たちの午後』にしろ、あるいは『ジョーズ』にしろ、そうした映画がつぎつぎに作られる国は、すごい国だ、と、僕は思わずにはいられなかった。そして、この映画が、アカデミー賞をはじめアメリカでたくさんの賞をとったということにも、僕はある羨望を覚えずにはいられなかった。

ひとりの青年が精神病院にはいる。この精神病院は規則一点張りの社会を象徴している。ここでは、なにもかにもが、画一化されている。精神病院は人間の心を治すところなのに、逆に、人間を虐待し、個性を抹殺し、病院の「タテマエ」だけをとおすことに躍起となっている。

主人公が野球を見たい、と、言う。が、規則で許されない。精神病者たちは、なにも映っていないテレビを前に、架空の実況放送をして、はしゃぎまわる。僕はこの部分に感動した。実際、僕たちが野球を楽しむときには、そうしたイメージのひろがりに、身をまかせるたのしみを満喫するからである。このことはテレビや、新聞、その他のマスコミへの痛烈な批判がこめられている箇所である。

この社会では、まっとうなことや、人間らしいことは、すべてが規則（法律と言い換えてよい）ずくめで禁止されている。だから患者のひとりであるインディアンは、ろうあ者のふりをしている。インディアンは背が高い。それだけで目立って、他から迫害を受けてしまうからである。僕たちもこの社会で、他人からいじめられずに生きてゆくためには、ろうあ者のふりをして生きてゆかねばならない。このインディアンは、主人公（ジャック・ニコルソン、すばらしい俳優である）とチューインガムをたべるときに、はじめて口をきく。このシーンも感動を促してやまない。

この病院では自由について、感情について、イメージについて、神について語るときに、たちまち、規則にしばられ、病院から体罰をうける。そのくせ病院は患者のためを思って、良いことをやっているのだと、得意になる。自分たちは患者を良い方向へ導くのだという誇りをみせびらかす。自分たちは善行をしているのだと主張する。僕は現代の日本で行われているヘンサチとか、給食とか、その他、かずかずの社会のためという美名にかくれた命令のいくつかを思いだした。図式的な言いかたになるが、体制と個人、法律と自由、弾圧と統制など社会が人間を抹殺するために、あらゆる拘束を発揮して僕らひとりひとりをいかに骨抜きにしてダメにしてゆくかが描かれている。

ジャック・ニコルソンは『イージー・ライダー』や『ファイブ・イージー・ピーセス』『チャイナタウン』で多くの人に認められたが、この作品でも、その良さを申し分なく発揮している。男の魅力が画面いっぱいにひろがる。また、病院側を代表する婦長になるルイーズ・フレッチャーという女優が卓越した個性を発揮する。エレン・バースティンもすぐれた女優だが、アメリカ映画はまたしても恐るべき女優をこの世に送りだしてきた。ケン・キージーの原作小説を読んで、あらためて映画をみると、アメリカの映画界が、なみなみならぬ野心と才能にこと欠かないのに驚嘆するよりほかない、というのが僕の実感である。

（「スポーツ・ニッポン」一九七六年三月三十一日）

野望の軌跡

——ポール・マザースキー監督『グリニッチ・ビレッジの青春』

たいして評判にもならず上映され、いつのまにか消えていった『グリニッチ・ビレッジの青春』（ポール・マザースキー監督）を、地方の小都市で見た。飛行機を乗りつぐ時間の合間であった。が、見終わって、僕はたいへん感心した。

マザースキーはさきに『ハリーとトント』を監督している。家を追われた老人が猫をつれて、西部の娘や、息子をたずねていって、幻滅する話である。老人も、娘も、猫も、どれもがよかった。が、今度の『グリニッチ・ビレッジの青春』は、一九五三年当時のブルックリンとグリニッチ・ビレッジの若者たちや、その親たちの生活を描いて『ハリーとトント』をしのぐ傑作になっている。

『アメリカン・グラフィティ』が、ベトナム戦争初期の若者たちをとらえ、現代の日本の若い人たちを感心させた以上に『グリニッチ……』は、若者の野心、夢、セックス、若者と両親の交渉などを的確に、生き生きと映像化するのに成功している。青春、ゆきて、還（かえ）らず、の思いをこえて、人それぞれの生きようの多彩さと、奥のふかさに緒をそえて、悔恨の痛切さ、希望の淡泊さ、出会いのはかなさ、別離の酷薄さなどが、映画を見るものの心をとらえてはなさなかった。

僕は東京に帰り、この作品に対する多くの批評を読みかえしてみたが、それらの批評が触れていなかったことを書く。それは、つぎのようなことだ。

演劇志望の主人公（レニー・ベイカー）が地下鉄のプラットホームで『欲望という名の電車』のマーロン・ブランドのまねをするところがある。その主人公の背後に、バーバラ・スタンウィックの大きな看板ポスターが立っている。はあ、スタンウィックだな、と、見ていると、これが、後に主人公の演劇学校の演技勉強の伏線になっていることがわかってくる。

主人公は演劇学校で、クリフォード・オデッツの『ゴールデン・ボーイ』をやる。オデッツの戯曲は戦前に書かれたが、バイオリンの勉強を犠牲にして、ボクサーになっていく貧しい青年を主人公にしている。貧困から身をおこして、富と野望を手にした青年は、やがて年上の女性と恋におち、ボクシングと、恋のどちらを選ぶかとせまられる。

戯曲は日本でも翻訳されて評判になったが、映画はウィリアム・ホールデン、バーバラ・スタンウィック主演で公開された。この『ゴールデン・ボーイ』がウィリアム・ホールデンの出世作となるのである。

『グリニッチ・ビレッジの青春』の一場面

青年期特有の野心が、出世か、恋か、生活かと、主人公の思いが乱れるさまの背景に、マザースキー監督は、クリフォード・オデッツの作品を下敷きにしている。

マーロン・ブランドやジェームス・ディーンやモンローや、フェイ・ダナウェイなどを送りだした有名な「アクターズ・スチュディオ」は、有名さと裏腹に、狭くて、きたない、見ばえのしないスタジオで、うっかりすると、気づかぬまま通りすぎてしまうような所だが、その「アクターズ・スチュディオ」を思わすスタジオで、主人公は『ゴールデン・ボーイ』の一節を演技する。地上の世界では例のローゼンバーグ夫妻の処刑が世間をさわがしていたころで、これは『ゴールデン・ボーイ』上演のころのサッコ・ヴァンゼッティ事件とだぶってくる。ローゼンバーグ事件も、サッコ・ヴァンゼッティ事件も、アメリカ社会の中での移民の問題、異民族問題、ユダヤ人問題などがオーバーラップしてくるのである。

(余談だが『グリニッチ……』は徹底してユダヤ人男女優を起用している。——そして僕はジェームス・ヤフェのアメリカのユダヤ人を描いた著作を思いだした)いずれにしても、作品の下敷きがわかって映画をみると、興味は倍加するのだが、映画批評家はそういう点にはふれていない。

主人公がグリニッチ・ビレッジを去って、ハリウッドに行くとき、街では年老いた老人がポーランドの民族音楽をバイオリンでひいている。これは、当然、さきの『ゴールデン・ボーイ』のバイオリン演奏家になろうとしていた主人公への、アンチテーゼになっている。さらに付言すれば、主人公の母になるシェリー・ウィンタースが好む歌手の名を、映画の字幕はボエオリングとしていたが、あれはビョリンクのまちがいである。ビョリンクは高名なオペラ歌手であった。

（「スポーツ・ニッポン」一九七六年十月十三日）

怪物は死んだが……――『キング・コング』のギラーミン監督

僕は『ジョーズ』には感心したが『タワーリング・インフェルノ』には感心しなかった。なぜなら『ジョーズ』には、的確な人間描写があったからだ。名もないアメリカ東部の海岸町の、しがない警察署長と、その妻の日常生活が、まことに生き生きと描かれていたからだ。

それにくらべると、後者には図式しかなかった。登場してくる人物が平凡で、単調だった。たぶん、それは演出者の年齢のせいなのかもしれなかった。前者は若々しく、新鮮で、男と女が毎日、肌を接して生きている実感を、そのまま大胆に映画に持ち込んできた、一種むこうみずの魅力が、画面につねに新しい息吹をかよわせていた。一方『タワーリング・インフェルノ』が、いわゆる大スターたちの顔見せ映画になっているのも、興味をうしなわせた。今更という感じだった。それにくらべると『ジョーズ』は登場人物たちが世間のアカに染まっていなかった。アメリカ東部の、名もない庶民の味が、僕をひきつけた。海も、砂も、街も、人も匂った。

だが『タワーリング・インフェルノ』の監督ジョン・ギラーミンが、今度、とてつもなくおもしろい映画を作った。『キング・コング』である。ここでは彼が『タワーリング・インフェルノ』でみせた長所——それは、たとえば、スチーブ・マックイーンが設計図をひらいて、防災個所をきめていくくだりだが——そんなクライマックスに至る手順を、きわめて精彩に富んだ絵にみせていく彼の才能が、遺憾なく発揮されているのである。なによりも『タワーリング・インフェルノ』にあった、くだらなく幼稚な文明批判の〝へりくつ〟が、きれいに払拭されているのも快かった。出世と栄達を願う男が現世の快楽を追うあまり、建築の手をぬいたために、火事がおこったなどという、まことに薄っぺらな理由が『キング・コング』では一掃されているのである。怪物がいた。怪物は、美女のいうことには忠順だった。世間は怪物を撃った。怪物は死んだ。たったそれだけのことに、映画は撮影技術の粋をつくして、映画的に成功することで、余計な説明や、虚飾を排除し、ひたすら映画のおもしろさを僕たちに満喫させてくれたのである。驚異に値する映画エネルギーの噴出が快い充実感を与えてくれた。

『タワーリング・インフェルノ』を見たとき、僕は監督ギラーミンの年齢の古さ、映画製作者の感覚の古さに、まず嫌悪感をおぼえた。妙にもったいぶって、解説に解説をかさねるあくどさもイヤ味だったのである。それが、今度は相手が怪物という、もの言わぬ動物だけに、そんな軽薄さがいっぺんに消しとんでしまった。

石油をさがしに船が太平洋に出た。太平洋のまっただ中に、ひとつの島があった。そこにキング・コングがいた——たったこれだけのことなのだが、そこに至る経過の描写に、僕はまず拍手を送った。前述のように『タワーリング……』の長所だけをえらびだして、映画はつくられていた。とくに、石油探知船から船員たちがボートに乗り、島に上陸していく。島に上がった船員たちが、海岸の波うちぎわから、奥地にむかっていくあたりの呼吸のよさときたらなかった。

また、キング・コングがとらえられて、ニューヨークにつれていかれるときの、石油タンカー内の描写も秀抜であった。巨大なタンカーの石油をいれる槽に、キング・コングが身をよこたえている。ここもまたジョン・ギラーミンの腕が異様にさえて感じられ、物語にある種のリアリティーと迫力を与えるところなのである。彼の年齢（といっても、五十歳だが）その五十年の間に、腕を鍛えに鍛えた、だてに年をとったのではない、という証拠のようなものが、画面からひしひしと感じられた。

今から四十三年前、僕はRKOの『キング・コング』を見た。コングにとらわれたフェイ・レイの頽廃美（たいはいび）を子供心に妖（あや）しく思った。こんどのジェシカ・ラングは新鮮で、健康で、スポーティーである。それに呼応するかのようなコングの表情のゆたかさやその翳（かげ）りの深さにも感心した。娯楽大作とは、こういう作品をいうのである。

（「スポーツ・ニッポン」一九七六年十二月八日）

都はるみが見事に歌い上げた二つの女心

今年は都はるみの年だった。彼女に明け、彼女に暮れた。僕たちは「北の宿から」をなんど耳にしたことだろう。「あなた変りはないですか……着てはもらえぬセーターを」という歌詞である。

ところで、この歌は女心を歌っている、といわれているが、実は、男が想像した女であり、女心である。それは日本の社会や、マスコミの世界は徹底した男性社会だから、この程度の安直な女心で通用してしまう。ふつうの女性はこういう女心を忌避し、敬遠する。この歌が人をひきつけるのは、都はるみの歌唱力のためである。

同じような例だが、若尾文子がコーヒーのCMをやっている。作ったほうでは、女性をひきつけたと思っているようだが、あれも、男が想像した女のイメージであり、せりふである。一般の女性は、若尾さんは若尾さん、私は私、だから、あんなふうな言葉で好きな男性にコーヒーをすすめたりはしないという。女性はあのようなCMを敬遠する。

都はるみといい、若尾文子といい、どうも、男が男の感覚だけで女を安易に幻想化すぎているようだ。

先日、宇津宮雅代に、ぜひ、と、すすめられて、都はるみのフォークのLPを買った。これは、ものすごく、良い。彼女の良さ、長所、彼女の女らしさなど、要するに、都はるみその人がストレートに表現された傑作集だ。彼女が「ビューティフル・サンデー」を歌っている。彼女の名を伏せて、レコードを知らぬ人に聞かせてみよう。たいがいの人が、例外なく、だれですか？　うまいですねと、驚嘆する。井上陽水は、いちばん尊敬する歌手に都はるみをあげ、彼女の「涙の連絡船」をうたう。陽水の都はるみもよいが、彼女のこの「ビューティフル・サンデー」は、世界のどこに出しても、一流で通用するだろう、と思われる。

このLPのなかで、都はるみは小坂恭子の「想い出まくら」を歌っている。この曲は、ポーランド民謡の「春を呼んでいる」を連想させる出だしをもっている。ひばりの子、すずめの子、飛びながらなにを見た……という歌詞で知られた民謡である。東欧の春(しゅん)愁(しゅう)とでもいった気分のなかで、小坂恭子の歌詞は「こんな日は、あの人のまねをして、けむそうな顔して、タバコをすうの」とはじまっていく。いかにも女性らしいフィーリングが伝わってくる。そうした歌をうたわせると都はるみの真骨頂が遺憾なく発揮されてくる。自由で、くったくなく、しかも、陰翳にとみ、脂ののりきった年齢にはいった女性の心理のひだのようなものが、くっきりと浮かびあがってくる。「北の宿から」にはなかった女の体臭とか、揺れうごいてさだまらぬ感情のきめの緻密さが、にわかに精彩を放ち、ツヤをおびて、ほとんど生理的快感にちかい憂愁を訴えてくる。阿木燿子作の「一年草」も忘れがたい。「頬が冷たい秋、コスモスの花、風に揺れてる。心が一つ、好きな花はみな、一年草……一人言の癖、つき始めて、足を早める、夕暮れの中」こういう詞は、まちがっても、男性には書けない。発想と、そのイメージの、というより、発想の絵画化されていくプロセスが女性特有のものなのである。イメージがつくりあげた絵画と絵画のきれまを縫って言葉がリズムを拾っていく。その縫っていくさまが女性ならではの感性を明示してくる。当然のことながら、歌詞をうたう都はるみは、まことに奔放に、自信にみちて、彼女自身の内面をうたいあげている。それが心地よい。こういう文体への傾斜は、若くして死んだ久坂葉子や、現在では富岡多恵子さんや、吉行理恵さんの小説の文体にも指摘される。僕にいわせてもらえば、こういう発想とか、それを表現した文体こそ女性ならではのセクシュアルな文体なのであり、あえて誤解されることを承知で書けば、ほとんど欲情の高揚さえ促してくる緊迫感にみちた文体なのである。——むろん、阿木燿子をうたう都はるみにも、女らしさが馥郁として発散する。

　どうも日本の社会や、日本の男性は女らしい女、女のエッセンスのような女には目が及ばないのかもしれない。社会も、男性も自分につごうのよい女しか、女として認めていないようである。

（「スポーツ・ニッポン」一九七六年十二月十五日）

『アニー・ホール』と3冊の本

先ごろ、アメリカのアカデミー賞の授賞式の様子をテレビが伝えていた。周知のように今年のアカデミー賞は『アニー・ホール』に与えられたが、その授賞式で同作の製作者が「この映画は製作を思いたってから撮影に入るまでに七年の歳月を要した」という旨の発言をしていた。ごく平凡な男女の出会いと同棲と訣（わか）れを淡々と、さりげなく、しかし喜劇的（ということは、とりもなおさず現実的に、実感のいきわたった）に描いて、登場人物の肌ざわりのようなものを的確に表現するためには七年の歳月を要したというのが、僕の胸に妙に熱いものを伝えてきた。さもありなん、というわけである。他の候補作品がよく出来すぎていたり、うまく作られすぎているのにくらべて『アニー・ホール』は細部の描写が緻密で、緊迫感に充満していた。アメリカの映画人たちは、そこに、この作品のよさを発見したのであろうと思われる。

杉本苑子（そのこ）さんの『滝沢馬琴上・下』（本年度吉川英治文学賞受賞作品）も完成までに八年の歳月を必要とした作品である。僕は同作の受賞前にさきだつこと約一ヵ月以前に、杉本さんから八年を要した理由をうかがったことがあるが、そのとき、杉本さんは、人物と人物が結ばれていく必然をつくりだす描写の細部を埋め足していく契機を発酵させるのに、長い時間が必要だったと語ってくれた。

小説はもとより、演劇でも映画でも、ストーリーや人物の諸性格も大事だが、それ以上に作品を成功させるのに大事なのが細部の描写である。これはていねいに、きめ細かく描くということよりも、人物と人物の間を埋めている空気の匂いとか、風景が色彩を帯び、量感をそなえていく過程のようなものが、作品の中で大切に取扱われているかどうかにかかわってくる。やさしくいえば、ごくさりげない描写のなかに、作品のもつリアリティーが隠されているわけである。『アニー・ホール』の良さとは、ひとことで言えば、そのことに要約されるであろう。

『ひとりぼっちの旅立ち』(林えり子、海竜社刊)という本が出された。著者の林さんはかつて、僕と『真夜中の向う側』について、雑誌「モア」で対談した女性である。その対談は三時間ほどに及んで愉(たの)しいものだったが、林さんはそれをうまく要約して、話の本筋をしっかりと女性の目で浮き彫りにしてみせてくれた。対談というのは、編集者に物を見る目がないと、どうにも、さまにならない内容になってしまうものだが、林さんの要約と編集の技術は抜群だった。女として、だてに生きてきたのではないというところである。『ひとりぼっちの旅立ち』は雑誌「ノンノ」に連載されたエッセー集だが、一ページごとに、女性でなくては感じることのできない、女性特有の心情や感性がいきわたっていて、僕は『アニー・ホール』流の、さりげない表現のなかに隠された女性の生活感覚のリアリティーを十分に味わせてもらった。

『夕凪の河口』(梅原稜子著、集英社版)にもハッ! とさせられるリアリティーがあって、僕を愉しませてくれた小説である。宇野―高松の連絡船で故郷に帰る女性が船内の放送で、昔ひそかに思っていた男性の名を聞くうちに、彼女の過去のさまざまな情景をよみがえらせていく。彼女は男の妻にむかって「あたし、ずっと前のことやけど、稔夫(としお)さんが好きやったのよ。こんなこと、もう何にも関係ないけどな」と言う。が、なぜ言ってしまったのかわからないが、そのとき、自分はただ何かに対して媚(こ)びたと思ったと、作者は書いている。この媚びたという表現が、僕をドキリとさせるのである。細部のおもしろさとは、こういうことを指すのである。

(「スポーツ・ニッポン」一九七八年四月十九日)

小説的な『フェイク』

オーソン・ウェルズの『フェイク』（贋作）は、出来のよい短編小説を読んだあとの心地よさを持った映画である。その意味では、映画というよりは、むしろ、言語表現のたのしみに似たたのしみを観客に満喫させてくれる。むろん、映画にちがいないし、まして、絵画というきわめて視覚的な題材をとりあげているのだが、しかし、作品そのものの魅力は、まぎれもなく小説的である。内容からいえば、モームの作品をおもわせるし、表現技法からいえば、ダレルの作品などを連想させてくれる。

贋作という、いかにも人間くさい題材をとりあげながら、この作品は贋作をめぐる人間ドラマを描く、などということはしない。また、贋作ができていく過程をみせてくれるわけでもない。この作品を構成しているものは、作者のウェルズの「贋作についての省察」とでもいった観念告白である。しかも、その描写がきわだってみごとで、それによって作品そのものが存在してくるといった魅力が生まれてくる。そのへんの経過が、異色作品にふさわしい経過をみせてくれる。記録映画でもないし、ドラマでもないし、

『フェイク』のオーソン・ウェルズ

が、作品に充満した「贋作」についての思考は、観客を飽きさせない。『贋作』は、次のようなことを言っている。人の名前など、しょせんむなしいものではないか。それなのに、世間は虚名に熱狂し、虚名を支持し、虚名を称讃している。が、それゆえに名前などは、どうにでもなってしまうのである。

たとえば、贋作画家がモジリアーニをまねて、描き、マチスを描いた。彼はそれを世間に売る。たしかに、彼の贋作は天才的なうまさを持っている。世間は無条件で、彼の贋作を買いとる。が、それは、モジリアーニという名前、マチスという名前へのイメージというか、固執というか、賛美というか、あるいは名前による幻惑などによって実現される売買なのである。芸術とは真実を語るための嘘である。芸術そのものが、嘘であるならば、芸術をめぐる評価にも、当然、嘘がうまれてもよい。むしろ、その嘘のほうに、真実はより真実らしい形をとって表現されているのではないだろうか。

この作品に登場してくるエルミア・デ・ホーリーの贋作も有名だが、たとえば、おなじ贋作画家として有名なジャック・ヴィヨンなどは、そのピカソの贋作のあまりの素晴らしさに、ピカソが「これはオレの作品にまちがいない」といってサインしたというエピソードが残っているほどである。ピカソにとっては、作品が第一で、作品がよかったら、そこにピカソという名前を入れることなどは、たとえ、贋作であろうと意に介さなかったわけである。名声の人であったピカソは、当然、名声のむなしさも、虚栄も承知していた。彼にとってもまた、芸術は真実を語るための嘘であった。嘘と承知しているからこそ、他人の描いた贋作に、本人が本人の名前を記入できたのである。

その意味で、映画『贋作』で、僕が感心したのはシャルトルの寺院のいくつかの部分を写しているシーン。夕方の野原に灯がともりはじめたころに表れてくるシャルトルの寺院の遠景などである。人間の尊厳と、宗教の永遠性と、美の多様な内容を物語るこの寺院の建築には、だれが、これを作ったという署名ははいっていない。(あったとしても、僕らの目のつかないところに入れてあるのだろう)むしろ、人の名は消えてしまっているか、建築そのものは時代を超えて残っていることを描写するくだりが圧巻である。これで、この映画『贋作』が、また、なにかの贋作であるというオチがついていれば、作品はさらに光彩を放つのではないだろうか、と、僕は思ったほどである。

（「スポーツ・ニッポン」一九七八年九月六日）

映画〝ボーヴォワール〟

幾年か前『サルトル』という映画を見た。パリの小さな映画館で上映していた。話に聞くと、二年くらい上映しているとのことだった。サルトル自身に自分を語らせている内容で、それはそれで、傾聴に値する作品だった。独特の迫力があった。

その姉妹編にあたるのが『シモーヌ・ド・ボーヴォワール』である。一九七八年製作で、上映時間一時間五十分。ボーヴォワールの幼年時代、少女時代、学生時代、教師時代、そして、サルトルと知り合い今日に至るまでの、約七十年間において、彼女に会った人、彼女から影響を与えられた人などが登場してくる。それらの人々がボーヴォワールについて、さまざまな印象を語り、また、ボーヴォワール自身が雄弁に、自分について、時代について、歴史的事件（ナチ・ドイツの出現、ソ連のチェコ侵入、アルジェリア戦争、パリの五月革命、ウーマン・リブ運動）について、彼女の考えを披瀝する。

監督はジョゼ・ダヤン、マルカ・リボヴスカという二人の女流監督である。この人は、サル主として、ボーヴォワールに質問するのは、クロード・ランズマン。この人は、サルトルがレイモン・アロンらの友人と語って発刊した「レ・タン・モデルヌ」の編集にたずさわり、かつ、ある時期、彼より年上のボーヴォワールを愛人とした人である。

ボーヴォワールの女らしさが魅力である。むろん、彼女は勉強家で、社会について、歴史について、女性の社会的位置について、さまざまな意見を述べる。なによりも、女として、女を自覚するために、女の生活を肯定するために、小説を書き始める。はじめに書いた小説は、女性の日常感情を述べた作品である。が、このことによって、彼女は自分がどのような生き方をすればよいか、ということを漠然と感じていく。

やがて、戦争中、ボーヴォワールはサルトルと知り合う。サルトルはフランスの大学校教授資格試験を首席でパスする。彼女は二番でパスする。これは全フランスから選ばれたエリート大学生だけが受けられる試験である。この時から、ボーヴォワールはサルトルの影響を受ける。

僕らは彼女の小説『招かれた女』で、彼女がどのように、彼を愛したかを知る。サルトルは貧しく、ボーヴォワールは彼女の実家の金で、サルトルと外国旅行に出かけ、彼に絵画の見方などを教える。サルトルが戦争に従軍してドイツの捕虜となると、彼女は単身、サルトルに会いにゆく。そうした純粋に恋愛感情を実行に移していった女――まさしく、女の中の女――が女の生存理由を生活の中で主張していく。

そうしたことがやがてはソ連のハンガリーやチェコへの侵入とか、アルジェリアの独立運動を契機として、左翼を否定し、自由と平等と博愛を主張し、女が社会の隷属的存在から解放され、自立していかねばならぬことに直結していく。なによりも、女が女であることを認識することが、それらの主張に直結するのだ、というくだりが、説得力の豊かさで、僕を圧倒してやまなかった。秀作である。

（「スポーツ・ニッポン」一九八〇年三月二十二日）

W・アレンの短編小説

雑誌「文芸」に、ウディ・アレンの短編小説「うすっぺらな奴」が掲載されている。ひとりの友人がガンになって、病院で死を待っている。その男を見舞いにゆく男がいる。が、彼は友人につきそっている看護婦に恋する。看護婦には婚約中の弁護士がいるのだが、男は看護婦とデートを始める。しかし、一年後、ふたりは別れ別れになっていく。

ガンで死を待っていた友人は、看護婦から受ける親切を、人生の最後の楽しみにしていた。看護婦は「あの方には御家族はいないし、お友達はみなさんとても忙しいの。人はみんな死にかけた病人なんて終わった話にして、考えないことにするのよ。だからあなたのなさっていることは、すばらしいとわたし思うの」と、ガン患者を見舞いにくる男をほめる。ガン患者は看護婦が自分を愛してくれていると思って、訪ねてくる友人に「ぼくの名前は出なかったか?」と、たずねたりする。そうしたことをすべて承知したうえで、男は看護婦をデートに誘いだし、結局、別れていった、というわけだ。

気の利いた短編だが、僕はこの物語は、二幕物の戯曲か、思いきって、映画のシナリオにしたほうが、もっと、効果あったろう、と思った。弁護士をしている婚約者がいるし、彼女から思いをかけられていると信じこんでいる親友であるガン患者がいても、男はあえて看護婦をくどいていく。が、小説にはその男のくどきに応ずる看護婦の女の心理が、まったく省略されているのである。このへんが、たぶん、小説の長さの問題で、切りすてられてしまったのだろうが、看護婦の心移りの描写が、実は看護婦の心をとらえる男の「うすっぺらさ」加減をもっと適切に表現するのではないだろうか。看護婦から見た男の軽薄な魅力、男のやりきれないスノビズム、それらを描いたほうが、もっと、小説は面白くなったにちがいない。

僕はアレンの小説を読みながら、これは小説の原型、いわばデッサンにあたる部分だと思った。作者は肉づけをほどこす以前の作品、いわば、作品のモチーフのいくつかを、ごく短い小説形式の中に提供したのである。ただし、会話は、さすがにうまい。演劇的会話というたぐいの会話であろうか。そして、その会話の長所の陰にかくれて、描写が後退しているのが惜しまれる。

もうひとつ、この作品を読むと、あらためて映画『マンハッタン』の良さ――すなわち、映画作家としてのウディ・アレンの長所が――わかってくることもあげておきたい。カメラの動きや、俳優たちの演技の優秀さも思いしらされるのである。「うすっぺらな奴」はそういうことを、あらためて考えさせてくれるのである。

余談だが、映画『マンハッタン』はアメリカのアカデミーからは徹底して無視され『クレイマー、クレイマー』に賞をうばわれた。が、僕の手もとにあるパリの雑誌で読むと、パリでは圧倒的に『マンハッタン』が評価され『クレイマー、クレイマー』は『マンハッタン』よりは低く評価されている。映画『マンハッタン』を見ていると、あれこそ、映画というよりは、小説の題材にふさわしい世界だ、と僕は思ったものである。「うすっぺらな奴」は逆に、映画による表現を考えさせてくれた。

（「スポーツ・ニッポン」一九八〇年五月十七日）

渡辺貞夫さんに尊敬の念

私事になるが、僕は渡辺貞夫(わたなべさだお)さんと四年間、一緒の仕事をしている。正確には、別々にやっているのだが、それがひとつの番組の中で一緒になるという仕組みになっているわけである。一時間にわたる渡辺さんの演奏の合間に、僕の書いた散文詩が僕自身によって朗読される。土曜日の深夜から始まる番組だが、僕はその放送を聞くたびに、あらためて音楽家としての渡辺貞夫さんに尊敬の念を抱く。

が、その四年間に、僕は渡辺貞夫さんに二度しか会っていない。一度目は雑誌「ユリイカ」がジャズの特集をやったとき、渡辺さんについてエッセイを書くために、渡辺さんの青年時代の話をうかがった。フルートの林リリ子さんが渡辺さんの最初の先生だったというのが意外だった。渡辺さんはクラシックのフルートから音楽に入ったのだった。アメリカでの修業時代の話も面白かった。二度目はつい最近、偶然、つま恋で一緒になった。僕は同地で講演を頼まれ、一泊した翌日、かなり遅い朝食をとるため、緑の山々を展望する広い食堂でテーブルについていると、遠くから渡辺さんがやってくるのが見えた。渡辺さんはつま恋でピアノを使っての仕事をしていたとのことだった。

濃緑の山脈の遠望をたのしみ、新鮮な空気を胸いっぱいすいこみ、豊富なパンとバターとコーヒーの味を満喫しながら、僕は渡辺さんからダイアン・キートンのことや、ロサンゼルス市の郊外で本屋を経営しているひとりの素晴らしい女性の話を聞いた。『アニー・ホール』のダイアン・キートンの話し方と表情は、マリファナを吸っている女性のそれを的確に表現しているとのことだった。目から上が、いつも、今にでも笑い出しそうになっていて、声がある種のよどんだ弾力をもっているのが特徴なのだそうである。向こうの人は、画面の彼女を見ると、ひと目でそれがわかるらしい。彼女はそれを計算して、演技で出していたという話が興味深かった。

本屋というのは、ロス郊外の山中にあって、珍しい画集や、写真集を売る店だった。店内には香がたかれ、かすかに電子音楽が流れていた。そんな店を美貌の女性がひとりで経営していて、話をすると、話題がつきなかったそうである。僕はその時「カリフォルニア・シャワー」の話をちょっと聞かせてもらった。

FM東京から「カリフォルニア・シャワー」を聴いたあと、渡辺貞夫さんと話をしてほしいというので、僕は去る六月二十六日、新宿厚生年金ホールに行った。渡辺さんの演奏はあらためて書くほどもないほど卓越していた。音色のさえはもとより、楽曲が作り上げていく感情風景が、ひとつの音の世界を構成して、満員の聴衆を魅了した。目の前に近づいてきては隆起する波濤（はとう）のダイナミズムであろうか。そして、音色の澄明さを証明するように、波は沖に遠のいてゆく。ステージにはその遠近法にもたとえられる情感の交流がゆきわたった。渡辺さんをもり立てるバックのミュージシャンがことのほか良く、深い意味のエンターテイメントのたのしさを十分に発揮してくれた。僕と隣合わせの席で聴いていた十朱幸代（とあけゆきよ）さんが「はじめて聴いたが、舞台の興奮とまったく同じ感動が迫ってくる」と目を輝かせて印象を語ってくれた。

僕と渡辺さんはマイクの前で「お互いに長生きしましょうや」と、ほとんど同時に、同じことを口に出した。そんなことが実感で言葉に出てくるような演奏会の素晴らしさだった。

（「スポーツ・ニッポン」一九七八年七月五日）

〝奇怪な時代〟への予感

野坂昭如氏が有罪になった。罰金十万円。が、有罪は有罪である。僕は率直に言って、有罪の真の理由を知らない。判決の理由に説得力があるとも思われない。むしろ『四畳半』（編集部注：金阜山人（永井荷風）『四畳半襖の下張』。野坂氏は編集長をしていた「面白半分」にこの作品を掲載し、起訴された）だけがなぜ、目標にされたか。その真因を知りたいと思う。『四畳半』が文学的感興をそそる作品であることはたしかだが『四畳半』以下の稚拙な作品ならゴマンとあるのに、なぜ『四畳半』だけが目のかたきにされたか。その真因が奈辺にあるのか、それだけを知りたく思う。その理由をきかぬうちは、釈然としない。

暗雲がたちこめている。奇怪な時代がはじまろうとしている。逼塞と、韜晦の日々が訪れてくる予感が、僕たちのまわりに露骨にみなぎろうとしている。この予感は、戦後三十年、一日としてうすらいだことはなかったが『四畳半』裁判はその不安と混沌の凝縮にほかならない。

すなわち、事件の核心は『四畳半』を材料にして『四畳半』以外のところにある。そのことが怖い。恐怖を感じさせる。一方では、たとえば、ロッキード事件がある。多額の脱税がある。

そして、同時に、一方では『四畳半』が有罪となる。そのことが、おそろしい。僕たちはそのような叫喚の時代に生きていることを肝に銘じておかねばならない。

映画監督浦山桐郎さんが、ある日、僕に囁いた。

「六〇年安保が終わったら、とたんに、パ・リーグの野球に人気がなくなった。どのテレビも、ラジオも、巨人ばかりやったからだ。これはなにかの象徴ではないかね？」

けだし、名言ではないか。

「規制というヤツよ。国民全体を、しらず、しらずのうちに、統制しようとするのさ」

たかが、野球というなかれ。

おなじような実例は枚挙にいとまないほど僕たちのまわりにころがっている。

三Sという言葉がある。セックス、スポーツ、スクリーン。昭和のはじめに言われだした。本来の使われ方は、当時の日本ファシストのアメリカ攻撃のスローガンとしてであった。アメリカはこの三Sで日本人を懐柔しているというのである。日本はアメリカの三Sの侵略に対処せねばならぬ、と、いわれだした。

結果、当時の施政者はこのでっちあげの三Sを逆利用して、日本国民の思想統制にのりだした。

社会の良俗、美風、品位、伝統を保つという名目で、セックス、スポーツ、スクリーンを手段にして日本人の骨抜きにかかった。違反者をびしびし処分した。僕たちは、その多数の犠牲者の名前を知っている。（そして、昔のスクリーンにかわるものが、今日のテレビであろう）

社会の秩序を保つため、公序良俗にしたがうため、という錦の御旗をかかげられたとき、僕らが、どれほど弱い立場に追いこまれてきたことか。親に孝、国に忠を表面にたてられたら、僕らは、いつ、いかなるときでも従順と隷属をしいられてきたことか。

『四畳半』の証人になった有吉佐和子さんがつぎのような趣旨の言葉を語っていたのが、僕の記憶にのこっている。

「わたしは、どういうわけか、文部大臣賞を幾度かもらって、官から受けのよい作家ということになっているが、四畳半の経過をみていると、これからは、性のことをたくさん書いてゆかねばと思う」

セックスとスポーツとスクリーンは安直に施政者や権力に利用されてきた。

もっとも人間的なものが、人間にかかわりあう度合いが深いだけに、利用されやすいのである。

「メドゥサの笑い」という文章で、女性の人権と性を主張したフランスの女流批評家エレーヌ・シクスウが述べている。

「権力側は言う。人前に出せぬふたつの不体裁なもの、それは死と女の性器であると」

（「現代思想」一九七五年十二月号）

『四畳半』裁判もまた、僕らが不体裁な時代に、死と一緒に生きていることを立証してくれた。


（「スポーツ・ニッポン」一九七六年四月二十八日）

V

シーレの女——「ときには馬から離れますが」「虫明亜呂無の音楽エッセイ」抄

冬晴れの日

晴れた日の冬の淀(よど)は、遠くの山の雪が陽の光にはえて、目にすがすがしい。僕は淀競馬場に到着すると、まず、朝のコーヒーをのむ。関西独特の甘味の勝った味が気持ちをなごませる。この味は日本独特のものだ。日本独特というより、関西ならではの味である。僕の周囲では、「今朝のパドックの寒さは……」などという声がかわされている。カメラも、録音器も、容易に作動しないというのである。暖房のきいた喫茶室にいても、パドックの寒さが肌に痛いように想像される。かすかに、霜のにおいが漂ってくる。凍てついた大気が寒さに震えている。そんななかで、朝の第一レースの結果が、場内アナウンスによって聞こえてくる。

「4－6で万馬券か」という、ため息まじりの声があがる。遠い沖から伝わってくる潮鳴りに似た歓声が場内にどよめいている。僕はそんな競馬場の雰囲気がだいすきである。「金杯」が終わり、「シンザン記念」がおこなわれ、スケジュールは消化されていく。年々競馬は、今年もまた、まちがいなく軌道にのった、という感じがつよまってくる。

歳々花は変わらず、馬は変わる。そんなことを、ふと、思ったりする。去年の今頃、ラブリトウショウが「シンザン記念」を圧勝したことが、まるで、昨日の出来事のように思いだされる。そのラブリトウショウも、「エリザベス女王杯」以後はちょっとスランプにおちている。消長の激しさというのか、栄枯盛衰はさだめがたいというのか、ともかく、すべてがめまぐるしく変わっていく。早朝のコーヒーをすすっていると、そんなことが、理由もなく、口の端にのぼってくる。

僕らはつい先日、ハギノカオリの戦列離脱をきかされた。レースを圧勝しながら、ゴールを通過後、一コーナーをすぎたあたりで故障が発生したときく。と、思うと、久しく消息を聞かなかったファインニッセイが、やっと、病が癒えて、栗東に帰ってきた報らせを読まされる。近年、競走馬の故障がつぎつぎに生じることに関して、僕らはその原因や、理由をさまざまな形で教えられている。どの原因も、理由も、もっともなことだと思うのだが、なによりも、その主たる原因は、レースの激しさにあると考えられる。全身の筋肉を限界以上に使用しなくてはスピードがあがらない。その結果が、骨折や、筋肉の炎症をひきおこす。故障はなにも競走馬にかぎらず、それはどのスポーツにも例外なく生ずる必然なのだが、競走馬の場合には、馬体そのものが大きいだけに、故障もそれに比例して大きくなってしまうのではないだろうか。

それにしても、冬の、晴れた日の、淀の風景は、目に爽やかである。スタンド正面の池に噴水があがっている。白い波頭が風の強い水面に、ことのほか鮮明な白さを印象づけるように、スタンド前方の池に白い水泡があがっている。右手の池の水面には陽光が眩しく反射し、僕はなぜか、北国の河面が凍てついたまま輝いている光景を思いだしたりする。凍てつく寒気のなかで、陽の光だけがまばゆく、風は肌を刺すという光景が目の前にうかんでくる。河のむこう、陽の光を逆光にして、灰色の建物がその輪郭をあやうくして、光の氾濫の中に浮かんでいる。

さて、「金杯」を筆頭に三日間の連闘がつづいた京都をおえて、東京に帰った僕は、かねてから完成を催促されていた『ロマンチック街道』の最終部分「北斗七星」の仕上げにかかった。この『ロマンチック街道』は以前、といっても、もう、九年むかし、雑誌「話の特集」に連載したものを、昨年の夏、奥箱根にこもり、前に書いたものに手をいれたり、削るところは徹底して削り、連載のなかから、人に読んでもらってもおかしくないと思われるものに再編したものである。この連載が書きだされたのは、ちょうど、札幌オリンピックが開催されていた時であった。冬季オリンピックのゲームは、アイスホッケーや、フィギュアなどは夜間もあり、僕は夜ふけに積雪を踏んで宿舎に帰ったものである。そして、熱気のこもったアイスホッケーの試合などを見た興奮の余韻がさめやらぬなかで、僕は原稿を書いて、東京に送った。今よむと、幼稚な箇所、未熟な箇所、筆のたらぬ箇所などが、かなり目立つのだが、それでも、女性のことを書いた箇所はそのまま使えそうだった。もっとも、これは僕だけの考えでなく、「話の特集」の女性編集者たちも同意見で、彼女たちは、「女性のことを書いた部分は、このままでも使えます。まるで、書きおろしたようです」と、いってくれた。

なにが新しく、なにが古いというのではなく、女性のことを書いてある部分は、ふしぎに、筆に張りがゆきわたっている。むろん、そこには現在ほどの観察力も、洞察力も乏しいのだが、それはそれなりの「意気込み」があって、それが文章を支えている。僕は、書き足りてないところには、いくつか、補足の描写をいれておいた。

「北斗七星」というのは、少年時代、見ようとして見られなかったキャサリン・ヘップバーン主演、ジョン・フォード監督の映画『北斗七星』についての文章である（編集部注：実際は『メアリー・オブ・スコットランド』ついての文章である）。この映画はスコットランドの女王メリー・スチュワートを主人公にしている。スコットランド女王メリーは、幼にしてフランスにわたり、アンリ二世の息子のフランソワ二世と結婚する。が、フランソワはメリーより二歳年下で病弱な少年であったため、十六歳で病死してしまう。メリーはフランス皇太子妃の立場をすてて、スコットランドに帰国する。もし、フランソワ二世が健在なら、彼女はゆくゆくフランスの皇后、女王になれた女性である。が、彼女はフランス宮廷の華やかな部分を少女期だけ体験して、スコットランドに帰り、二十三歳のとき、四歳年下のヘンリー・ダーンリと結婚する。

僕が興味をひかれるのは、十八歳でほとんど夫に対して、肉体的にはもちろん、精神的にも魅力をおぼえなかった女性が、二十三歳になったとき、四歳年下の男性にひかれていった心理的経過である（編集部注：二人の年の差は実際は三歳）。正確にいうと、彼女は十九歳のとき、十五歳のヘンリーダーンリの美貌を目にとめる。が、ヘンリー・ダーンリも、メリー・スチュワートも、ともに、曽祖父のヘンリー七世の血を受けついでいる。つまり、ふたりは同族のはとこ同士なのである。そんな仲で、はじめに恋愛に熱をあげるのはメリーである。事実、現在残されている記録によると、結婚生活がはじまって、メリーは執拗にヘンリーの肉体をもとめる。その度がすぎるので、やがて、ヘンリーはメリーに飽きをおぼえてくる。メリーにとって、ヘンリーは美貌の持ち主であったばかりでなく、気性のやさしい、優雅な、それでいて、勇ましく、雄々しい心にみちた少年であり、青年であり、恋人であり、夫であったのが、彼女が肉体的に彼に傾斜をふかめていくと、それらの特質が、すべて、見せかけのものにしかすぎなかったことがわかっていく。メリーはやがて深い失望にとらわれる。僕はその経過に、ことのほか、女性の心情の本質を見たように思った。彼女はやがて夫に愛想づかしをしたのち、周囲の客観情勢におされて、イングランドと戦火をまじえる。

一方、イングランド女王エリザベスは、ヘンリー八世とアン・ボーリンとの間にうまれた女性である。彼女はメリー・スチュワートのいとこにあたる。が、エリザベスの母ボーリンは二十八歳のとき、他の男と姦通したという汚名をきせられて、ヘンリー八世から絞首刑にかけられる。エリザベスは幼少のときから、母の屈辱を知る。母に汚名をかぶせ、母の命をうばったのが父だという、まことに惨めな環境のなかで成長したエリザベスは、運命のいたずらによってイングランドの女王になる。が、イングランドとスコットランドは歴史的に宿命的な対立をつづける国家である。イングランドの背後には、ドイツ、オランダ、デンマークなどプロテスタントを信仰する国があり、スコットランドを支持するのは、フランスを筆頭に、イタリア、スペイン、その他のカトリック国である（ここから、後にイングランドとスペインの大海戦がはじまり、スペインの無敵艦隊はネルソンのイングランド海軍に敗れ、イングランドの印度への進出が決定的なものになる）。いずれにしても、ふたりの女王の背後には全ヨーロッパの動向がかかって、ふたりの対決を不可避なものにしていく。

そのメリーに対して、エリザベスは父ヘンリー八世の梅毒をうけついだため、生涯、子供を産めない女になっている。が、彼女はそんな体であったため、かえって、激しく男をもとめる体質をうけつぎ、レスター伯爵、その他の男たちを愛人として、しかも、それらの愛人に国政を司どらせて成果をあげ、イングランドを世界の列強に仲間入りさせ、やがて、七つの海を支配する、大強国にしてしまう。

メリー・スチュワートは、自分の夫であるヘンリー・ダーンリを第三の愛人ボスウェル伯爵の手で愛ゆえに殺害し、宿敵エリザベスと対決するに至る。一方、エリザベスは肉体的な愛の限界を男から知りながら、真にすぐれた男を育ててゆく女王となり、メリーを迎え打つのである。ふたりの女たちは、男を求め、男を愛し、男の肉体により、国の運命や、政治そのものを変えていった。僕はそこに心を動かされるのである。

（「競馬ニホン」一九七九年一月二〇・二一日号）

シーレの女

「天皇賞」は壮観だった。スタンド前をカシュウチカラ、サクラショウリ、キャプテンナムラの三頭が首をそろえるようにして、馬群の後方に位置しながら通過していった。僕はその時を「天皇賞」のハイライトだと思った。一角にさしかかるあたりから、カシュウチカラが先行馬群に追いついていった。息づまるほどの緊迫感がゆきわたった。郷(ごう)原洋行(はらひろゆき)騎手の一世一代の好騎乗を見せてもらっている感じがした。馬群が向う正面から、いっせいに坂のくだりに入っていくところで、昂奮は絶頂に達した。

僕は「天皇賞」の二つほど前のレースの時、ふと思いついて、スタンド前の広場を四角のほうにむかって歩いてみた。コースの芝と陽の光のにおいにまじって、ボロのにおいが流れてきていた。広場は風が吹きぬけて、いかにも、初夏の心地よい丘をとおりすぎていくような雰囲気だった。観客たちの白いシャツの色が目にしみて、空は澄んでいた。「天皇賞」にふさわしい風景だった。

アンリ・ペリュショの『ロートレックの生涯』を読んでいると、つぎのような箇所が目にふれた。周知のように、ロートレックはフランスの大貴族の長男にうまれるのだが、ロートレック家では、貴族の習慣として、代々馬術をたしなんでいた。そして、当時のフランスでは、さまざまな種類の馬車が市民の生活の中で用いられ、馬車の型に応じて、幾つもの名称が使われていた。日本ではせいぜい二輪馬車、四輪馬車程度の呼称しかないのが、フランスになると、それが幾種類にも区別されているのである。なるほど牧畜民族の間では、そういうものだろうなと思って頁をくっていくと、十九世紀のフランスでは「スポーツ」というと、馬術をさす言葉であったという表現にゆきあたった。スポーツは英語で本来、狩猟とか、魚釣りの意味だが、フランスでは「馬術」もしくは、馬により遠乗りとか、山野を遠くまで馬を走らせることを指していたとのことだった。馬、馬術、競馬などが、当時の市民社会のなかで、どういう役割をはたしていたか。あるいは、それらが社会からどうみられていたかということが明白に理解されて、僕は興味をひかれた。馬に乗ることだけが、スポーツと呼ばれていた、とは、『ロートレックの生涯』を読んで、はじめて知ったことだった。こういうスポーツとか、競馬に関する歴史的事実が、美術の本に書いてある、というのが重要なのである。本は時間の許すかぎりできるだけ広範囲に読んでおかねばならない。

本といえば、僕の『シャガールの馬』が、こんど、ラジオ・ドラマになる。「海の中道」と「ペケレットの夏」の二本である。脚色は横光晃さんである。前にも書いたように、この本は盲人用テープに吹きこまれたが、本質的には聴覚用にむいたところもある小説集なので、さて、どんなラジオ・ドラマになるかがたのしみである。小説のなかで、視覚から受けとめてきているものを、あえて、聴覚に訴えるように書いてあるところを、ラジオ・ドラマがどのように生かしてくれるであろうか。

また、この十日に書店にあらわれる『ロマンチック街道』は、今から、七、八年前に書いたものを、まとめて一冊にした短篇小説集である。と、いうより、エッセイ、ドキュメンタリー、ノン・フィクションの三つの書きかたを三つあわせて、最終的にはフィクションでしめくくったという、まあ、自分でいうのはおこがましいが、新しい形の小説の実験をこころみた創作集である。昨年の夏、奥箱根にこもって細部を書きなおしたものだが、昔はよくわからなかった肉体と精神の関係が、作品のスタイルや表現型式をあらためることによって、やっと、明白なものにできたと、自分では思っている。ただ、この小説集の主題は、女性に興味のない人には、感興をよばないかもしれない。すでにゲラ、その他で、読んでくれた人たちは、『シャガールの馬』より、出来がよいといってくれている。女の扱いかたや、状況設定や、描写のむかう方向が、『シャガールの馬』にくらべて鮮明になっているからであろう。

東京では、エゴン・シーレの展覧会を見た。

シーレは一九一八年、わずか、二十八歳で死んだ。人は彼を指して、「早期の完成」

といい、「夭折の画家」ともいう。短い一生が不遇で、貧しく、世人から理解されないままに終わった点で、彼はモジリアニにも似ている。

シーレを見出したのは、グスタフ・クリムトである。一九〇七年、シーレは十七歳のころ、当時ウィーン世紀末派の巨匠クリムトを訪れ、自分の画を見てほしいという。が、クリムトはシーレの作品を一目見て、「君には教えるところがない。君はすでに一家の風をそなえている」と激賞する。が、シーレの作品はつねにオーストリー官憲の弾圧にあって、不当な扱いをうける。彼の描いた女性像は風俗をみだすというので、公開を禁止され、彼は風俗壊乱罪にとわれ、牢につながれる。実際、シーレの絵を見た人は、常識的な意味で、驚嘆するであろう。彼は解剖学的な冷酷さで女性を描く。たとえば、女性が伏している姿を背後から描いた作品では、女性器のところが、ことのほか、赤い。悪くいえば、妙なリアリティがある。一方、彼は鏡にむかってオナニーをする自画像を描いたりする。ユダヤ人で、醜怪な容貌の持ち主だった彼は、少女暴行などの汚名をかぶせられた前歴があるために、異様な神経の持ち主と誤解され、彼の作品のそなえている特異さ、ユニークさ、新しさ、尖鋭さなどは、まったく不問に付せられてしまう。彼は最愛の妻が貧困のうちに病死すると、突然、生気が萎えはてたように、その三日後に、急死してしまう。シーレが復活するのは、今から約二十年前、いずれにしても、第二次世界大戦が終わり、世界中の絵の交流が活発になった結果、偶然の機会から、彼の遺作展がアメリカでひらかれたときからである。が、今、シーレの存在を無視する人はいない。

多くの人が、ウィーンにゆき、ウィーンの国立美術館でクリムトの絵に搏たれ、クリムトを賛美するが、同時にその弟子のシーレの作品に衝撃をうけ、やがて、シーレにひきつけられていく。僕自身も、その意味では、世人とまったく同一の経過を辿って、はじめクリムトに、そして、つぎにシーレの魅力にとらわれていった。

今回の東京での展覧会は、そのアメリカから送られてきた、シーレの作品約七十点を展示してあった。鋭い線と、残酷な色彩が、シーレのふしぎな女の世界をつくりだして、僕は彼の作品の前で、ながい間、足をとめていなくてはならなかった。彼は世間からユダヤ人として不当な扱いをうけているうちに、世界や人間を冷めたく、醒めた意識で凝視した。彼にとって男女の肉体とは、神経や、血管や、筋肉の配置がすみずみまで透視できる肉体であった。彼は見えるほど見ていたから、肉体構造の限界を知りつくし、そこから、あらためて、彼の画のなかの人間を再構成しなくてはならなかった。そうしなくては、絵の中の肉体は、この世に生をうけた男女の肉体として復活しなかった。彼は明哲な意識を持っていたから、肉体を細部の限界まで追いつめていく作業のなかに、人間の生命の持続と燃焼、心情の誕生と成長と崩壊、性のダイナミックな出合いと訣れを創造していこうとした。彼の絵が、もし、みだらで、エロチックであるとするならば、それは人間そのものが、生きるということに関して、永遠にエロスの生成をくりかえしているからなのである。

僕は先週、南太平洋のボラボラ島から帰国した翌日、京都の近代美術館にプーシキン、エルミタージュ両美術館蔵のマチスとルノワールその他を見に行き、それはそれで、実物ならではの感銘を受けたばかりであった。マチスの作品は二百号、もしくは、それ以上の大作数点が圧倒的な色彩の氾濫で僕の度ぎもをぬき、また、ルノワールの「黒衣の女」が、ふつう日本に紹介されているルノワールの女性像とは、まったくちがった鋭い線と落着いた、内省的な色彩で構成されているのに驚歎したところだった。そしてその余韻がさめやらぬまま、一週後、東京でシーレの作品群を目撃した。

五月三日、僕は高見山の本の「腰巻」を書いていただいたお礼に、山口瞳さんのお宅をたずねた。山口さんは、「なるべく早く来てほしい」といわれた。お宅につくと、山口さんは夫人と令息と僕を国立の寿司屋につれていってくださった。それから、喫茶店にゆき、さらに、山口さんの家で夜の十二時ごろまで、僕は文学のこと、旅のこと、映画のこと、絵画のこと、その他、相撲や、野球のことなど、さまざまな話題を、興がつきぬまま、長時間にわたって話しあった。

山口さんは、話のなかで、僕がつぎに外国旅行へ行くときは、是非、令息をいっしょにつれていってほしい、といわれた。僕は今年は、このあと、マレーシアと西ドイツと、スペインとの三つの取材旅行の予定があるので、山口さんの申し出を承諾した。

さて、明日は「NHK杯」。僕は、このレースは静かに見ておこうと思っている。むろん、目標は「ダービー」である。が、僕は今年の「ダービー」は、すでに、中心馬をきめてある。この馬の名に関しては、奇しくも、僕と山口さんの意見は一致している。が、まだ、「ダービー」には日数がありすぎるので、ここではいわない。僕はその馬が「NHK杯」に出走していないので、ほっとしているところである。虎視眈々と、栄冠が頭上に輝くのを狙って、日夜の練磨におこたりないというところであろうか。

五月五日、子供の日。僕は『火の記憶』（NHKテレビ再放映）を見た。これは松本清張さんの初期の傑作である。秋吉久美子がよかった。彼女は女が愛に生きるときの「せつなさ」をみごとに体であらわしていた。演技ではなく、体がそうなっていることに僕は感心した。

（「競馬ニホン」一九七九年五月十二・十三日号）

ふたりの少女

ジョディ・フォスターという女優がいる。『タクシードライバー』で、ニューヨークの街娼を演じた。女優というが、まだ十四歳の少女である。細く、高く弧を描く眉をしている。目は大きい。が、頬から、頤(あご)にかけての線が狭く、顔全体がアンバランスな印象をあたえる。彼女はジーパンに、Tシャツを着て、肩からショルダー・バッグをさげ、街で男を呼ぶ。が、彼女が『タクシードライバー』の主人公タクシー運転手と、彼女の契約しているホテルで寝るシーンは幻想的である。赤や、紫や、緑のろうそくがともり、室内は靄(もや)がかかったような光を絞られる。男の胸に頬をよせながら、彼女は男の顔をのぞきあげる。その時の表情がよい。金で買われた男に体をあたえながら、心はあらぬほうに漂い、肉体の一部でまちがいなく男を迎えているのに、肉感は、平衡感覚をうしなう寸前のあやうさで、わずかに彼女の手や、胸や、足をささえている。十四歳なのだが、年齢を感じさせない年齢の不安が彼女の全身にまつわりつき、彼女の表情は、時に明るく輝き、にわかに一転して暗い翳(かげ)りをおびはじめる。彼女は影とも、焔ともみまがうはかなさをにおわせながら、女になりかかる女の魅力を発散している。『タクシードライバー』は混沌とした現代ニューヨークの風俗を描いている。その登場人物たちは例外なく、奥が深く、とらえどころのない、ファナチックで、激情的でありすぎる性格を持つ反面、妙に、乾いて、ニヒルな自己放棄への誘惑をそそる心情に浸りきった傾向をあらわにしてくる。そうした男たちの群像の中心に、ジョディ・フォスターが娼婦として出没する。彼女は木製の高いかかとの靴をはいて、街路をとびはねるようにして、足早に歩いたり、不意に立ちどまり、あらぬ遠方に、ものうげな視線を泳がせる。このジョディ・フォスターが、さきごろ、日本へやって来て記者会見をした。その時、彼女の語った言葉がよい。すばらしく、よい。

「演技というものは、勉強したり、努力したりしてできるものではないと思うの。私は十四歳まで生きてきた感覚で、娼婦がどういうものかがわかったのです。でも、私の本性が娼婦にむいているとなると、これは、たいへんなことですね」

僕は友人のある女性新聞記者から、この会見の模様を聞いた。記者会見の席上で、ジョディ・フォスターは、日本の記者からの質問に、ほとんど淀みなく、明るい声で答え、それから、並みいる記者たちにむかって、かるく微笑したそうである。僕はこの話を聞かされたとき、あやうく、声をたてそうになるほど驚愕したことを覚えている。「よくまあ！」という感じだった。フォスターの言葉は、いわゆる映画会社の宣伝部がつくりだした返答ではない。宣伝部では、どう頭をひねっても、これだけの女の言葉を少女のためには思いつかない。フォスターの返答は、まぎれもなく、女の感性、女の想像力、女の肉体感覚、生活感覚などが、女であるゆえに、容易に、なんのけれんもなく、口をついて出てくる言葉なのである。

僕は、十四歳の少女が、徹底して、女の感性によって、女になりきっていることに賛嘆したのだった。フォスターが女（むろんここでは情念の面においてのことだが）であることは、一分の隙もないほど、完璧に証明されていたのである。十四歳の少女が、けだるい倦怠に身をゆだねながら、感性としての女の部分を鋭利な剃刀で砥ぎあげている印象だった。世の中には、すごい少女がいるものだ、というのが、そのときの僕のいつわりない感想だった。

おなじような感想を抱いたのは『がんばれ！　ベアーズ』のテイタム・オニールを見たときだった。彼女は十二歳の少女ながら、街の少年野球の投手になる。彼女がマウンドに立つようになると、それまでどうにもならなかった少年野球チーム「ベアーズ」が、勝てるチームになってゆく。が、「ベアーズ」は少女オニールの力だけが頼りなのである。それで、戦力補強に街の不良少年ジャッキー・アール・ヘイリーをチームに加えようとする。少女オニールが不良少年のヘイリーと、街のゲーム・ショップで電気板ピンポンをする。ここでは少女オニールが圧倒的に勝ってしまう。彼女は敗けたら、なんで

『タクシードライバー』の一場面。中央がジョディ・フォスター

『がんばれ！　ベアーズ』の一場面。右がテイタム・オニール

もあげる。そのかわり、あんたが敗けたら、うちのチームに入って、と条件をだす。ところが、本番の賭けでは、不良少年へイリー（といっても、十歳ぐらいの男の子なのだが）があっさり勝ってしまう（が、このシーンはない）。へイリーは、愛用のハーレーのオートバイに乗り、オニールの横にきて、通りすがりに「約束は約束だよ」と云う。オニールが投手をつづけ、へイリーの強肩が外野に起用されることによって、「ベアーズ」はますます戦力をあげ、強敵「ヤンキース」と対戦する。その前日、少女オニールと少年へイリーが、オートバイに乗って、街を出て、かねてからのふたりきりの約束をはたしに郊外へ行くカットが、圧倒的によい。――僕は不覚にも、このカットで泣いてしまった。不良少年は、やせた肉付きの体をして、いつも、サン・グラスをかけ、葉巻きをふかしながら、オートバイを乗りまわし、二十四、五歳くらいの女もあつかましく口説いたりする手のつけられない不良だが、どこかに、人をひきつける魅力がある。そんな少年に、約束は約束と、少女オニールは身体をあたえる。（むろん映画には、そのシーンはない）が、ないから、かえって、少女のすでに女として成熟した感性と、女であることの重さとか、せつなさが、観客に伝わってくる。この映画は、少年野球を題材にしているので、文部省特選などになっているが、映画のほんとうの魅力は、旅行者に地図を売って稼いだ金で、歯列矯正をし、バレエのレッスンにかよう少女が、たまたま、ピッチングの腕をかわれて野球団にはいりながら、少年たちのなかで黙々とチームの土台柱になり、ほとんど忍耐の極限まで追いやられながら、しだいに女を意識し、女のヴァイタルな魅力を発揮してゆくところにあるのである。さきのジョディ・フォスターに勝るとも劣らぬみごとさで、テイタム・オニールが、そんなタフで、逞しく、けなげで、しかも、つねに女であろうとしている少女を演じて、僕を魅了しつくした。口惜しいが、ジョディ・フォスターや、テイタム・オニールのような少女俳優は、絶対に、日本からは出てこないと思われる。

女の子は少女でありながら、すでに、女の重さから逃れでることを、強く意識している。彼女は女のやりきれなさ、女のいじましさを知っている。彼女は大人にまじってバレエをやり、自分の姿態を美しくしようとしている。それでいて、彼女は、彼女の母を愛していた男の願いをかなえてやるために、あられもなく野球をやって、男の子たちを手玉にとってしまう。が、野球をやりながら、彼女の念頭を去らぬ想いは、つねに、感性ゆたかな女に成長してゆくことだけだったのである。

僕は四歳の新馬戦を見ながら、この中に、はたしてフォスターや、オニールを思わすような逸材がいるだろうか、と、興味しんしんの想いでいる。それにしても、魅力満点の二少女である。

（「競馬ニホン」一九七七年三月五・六日号）

八月十五日をめぐって

　昭和二十年八月十五日、僕は九州・都城（みやこのじょう）の飛行場にいた。僕は飛行戦隊の兵士だった。同日を期し、沖縄へむけ、第何次かの特攻隊が出撃するというので、僕らは早朝から塔載爆弾、器材その他を用意して、出撃の命令がくだるのを待っていた。戦局は決定的段階に入っていて、米軍の本土上陸は必至とみられていた。迎撃戦が近日中に九州でおこなわれるだろうが、そうなったら、僕らは死をまぬかれない。いずれにしても、ながい命ではないな、と、僕は思っていた。現代風に数えれば、僕はやっと二十一歳になったばかりだった。二十一歳の歳月は、ひとりの未熟な若者が、生きてきた期間としては、長いといえば長く、短いといえば、まことに空虚で、明解このうえもなく短いものにおもわれた。

　終戦の日というと、僕は、はてしなく澄んだ九州の空をおもいだす。すでに秋の落ち着いたブルーをゆきわたらせて、空は静かに地上から遠のき、わずかに、仄光（そくこう）とおぼしき陽の光を現滅（ママ）させながら、そのブルーがつつましく空のひろがりを支えていた光景が記憶によみがえってくる。

僕らは終戦の詔勅を聞かなかった。しかし、いつまでも飛来してこない特攻機を待ちわびていると、だれいうとなく、戦争は終わったらしいという声が僕らの間にひろがりはじめ、僕は漠然と「そんなものなのかなあ」と呟いたことを覚えている。激しい戦争の終末が、意外に、あっけなく、単純に、なんの波瀾もなく、あたかも天の一角から音もなく降りおちてくる陽光のように、ごく自然に訪れてきたことにだけ、僕は妙に厳粛な感慨を抱いたものだった。多くの生命が損なわれ、悲惨な犠牲をしいられたうえに、劇的な終戦（それは当然、死をともなっていた）が出現すると思っていた僕は、むしろ、終戦がほとんど静ひつと閑暇のなかに実現したことに奇異の念を抱いたほどだった。嬉しいとか、悲しいとか、口惜しいとか、情けないというたぐいの、きわめて人間らしい情念の緊張や弛緩はいっさいなく、時の経過が僕らには容易に気づかれないように、終戦も季節の自然の推移のようにやってきた。しいていえば、そのことだけが、僕にある感動をせまってやまなかった。

夜になると、都城の街の灯が遠くに明滅していた。力のとぼしい電灯の光であったが、灯はまぎれもなく灯であることを証明するように、夜の量感を侵蝕することによって、夜に活気を与えていた。ながい間、灯火管制の漆黒な、夏にふさわしい、湿りをふくんだ夜しか経験してこなかった僕の目には、街の灯を遠景に配した夜は、たとえば、盲目の人がはじめて目に視力を獲得して感知した夜さながらに、新鮮で、活気にみち、闇にもいくつもの濃淡の差があることを知らせてくれた。僕はそのとき、はじめて「戦争は終わった」という感銘を得た。

「夜の灯を待っていたのだ」

と、僕はくりかえし自分に云ってきかせることで、自分が生命をながらえる立場にたてたことを、ひそかに祝福した。

「生きていてよかった」

と、いうのが、八月十五日の僕の嘘も、いつわりもない、実感であった。その実感のなかで、都城の町はずれの飛行場周辺の夜景が遠くから、はっきりと夜目のなかに、あれは山、あれは丘陵、あれは林、そして、こちらへむかっての野の広大なひろがりと指摘された。

　多くの人が敗戦に号泣したり、自殺したり、憤怒（ふんぬ）のあまりに狂気すれすれの行為に出たということを、僕は後になって知ったが、すくなくとも、八月十五日の僕の感情は、まったく平穏で、冷静で、生命をつつましく祝福しようとするささやかな意思だけをあらわにしていた。

　翌朝、すでに部隊の解散の近いことを察知した僕たち兵士は、なにもなすところがなく、飛行場周辺の林道を彷徨して、時をすごした。

僕ら下級兵士の姿をみかけた十五、六歳の少女がふたり

「兵隊さん、敗けてはいけません」

と、僕らを激励した。

「降伏はありません。上陸してきたアメリカを討ってください」

「兵隊さん、私たちもいっしょに闘います」

と、彼女たちは、声を張りあげた。

僕は少女たちにむかって、

「もうお腹がすいて、すいて、これ以上、戦争はしたくありません」

と、答えた。

「お腹がすくなら、うんとお米を持ってきますから、食べてください。降伏はいけませんとよ。どげん、そんな腹すいたと言うちょるのね？」

少女たちは感情が昂ぶるのか、いつのまにか九州弁で、澄んだ声をふるわせた。

僕らは、ただ少女たちに手をふり、首をふり、すでに闘う意思が毛頭もないことをしめした。少女たちは恨めし気な表情をさらにくもらせて、僕らを指さして、激しく足で地を蹴ったりした。

八月十六日の夜、僕はわずか三名の兵士とともに除隊を命ぜられた。五百人ちかい部隊のなかで、僕ら四人の兵士たちだけが召集兵であったからだった。僕は、年齢こそ二

十一歳の若年兵だったが、名目では幹部候補生の期間を終了し、予備役に編入された召集兵だった。僕らは都城から八代を経て熊本に出て、さらに久留米、博多、小倉をすぎて、関門海峡を下関へと渡った。その道すがらでは、至るところで鉄橋が爆破されていたり、線路が破壊されていて、やむなく僕らは徒歩で、かなりの距離を北上してゆかねばならなかった。食糧らしい食糧はなく、いったい、なんで飢えをしのいでいたのだろうか？ 今、いくら記憶を辿ってみても、その前後の食事の模様がどうしても思いだされない。

戦争が終わって、生きていてよかった、と、僕は北九州の瓦礫と化した廃墟の町を車窓から見ながら、それだけを飽きもせずに、自分に云っていた。が、戦争が終わって、さて、どうやって生きていったらよいか、ということになると皆目、目標はたたず、前途にむかっての正確な希望も、理想も、いっさいなく、まして戦後の荒廃や、絶望的な飢餓などはまったく考えおよばなかった。事実、戦後の生活は、戦争下のそれよりも一段と深刻な様相を呈し、生きることに苛酷きわまりない苛斂を課せられてゆくのだが、二十一歳の僕は、戦争を生きのびた歓びだけを、実感として、くりかえし自分に感知することにだけ、ひたすら懸命だった。それでいて、自分が将来なにをやろうとしているのか、どのような生きかたをするのだろうか、などということは、いっさい考えようともしなかったし、また、そんなことを考えるだけのゆとりをひとつも持ちあわせていなかった。

それから三十二年。

僕はつい先日『ニューヨーク・ニューヨーク』というミュージカル仕たてのアメリカ映画を見た。先きに評判になった『タクシードライバー』のマーチン・スコシージが演出し、ロバート・デ・ニーロとライザ・ミネリが主演している。

昭和二十年八月十五日、日本降伏の報にわきかえるニューヨークで、ひとりの復員したばかりの音楽青年が、おなじく軍慰問をやってきた女性歌手と知りあい結婚する。が、やがて、ふたりの音楽についての考えかたのちがいや、男女の愛についての考えのちがいや、生活感情のくいちがいによって、ふたりは子供までもうけながら、別離してゆく、と、いうのがストーリーである。

僕は映画を見ながら、ライザ・ミネリという女優に感心することしきりだった。一方的に、ほとんど、狂暴ともいえるほどの、ひとりよがりと、独占欲とエゴイズムだけで女を愛した男が、熱がさめると急によそよそしくなり、その分だけエゴイスチックな生きかたを主張しはじめる。そんなかつての愛人であり、現在の夫である男の偏狭さと独善に対して、歌手であるミネリが、しだいに女として成長してゆくさまを、ミネリはまことにクールに、野心的に演じているのである。ああ、どんなに愛していても、この男とは駄目だな、と、知ってゆく女の心情の振幅が作品の魅力なのだが、僕は見ていて飽きなかった。

戦後三十二年、アメリカ文化はさまざまな女を描いて、描いて、描きつづけて、つねに僕を昂奮させてやまないのに、一方、おなじ年月の間に、日本の文化は、逆にひたすら女を抹殺して、なにくわぬ顔をしているのである。八月十五日をドラマの出発点としている映画を見ながら、僕はそんなことを、ふと、思ったりした。

（「競馬ニホン」一九七七年八月二〇・二一日号）

セクシュアルなやくざたち

雑誌の編集者の人たちや、新聞社の人たちから、近ごろ、しきりと、日本でも認められるようになりましたね」

「あなたが、昔からいっていたスポーツのたのしみかたが、やっと、日本でも認められるようになりましたね」

と、いわれる。

僕はかねてから、スポーツを人間の営みのひとつとして見てきていたが、そういわれると、さすがに、まんざらでもない。

「まあ、こうなるのには、十五年くらいはかかりました」

と、答える。

なによりも、僕の周囲の女性たちが、大なり小なりに、スポーツに興味をよせはじめてきている。彼女たちは、スポーツ・アワーやプロ野球ニュースを熱心にみている。彼女たちは、絵画や、音楽や、映画や、小説に興味をひかれるのとおなじように、スポーツにも目をむけはじめている。むろん、女性の情感に根ざした好みで、スポーツを見ているのだが、それはそれで、ひとつの女性特有の、物の見かたのあらわれであり、それなりの人生のたのしみかたなのだから、有ったほうが無いよりは、はるかによい。彼女たちはスポーツのたのしみかたのなかに、彼女たちの過去や、現在の情感のありようや、夢を語ってくれる。それが、僕の興味をひきつける。おいしい料理や、美しい旅や、たのしかった追憶を語るように、スポーツを語ってくれる。三、四年前にはなかったことである。

人は絵画を語るように、スポーツを語る。それは、人生の重要なできごとではないだろうか。人生を見る眼をゆたかにさせるということで、それは画期的なよろこびを与えてくれる。

僕のスポーツのたのしみかたというのは、最後には、衣服や、料理や、音楽や、絵画をたのしむのとおなじ種類のものになってくるのである。おなじ種類のものだから、スポーツは、いつ見ても、よろこばしく、心をはずませてくれる。スポーツだけが、特殊なものではないはずである。そのようなことを、僕らの周囲のジャーナリズム、その他が理解してくれるようになった。

僕はまた、最近、多くの女性読者から、僕が女性雑誌に書いている、「男と女」のことや、女性の恋愛感情にかんする文章は、むしろ、男性雑誌に書くのが正しいのではないかというアドヴァイスを与えられる。つまり、女の心情とか、生理感覚とか、意識とかを、男性雑誌に発表して、男が女を見る目を、もっと正確なものにしていってほしいと、彼女たちはいうのである。男が、いかに女をわかっていないか、ということについて、世の男性雑誌は認識していない。いや、世の男たちは、例外なく、自分は女をわかっていると思いこんでいる。が、それが、いかに見当ちがいのものであるかということは、あらためて、ここに実例をあげるまでもない。そういう点をたくさん指摘してほしい、と、いうわけである。男は女を知っていたほうがよい。女は男を知っていたほうがよい。が、現在では、そのよい状態に到達することが、まったく、捨てて顧みられない。――僕は、彼女たちのいいぶんを、そのとおりだと思いながら、その実行はおそらく不可能だろうと想像する。世の男性たちは、たぶん、彼女たちの提案を、すげなく、一蹴するであろうと思われる。

二十三日の土曜日の午後、メイン・レースのとき、僕は阪神競馬場の一角の近くのスタンドで、レースを見ていた。僕はアイス・コーヒーをのみながら、たばこをふかし、目の前を通過していく馬群の疾走を美しいと思った。ちょうど小雨が降りはじめ、スタンド前の石の広場はねずみ色に濡れかかり、芝の緑はひときわ鮮明さをくわえていた。栗毛や、栃毛の馬体が輪郭をあきらかにし、騎手の帽子がくっきりと色の量感をたたえて、それぞれが、みごとなカーブをきって、向う正面へむかっていた。僕はそんな風景を、いつも、どこかの競馬場で見ていたような記憶がする。スタンドの一隅からは、観客の流すラジオの音楽が流れていて、歌はクール・ファイブの「長崎は今日も雨だった」をやっていた。前川清の声は、ときおり、とだえて、かえって、歌曲のあらわそうとしているものを深く訴えてきていた。その音楽に乗って、馬群は遠くへ去っていった。レースの最後まで、「長崎は今日も雨だった」が流れていた。僕はその風情をたのしんだ。風景の奥行きを愛した。僕はレースの抒情をなつかしんだ。なによりも、くったくなく、心おきなくレースを愉しんでいられることに、つつましいよろこびを覚えた。が、よろこびはみずみずしく、張りと、はずみをともなって、その余韻はながく消えることがなかった。それはまた、どこかで、いい演劇の一幕を見ているたのしみにもつうじていたし、古都の美術館の光の氾濫と抑制のなかで、絵画作品の放つ色彩の強烈な刺戟に耐えているときに味う感覚を連想させてくれた。

僕はなぜか、そのとき、二、三日前、必要にせまられて見た『その後の仁義なき戦い』を思いだした。

『その後の仁義なき戦い』は、根津甚八や、宇崎竜童や、松崎しげる、泉谷しげるたちを中心にした東映のやくざ映画である。彼ら四人の若者たちは、四人なりに、かっこよく、突っぱって、やくざの世界を生きているつもりなのだが、そのかっこよさが、所詮、僕らの目には、虚しく、空疎で、味気なく、荒涼としたものに映ってくる。が、それでいて、まことに新鮮で、生き生きとして、感情の起伏のそれぞれに逞しいアクセントがあって、僕らをひきつける。根津甚八は阪神タイガースに入団することを夢みた野球少年だったが、母の情夫を殺害して感化院に送られ、出所してきてもゆきばがなくて、大阪のやくざにひろわれる。一方、宇崎竜童と、松崎しげるは九州小倉のやくざの子分たちである。が、大阪と小倉のやくざたちは、内部統制のゆきがかりから、同士討ちをよぎなくされる。このため、根津甚八は宇崎竜童の妹の原田美枝子（はらだみえこ）と結婚していながら、宇崎や、松崎と戦わねばならなくなっていく。彼らは、それぞれ、相手の組の親分を殺し、根津はその仕返しに片端ものにされ、麻薬中毒者におちて、野球とばくの胴元になる夢もやぶれる（ここがいい。たまらなくいい）。宇崎は返り討ちにあい、路上で射殺され、松崎だけが辛うじて、歌手になる。原田美枝子は夫の根津をうしない、安キャバレーの淫売婦になり、最後には女拳銃強盗になっていく。

彼らの背後には、例によって、錚々（そうそう）たる顔ぶれの俳優が出演している。松方弘樹、山崎努、小松方正（こまつほうせい）、金子信雄、小池朝雄、それから成田三樹夫（なりたみきお）（これが、また、すばらしくよい。ちょっと早口の大阪弁のリアリティが、やくざのすごみと、おろかさを、みごとに表現している）たちが、いわゆるこれまでの『仁義なき戦い』に描かれた代理戦争下のやくざの世界の苛酷さをあらわし、その最末端に、上述の若者たちがいるのである。

映画の魅力は、かかって、これらの若者たちの存在感に要約されている。彼らは現代の青春のあじけなさ、空虚さを、的確に映像化してみせるのに成功した。現代の若者が冷静で、しらけて、ものごとを、突っ放して見て、すべてを出来合いの感覚で判断し、たくみに出世主義を身につけ、巧妙に世の中と、なれあっていくのに反して、彼ら若者は思ったとおりのことを、思ったとおりに実行して、みじめな末路を辿っていく。

僕のまわりの、上述のスポーツに興味を持っている女性たちは、そんな若者たちを、いっしょにいたらだめになるとはわかっていても、なぜか、いっしょになってだめになっていきたいと誘惑されるような、魅力にとんだ男たちだという。彼らを見ていると、サディスティックな親愛の情をかきたてられるのだそうである。彼らのような男たちとは、まず、実人生では出会うことはないだろうが、しかし、もし、出会ったら、彼女たちもまちがいなく、規格どおりの人生とはちがった道を生きていくにちがいないと思わせられるのである。が、女にとって「セクシュアル」ということは、実は、そうした予感にほかならない。そうしたことを女性に思わすことが、セクシュアルなのである。

——僕もまた競馬を見ていると、セクシュアルな情感にとらえられずにはいられない。

（「競馬ニホン」一九七九年六月三〇日・七月一日号）

風景と音楽

僕は今、ウェントワースという土地を舞台にした小説を書いている。ある出版社から、半年くらい前から、短篇を書いてほしいという依頼をうけた。題材は僕の気に入ったものなので、承諾した。そのうち、半年という期間はすぐにすぎてしまった。いよいよ締切りというわけである。さまざまな資料をひっくりかえしているうちに、しだいに物語と人物像ができあがっていった。前後の関係から、物語のはじまる場所は、どうしてもウェントワースになってしまった。ウェントワースという土地の名は、ゴルフにすこしでもくわしい人なら、ああ、あそこか、と、すぐにイメージがうかんでくる土地である。

僕はウェントワースには行ったことがない。が、そのすぐちかくのイートンやウィンザーには——自動車で五分もかからない——行っている。だいたいの土地柄というか、土地の雰囲気は承知している。およその見当がつく。僕は手もとに用意した写真、本、パンフレットその他で、ウェントワースの輪郭を作ったうえで、ウェントワースに実際に行った経験のある人たちにも会って、その人たちの印象を聞いたが、僕が幾年か前、ウェントワースの周辺で得た印象とはそうちがったものではなかった。こう書くと、大げさだが、文章にすると、ここは、五十枚の短篇の中でわずか二行か、三行くらいですますところである。が、その二行か、三行のウェントワースの描写は、小説そのものを成立させるか、否かの鍵を握っている箇所である。小説そのものの臨場感を出すのに必要なのだ。人物と物語りに現実性を与えるためである。

晴れた日にはウェントワースの森や林の緑は濃い。が、その晴れた日でも、午後になると、森の緑に、独特な暗さが生じてくる。陽光の加減、雲の厚さ、大気にふくまれた湿気の関係、風のむき、その他が影響するからである。風景に独特な奥行きが生じてくるのだ。風景に「枯れた」感じがひろがってくるのだが、この「枯れた」は、重くて層がかさなって、影を濃くしている。ここで、現場に行っていないものの、弱味が出てくる。そうした風景を目でみていない。いや、目で見た感じを実際に体験していないという致命的な欠点である。

こういう時他人はどう書いているのだろう、と、思うのは窮地に追いこまれた弱味を持つものの共通意識である。僕は今度は他人の書いた小説や、評論、エッセイなどを、読みあさる。他人の書いたものが無性に、うまく思えてくる。あの枯れた、暗く、それでどこかに透明感と立体感をともなったよく描かれたテンペラ画を見ているような「感じ」は、どう書いたら、いいのだろうと思いつつ、実は他人の書いた文章に感心しつづけて時間をついやしている。出版社からは、しきりに催促の電話がかかってくる。こちらがどこが苦労しているかはなかなか判ってくれない。長々と書いたが、音楽を文章にする時のむつかしさが、これである。耳で感じはわかっているのだが、その感じが、どうにも言葉にならないのだ。吉田秀和氏流に云えば、なんでもないドレミファソラシドの長音階が、それ自体でもっている澄んだ悲しみを、どう表現するか、ということである。――といって、同じドレミをつかって、そういうペーソスをごくわずかしか感じさせない音楽家もいたが――と、吉田氏は、その後に書きつづけている。――それはこの単純明確なはずの音階がもつ顔つきがそんなにわかりやすいわけではないという証拠だ。――吉田氏は、モーツァルトの音楽を例にひいて以上のように書いている。

フェデリコ・フェリーニの映画『オーケストラ・リハーサル』の面白さもおなじである。ある廃墟と呼んでもよい、がらんどうになった礼拝堂で、オーケストラの団員たちが、リハーサルをしている。楽団員の男や女が、それぞれの日常生活の「におい」のようなものを発散させている。生活の淀み、金銭の悩み、人間同士のつきあいのむつかしさ、それに、なにか音楽を職業としてしまったことへのあきらめとそのあきらめに背中あわせの歓び、いわば人生肯定の肯定理由の納得感、そうしたものを団員の全員が影のように曳きずって演奏をはじめだす。そのふしぎな臨場感や、リハーサルならではの雰囲気が僕らを、「音楽の世界」にひきずりこんでいく。単純明確なはずの音階が、単純明確だからと云って、わかりやすいはずではないのだ、というのはこうしたことである。音楽とは観念であり、意志であり、生活であり、それらを音で表現した何かであるということが、リハーサルをとおして強調されてくる。音楽ならではのたのしみである。団員の配列と、音のアクセントと、アンサンブルの強弱は、ここではじめに書いた、ウェントワースの森の遠近感と明暗——明るく透明なのに、実は暗く淀んで、濡れた、重さをたたえている——と、拡がりの立体感をどうしても書かなければならないことに結びついてくる。音楽の、あっという間に消えていく音の配列は、二行か三行かの森林の描写とおなじで、それらは、まちがいなく、音楽にかかわって生きていく者や、小説にあらわれてくる人物（と同時に小説を読む人物）とに、深く結びついていく。その結びつきようが、音楽のたのしみであり、音楽が人に多くのものを語りかけていくゆえんである。音楽の描写がむつかしいのはこのためである。人間の感性のよってきたるところが、音楽によって発見され、導かれてふたたび人間の感性として、人間にもどっていく。音楽が人間の存在と直結していけるのはこうした経過と秩序を音そのもののなかに表現しているからである。

ウェントワースで想いだしたが、僕がその近くの、イートンやウィンザーを訪れたころ、僕はよくロンドンで音楽を聞いていた。例の日本にきて、演奏会をひらくといって、さまざまな理由によって、演奏会をひらかないので問題になったミケランジェリもやはり、ロンドンでプログラムを公開していながら実際の演奏会は中止になっていた。僕はロンドンでなら聞けると内心ひそかに、期待していたが、それも単なる期待で終って失望した。

ブレンデルは風彩の上らない、まるで会計事務所の事務員か、しがない雑貨売りのセールスマンという印象でステージに上り、まことに気取らず、飾らず、ごく日常的な動作で事務を処理するようにベートーヴェンやモーツァルトやシューベルトを演いて、内容のゆたかさ、構成のみごとさ、音の澄みかた、楽曲の理解の奥のふかさなどで聴衆を感服させたものである。ブレンデルはふだん着とでも呼びたい、卒直な、平凡な服装で、すこしうすれかかった髪の毛を無雑作にのばし度のつよいセルロイド・フレームの眼鏡をかけていた。しかし、その外見の素朴さにひきかえて、音楽は調和と抑制のゆきとどいた、磨きのかかった音質を発揮して、メロディーのうたわせかたに、高度のロマンチシズムが漂っていて、僕は現代のロマンチシズムとは、このように輪郭の整然とした表現をとるものかと、深い感動にとらわれた。ベートーヴェンは内省と力にみち、シューベルトは朗々として、のびのびとした音楽性に充実し、モーツァルトは、音が音であるゆえに、必然的に明快な悲しみをともなったと思われる響きを鳴らした。それは装飾過多のバロック的明澄さが生命とみられがちなモーツァルトではなく、やや暗く沈潜した箇所をふくんだ最小限の音量の音で最大の効果をあげているモーツァルトだった。

僕はウェントワースの森の描写から、そんなことを思いだした。ウェントワースを訪れていないのに、ウェントワースの風景が目の前にうかんできて、その風景は四季をとわず、風や樹木や草のにおいで僕を魅惑した。と、同時になぜか、ブレンデルの謙虚と大胆さがみごとに一致した音楽の多彩な音色が、僕の耳元に聞こえはじめていた。『オーケストラ・リハーサル』という映画を見ていると、楽団員のひとりひとりが体験している生活の高さが画面にひろがってくるのも、ウェントワースの森がブレンデルの音楽を回想させるのも、すべてが音楽のたのしみから出発しているからである。

（「月刊みんおん」一九八一年四月号）

響き、音色そして色彩

響きや音色に色彩を感じることが多い。うっとりとなって音楽に聞きいっているとき、音色や音声、ハーモニーが、早春の川面や夏の夜空や、紅葉した樹木からふりそそぐ木洩れびのような無数の色彩の帯やくす玉となって脳裏を横切っていくのを感じる。僕は、モーツァルトやショパン、印象派の音楽家たちの作品により色彩を感じる。スクリアビンなどは最初から意識して、舞踊と音楽と色彩と芳香をそなえた一個の総合芸術を目ざしていたそうだ。この話をなにかの本で読んだときひどく感心し、スクリアビンという音楽家の手のうちをかい間みた思いがした。そういえばマリオ・プラーツが『記憶の女神ムネモシュネ』の中で、「ショパンの〝夜想曲〟作品九の第一のいくつかの楽節は、アラベスク（デザイン様式）に移し替えることができる」と指摘し、音楽と色彩、形体の相互関係に触れている。この本の中でプラーツは、エチエンヌ・スーリオという学者が実際に音楽からアラベスク模様を抽出することを試みていることを述べ、抽出されたアラベスク模様が音楽の豊かさや、複雑さを欠いていて「多分、スーリオの行なった実験は、音楽の裏地を表わすものだろうが、これに芸術的価値があるとは思えない」とからい採点をしている。しかし残念なことに、本にはスーリオの音楽から抽出したという肝心のアラベスク模様が載っていない。

音と色は、本能と感覚の最も深いところで繋がっているのだと思われる。そのことは、色彩について一番つよくかかわりをもっている画家の作品が証明してくれる。その例として、ここではロシアの前衛画家、カンディンスキーをあげようと思う。

カンディンスキーはモスクワ大学で法律と国民経済学を専攻して、大学で法律の研究をしていたが、三十歳にして画家の道を志す。幼い頃から絵の才能があったからではあるが、大変な方向転換である。画家を志す動機となったのは、学生の頃ワーグナーの〝ローエングリン〟を初めて聴いて感動し、「絵画だってこの音楽のような力をもっているはずだ。自分はそういう絵を追求してみたい」と思うのである。同じ頃、印象派のモネの「積藁（つみわら）」をみて、絵画といえばレーピン風の写実的な絵しか知らなかった彼は驚愕する。モネの「積藁」は、田の中に藁が山のように積んであるのを描いたものなのだが、それは光のなかで物の輪郭が消え、ちょっとみるとなにが描いてあるのか判らないような絵である。モネ独得のあのピンクと橙（だいだい）、灰色、青の微妙にいり交った色彩のトーンによって構成されている。カンディンスキーも目録をみて初めてその絵の主題をしったという。この時彼は、絵には対象的な要素などを問題にせず、ただ絵画的な手段のみによって、心の内面を描けばよいのだと感じとった。彼は、ワーグナーとモネによって「新しい眼を獲得」していく。さらにビザンチン風の聖画像（イコン）やロシアの民俗芸術の多彩で抽象的な装飾模様から多くの啓示をうけて、音楽のような絵を描こうと試みた。

　カンディンスキーはまた、新しい絵画を理論として、文字によっても書き記した。法律学者であった彼は、自分の絵画理論を明晰な文章によって論理づけるすべをしっていた。彼の著作集は西田秀穂氏の名訳によって、四巻発行されている。彼の著作の中で繰り返し語られているのは、心の内面の響きを色彩でどう表現していくかという事であり、精神状態に一致するような色彩のハーモニーをどのように創り出していくかという事であった。彼はフランスでマティスの作品に出合い、マティスの原色のもつ新鮮で力強い表現を武器として、心の内面を爆発させた作品に感銘をうける。そして彼はいくつもの音や響きを主題にした絵を描いていった。彼の作品の中に『響き』と題された木版画集がある。版画集の第一ページ目に「響き」と題する詩を載せている。木版画集はオランダ製の手すき紙で百八十枚からなり、自作の散文や詩が三十八篇載っている。

　カンディンスキーはその著書の中で、「言葉が何度も繰り返されると――これは子供たちがよくやることだが――言葉本来の意味、つまり対象との関係が消え、響きだけが残る。この響きは非対象的なむしろ超感性的な、魂の振動と感動とを呼び起すものだ」（カンディンスキー著作集『抽象芸術論』）と述べている。

彼は木版画の中で、言葉の繰り返しによる響きを、線や形態や色彩の響きとの照応でとらえようとしたのであろう。実際の木版画は白夜の空のような紫紺色や、夏の草原に咲く芥子の花の赤や、古いイコンのにぶい金色に似た黄色、農家の壁のような茶色が白地の紙の上に舞台のスポット・ライトのようにおかれていて、そのスポット・ライトが二色、三色と重なって点在している。そうしたスポット・ライトの色彩の上に、土俗的な舞踊のリズムを感じさせる力強い線が不連続に描かれている。

カンディンスキーが描いた「響き」は、洗練され、メタモルフォーズされた音ではなく、たとえばシベリア大陸の無限の荒野を吹いていく風の音であり、秋、落葉した白樺の林の枯れ葉を踏んで歩く足音であり、深い森の腐葉土を獲物を見つけて追いかける獣たちの足音であり、森の中の沼に雪の重さに耐えかねて折れる木の枝の音である。あるいは乾いた一本道をいく木靴の音であり、夏の夕方の太い雨足の音である。

僕は、アンドレイ・タルコフスキー監督の『鏡』や、アンドレイ・ミハルコフ・コンチャロフスキー監督の『貴族の巣』などの映画でみたロシアの風土の匂いのようなものを、カンディンスキーの木版画にも感じた。

パリのポンピドーセンターで「カンディンスキーの部屋」と呼ばれる部屋全体が彼のひとつの作品からなる絵に出会ったときも、その作品から都会的な色彩のハーモニーを感じるよりも、星のでていないロシアの原野の暗天の空から聴こえる音楽を感じた。その部屋は、長方形や正方形の部屋ではなくいびつな七角形（記憶が正確でないが）の部屋で天井も壁も雄牛色に塗られていて、その上に、田舎の祭に使われるような原色の赤や黄や青・紺・紫の色彩で、彼が感じる音楽をさまざまな形（フォルム）で描いていた。

部屋全体が、音の伽藍（がらん）であった。その部屋の真中に立ったとき、僕はふいにロシアの風土と、その風土で生きる人々の生活の音や色彩や食物や踊りや歌や衣服を想ったものである。

そしてカンディンスキーが色彩によって表現しようとした音楽とは、ロシア人である彼自身の鼓動の音ではなかったかとぼんやり思った。

音楽から絵の世界に入っていった画家には、一時カンディンスキーと隣り合せに住んでいたパウル・クレーがいる。クレーは彼の日記の中で、カンディンスキーについて多く触れ、彼の作品を賛美し、彼の絵画に対する考えに賛同している。

この二人の作品に類似点もみられる。二人とも「青い騎士」のグループに所属していたこともあって当然といえるが、なによりも二人が互いを理解し合えたのは、繊細で豊かな感性の持ち主であり、その感性が音楽的であったからだといえる。

しかし僕が二人について最も感銘をうけるのは、音、音楽という情感的な感覚を明解な認識として自らの中に構築していたことである。絵画の抽象化というのは、明晰な情熱であり、冷たい眩暈（めまい）であり、無限の忍耐をもって実在に接近していくことなのだ。カンディンスキーやクレーの抽象画をみるたびに僕はそのことをおもう。

（「月刊みんおん」一九八一年七月号）

生命のリズム

ポーランド国立マゾフシェ民族合唱舞踊団の公演は愉しかった。舞踊と衣装を見ながら、合唱を聞きながら、僕はさまざまな想像をくりかえして、飽きなかった。その愉しみの第一は、はじめて、ポロネーズとか、マズルカの原曲と踊りの原型を教えられたことである。僕はポルカを思いうかべ、ポロネーズや、マズルカという言葉から直接、ショパンのポロネーズや、マズルカを思いうかべ、ショパンの曲が表現してくる音の世界を、いかにも、ポーランドの音楽を代弁する音楽だと思っていた。そして、たとえばポロネーズとは、ポーランドの国舞ともいうべき踊りであり、本来は農民のゆっくりしたテンポのウォーキング・ダンスだということは、文字で理解していたのにすぎなかった。その農民音楽が、貴族や領主階級にとりあげられ、城砦(じょうさい)の中や、荘園(しょうえん)の広間で踊られるようになった、といわれても、実際に、自分の目で見るまでは、どうしても、具体的な踊りが想像できなかった。が、今回の公演で、ポロネーズという踊りが、ショパンの曲が描く踊りの図とは異なって、かなり、堅い様式をそなえ、荘厳で、堂々として、格調の高い踊りであることがわかった。また、マズルカが、マズリー地方で十六〜十七世紀に農民舞踊として形成されていったとは知りながら、その踊りの表現しているものを、想像できなかった。踊る人びとの姿や踊りの身振りや、体のうごきや、踊りのダイナミズムが発散する迫力が、具体的に、理解できなかった。ところが、マゾフシェ民族合唱舞踊団の公演をみて、踊りの素晴らしさや、衣装の華麗さに目をみはると同時に、あらためて、ショパンがポロネーズや、マズルカで表現したものの奥の深さに思いあたった。

僕はショパンのマズルカが、いかに本来、逞しく、活動的でダイナミックな生命讃歌の、いわば、人間の生命の躍動のあらわれである農民舞踊を、単なる生命力の表現の域をこえた、もっと、人間の思索や、内省の本質にせまる「音」という表現をともなった永遠とが、人間存在の原質の音楽的表現にまでたかめていった芸術作品であることが理解できた。つまり、はじめに、これらの民俗舞踊があり、つぎにその音と人間の体の動きの総合が、ショパンのマズルカに昇華していくプロセスが、僕を驚嘆させた。農民舞踊の激しさと、生命力が、思索と観照力を与えられて、ショパンのマズルカに変貌していくのが、僕に、あらためて、ショパンの偉大さを再認識させた。

それにしても、農民舞踊の奔放さと、華麗さと、情熱と旺盛な生命力の爆発は、新鮮であった。僕は舞台の上に瞬間ごとにあらわれては、消えていく、男女の歓喜の交応の純粋さに、拍手を送った。それは大地で営々として労働にたずさわるものだけが享受できる生命力の賛美であり、大地の稔りを、肌でもって、確認できる者に許された生の謳歌にほかならなかった。

僕は以前、「ペケレットの夏」という小説を書いた。これは、東京オリンピックのとき、日本のボートのクルーたちが、自分たちの漕力を最高の状態で発揮するために、日本人の体力に適したリズムを定め、そのリズムにあわせてオールを漕ぐことを考えだす。そのためにボートの底に、音楽を流すテープを装置する。このとき、使われた音楽が、今回の公演でも、実際の舞台にかけられた「小鳥の歌」である。日本にもよく知られた例の「森へ行きましょう、娘さん」という歌詞のついたポーランド民謡である。この曲のリズムにあわせて、日本クルーがオールを漕ぐと、艇のバランスがよくとれて、スピードがあがった。

この小説を書いて、しばらくすると、五木寛之さんが「あの曲は、実は男女の恋愛をうたったもので、激しい生命力を訴えあう歌なのですよ」と、教えてくれた。僕は、なるほど、オールを漕ぐリズムと合致するのは、そのためだったのか、と、五木さんに歌の内容を教えてもらったことを感謝した。そして今回の公演では、建樹祭のときに歌われる歌であることも、わかった。夏至の日に、万物が新らしい生命を甦えらせる。それを祝って、人びとは、力をそろえて、樹を地上にたてる。そして、ゆたかな野の稔りを天から与えられることを、祈るわけである。これなども実際に、舞台で見せてくれると、なるほど、そういうものだったのかと、目から、耳から、納得させられた。農民舞踊にせよ、民族舞踊にせよ、すべてが、生命讃歌をテーマとしているのが、僕には興味ぶかく思われた。

ポーランドが現在どのような状態に置かれているかということは、僕がここで、あらためて述べるまでもない。それだけに、今回の公演からはいろいろなことを考えさせられた。僕個人のことに限っても、パリにはポーランド系の親しい友人が幾人もいる。それらの人たちの表情や、声の背後に、僕は彼らや、彼女らの祖国の苦境をオーバーラップさせずにはいられなかった。そしてまた、彼らや、彼女らの血のなかにマゾフシェ民族合唱舞踊団の歌や踊りの魅力をつくりだしている要素が流れているのだ、と、思うと、僕は舞台の上の人びとの表情や、仕草が、ことのほか、身近なものに感じられてならなかった。それが、僕を舞台に引きつけて、放さなかった。舞踊が、こんなに、国とか、政治を思わせるということは、すくなくとも、僕にはかつてない経験であった。僕は舞台の上の人びとに、僕の友人のポーランド人男女のさまざまな面影をかさねあわせた。

僕はまた、ポーランドが政治的危機に襲われた報を、ウィーンの街で聞いたショパンが、何を思ったか、ということも想像してみた。ショパンの音楽は人が考えているほどロマンチックでもないし、ポエティックでもない。彼の音楽は激しく、幻影と現実のさなかを揺れうごいて聞く者の血を騒がせるのである。その激烈で強靭で、粘着力のつよい音楽は、彼自身の固有のものであるのと同時に、ポーランド農民が農民として生きていくうえに、しっかりと、身につけていなくてはならなかった意志と忍耐の音楽にほかならなかった。それは音楽というより、音楽になろうとする生命のリズムであったのかもしれない。

話が変わるが僕は最近、カラヤンの秘蔵っ子といわれているムターのヴァイオリンを聴いた。

この若い、十代の少女は、メンデルスゾーンのヴァイオリン協奏曲を奏いた。僕はいわゆる天才少女らしい、いかにも、才走った、超絶的なテクニックを見せてくれるのかと想像していたが、予期はみごとに裏切られた。ムターの演奏ははなやかなところを意識して、隠しているのではないかと疑われるほど、地味で、温厚であった。が、そのことは、かえって、彼女の内に秘めた音楽への没入と、献身と、誠実さの表現のように受けとれた。彼女は一音一音を彼女自身の心の声になぞらえるかのように無駄な飾りをすてて、透明なソノリテと音楽性だけを追求する演奏を披瀝した。僕はムターが地味な、内省的な演奏家であることに、彼女がカラヤンに将来性を発見された理由がある、と、思った。

僕はまた、今年六十一歳になった、かつての天才少女諏訪根自子さんのバッハの演奏にも、魅力を覚えた。諏訪さんが戦前日本の音楽愛好家たちから、どれほどの期待と好意と讃辞を寄せられたかは、ここに書くまでもない。諏訪さんは天才の生きたシンボルであった。が、諏訪さんは、結局、諏訪さん自身のための音楽を奏いて今日までの音楽家生活を継続してきた。一見、はなやかに見えて、実は地味で、誠実な音楽家の道を歩みつづけた。僕はそういう音楽家こそが、真の音楽でもって、僕らに何かを啓示してくれるのだ、と、思っている。諏訪さんのバッハは、音楽の魅力とはなにか、ということを、そしてさらに女性の魅力とはなにか、ということまでを、謙虚に、しずかに、しかし、明るく、澄んだ音で語りかけてくるのである。

（「月刊みんおん」一九八一年十二月号）

音楽のもつドラマ性

『ボクの音楽武者修行〞'82小澤征爾(おざわせいじ)の世界〟』は、興味ぶかいテレビ番組だった。小澤音楽の秘密の解明であり、ドキュメンタリーと、ドラマをまぜて作ってあるところが新機軸だった。もっとも、ドキュメンタリーの部分が圧倒的な迫力で、ドラマのほうは、説明用のつけたしになっていた。当世風に視聴者が理解しやすいように、という理由のため、むりしてドラマがつけくわえられたのかもしれない。あるいはドキュメンタリーだけでは、約二時間にわたる番組は放映されなかったのかもしれない。

僕はこの作品を見ていて、いちばん感心したのは、ピアノのマルタ・アルゲリッチと小澤征爾がピアノ協奏曲のため打ちあわせをするところである。ラフマニノフや、ラヴェルの協奏曲を、アルゲリッチがひく。小澤はそれをきいている。アルゲリッチが、ここはこうしたほうがいいと思うとか、これははじめてひくとか、語りながら、みごとなひきぶりをみせてくれる。小澤は、昨夜は、ルーマニアとスペインのサッカー試合を見ながらいつしか眠ってしまった、などと言う。それでいてふたりの呼吸が、しだいに合っていくのが第三者である僕たちにもわかってくる。ふたりが打ちあわせをしている場所は、どこなのであろうか？　アルゲリッチは、外国からやってきたので、まだ、ホテルも予約していないと言う。小沢は楽譜だけを見ている。その横でアルゲリッチはみごとな技術を見せてくれる。僕はそうしたドキュメンタリーの部分に、ドラマを感じた。なにか西欧の映画、それこそミケランジェロ・アントニオーニとか、ルキノ・ヴィスコンティの映画作品の一シーンを見ているような感動をおぼえた。

「なるほど、こうやって指揮者はソリストのもっている素質や才能だけでなく、人生そのものを音にして表現してみせるのか」

という新鮮な驚きである。

演奏会が終わって、小澤とアルゲリッチはステージから楽屋に帰ってくる。アンコールの拍手で、ふたりはステージにもどる。その前にアルゲリッチは、楽屋の隅で靴のカカトをしめる紐というのか、カカトドメがゆるんでいると言って、靴に手をあてる。彼女は演奏中にもカカトのひものゆるみが気になっていたらしい。「そのせいで君のテンポが二〇パーセントほど早くなっていた」と小澤が言う。「でもすばらしいオーケストラだったろう」と小澤はアルゲリッチにオーケストラの技術、アンサンブル感覚をほめる。僕はこの部分に感心した。おなじようにチェロのヨーヨー・マとの打ちあわせもあるのだが、これは、湖のほとりの静かなホテルの一室のなかでの、男性ふたりの打ちあわせなので、画面はアルゲリッチとの打ちあわせや演奏会の光景とは逆に、落ちついた雰囲気が強調されていた。ドキュメントでなくては撮れない画面なのだが、僕はこれらのシーンから、以前に見たフェデリコ・フェリーニの『オーケストラ・リハーサル』というすぐれた映画を思いだした。音楽もまた、人間の表現なのである。

欧米のオーケストラを指揮しているとき、「日本人に西欧音楽がわかるのか？」という暗黙の侮蔑とも驚きともつかぬものをたびたび受けとった。「ほんとに西欧音楽がわかっているのか？」「いや、お前はそういうけれど、西欧音楽とはお前の考えているものとはまったく、別のものだ」とか、欧米のオーケストラの人たちは、小澤という日本人の指揮者の音楽性に対してさまざまな反応をみせた。反応は冷酷で厳しかった。それに、負けないようにしていくのには「楽譜を細部まで徹底して理解していないと相手に負けてしまう」と、小澤征爾は語っていた。僕はこの部分も、迫力のあるインタビュー・シーンだと思った。

ブザンソンの指揮コンクールで一位になった。が、だからといって、すぐに指揮者の注文がくるわけでなかった。生活は苦しかった。が、いろいろなコンクールで認められて、指揮の仕事を与えられていくようになった。そのたびごとに、小沢は彼のマネジャーから、「これがはじめてのチャンスだ。チャンスはのがすな」と、くどいほど言われたそうである。

オーケストラの指揮をしているとき、一流の技術をもち、一流の感性を身につけ、さまざまな人生体験をつんでいる人たちの集団から、それぞれの人たちのいちばんよい部分をあつめて、しかもそこに、指揮者自身の音楽と人生を表現していく。それがうまくいったとき、たとえばモーツァルトの音楽を指揮していると、曲が「レクイエム」のような宗教音楽でないとしても、もしかすると音楽は「宗教だ」と、思うことがあるという表現も、僕を納得させた。

僕は偶然ことしの春、パリを訪れたとき、ノートルダム寺院で小澤征爾が宗教音楽の指揮をするという広告を見たことを思いだした。ノートルダム寺院は復活祭が終わったばかりで、僕が訪れた日の朝もたくさんの信者が詣でていた。そして合唱隊が讃美歌を歌っていた。僕は小澤が「音楽は宗教だ」という言葉の内容を、復活祭直後のノートルダム寺院の朝のミサの光景にオーバー・ラップさせた。

よく知られているように、小澤征爾はかつて、ベートーヴェンの「第九交響曲」の解釈その他で、NHK交響楽団と意見がくいちがって、指揮をおろされたことがある。僕はその細部の事情を知らない。が、そのことは、小澤に「いざとなったら日本へ帰ったらどうにかなる」という考えかたを捨てさせたという。

欧米のオーケストラを指揮するときには、「日本人のお前に西欧音楽がわかってたまるものか」と言われ、日本では、逆に「そんな外国式のものでは日本人が受けつけない」と言われたにちがいない。あるいは西欧音楽の伝統に即した音楽を指揮してほしいと要求されるかもしれない。

それはともかくとして、アルゲリッチと、小澤が打ちあわせをするシーンは、近来にない生気あふれるすぐれた情景だった。

（「月刊みんおん」一九八二年十一月号）

Ⅵ

殺陣の倫理——「映画評論」の時代

殺陣の論理──『宮本武蔵　一乗寺の決斗』ロケから

饗庭野(あいばの)は、すすき、の原である。

琵琶湖を北陸街道にそって北上し、今津の町から進路を若狭にむかい西へへだてること約二キロ、中国山地の延長である丹波高原の末端に、いわゆる第三期末、瀬戸内の断層作用によって生じた断層湖盆の埋積地をとりまく地帯にひろがった面積約百八十平方キロメートルの高原である。山あり、谷あり、起伏に変化の激しい地勢によって、戦前まで、関西地方の代表的な陸軍演習場であった。

見わたせば、高原の涯は、遠い山脈の幾層にもかさなりあった影に没して、しかとさだめられぬまま、眼もはるか原野に生いしげったすすきのまばゆい反射光の強弱によって、色感の拡がりとその差異によって、私たちは面積の広大さを無限と想像する。

乾きあがった風をつたえて、山のすすきがいっせいに、光の穂波をおくる。根岸に色どられたすすきの地肌に、こそめ色の穂先の鋭い反射がゆきわたると、道は一気に急坂を乗りつめ、更に右にまがり、左にきれ、ならやくぬぎの林にわけいってゆく。幾日か前に降ったままの雨水が乾くこともなく淀みひろがった林間の湿地帯で、私たちは車をおり、熊笹のやぶをきりひらいた小径をたどらねばならなかった。耳をすますと、樹々の枝葉をぬって飛びかう鳥の声が、高原の冷気のなかにしみとおるようにこだまするしずかさであった。仰げば、山の稜線の背後にかなしいまでに澄んだ晩秋の空がひろがり、夢を誘う軽さで、淡い雲がながれる。

私たち、次回作『鮫』のシナリオ・ハンティングをおえて北陸の旅から帰ってきたばかりの田坂具隆監督と鈴木尚之氏、また沢島忠監督、プロデューサーの小川貴也氏らは、『一乗寺の決斗』のロケのために特別に設けられた山際の道を、かなりの距離にわたって喘ぎのぼった。私は呼吸の切迫を強く意識しながら、「わが世の坂の中路や、並樹の落葉熱き日に焼けて乾きて、時ならで、痛み衰へ、たゆらかに梢離れて散り敷きぬ」という蒲原有明の詩の一節をかすかに思いだしたりした。

記憶は、むしろ、秋のはじめ内田吐夢監督、鈴木尚之氏とともに語りすごした箱根、小湧谷での一夜に関していっそう鮮明であった。

内田吐夢監督は、私がある綜合雑誌に書いた「大徳寺・孤蓬庵」についてのエッセイを読まれたばかりだったので、私たちの話は小堀遠州の作庭術からはじまり、桂離宮や修学院時代から日本の庭園や茶室は堕落し、頽廃してゆくことで、意見を一致し、没落期の病みはてた造型美学を拒むことで、その時代を生きる人びとの倫理のきびしさを称讃した。たとえば、そうした転換期を生きた宮本武蔵が折あって、もし斗々屋(ととや)を手にしたとき、その触感から、視覚から彼ははたしてどのような感覚を彼の剣について、栄達について心中に去来させただろうか。そんな話しの経過をたどることによって私たちは、宮本武蔵を語りあかした。それは戦国から、江戸初期にいたる日本の転換期を生きた時代の児の魂の遍歴をさぐる作業であった。

吉川英治は武蔵をひとつも、嫌な奴にと書いていない。むしろ、筆をきわめて、武蔵の精進に、克己に、勇逕さについて描写の大半をさいている。が、氏の文章に接すると、誰が読んでも、おのずと、武蔵は「嫌な奴」「つきあいにくい奴」「何をたくらんでいるか判らない奴」という印象をもたせられる。それだけに武蔵の個性的の魅力を、陰惨で不気味だが、反面、あくのつよい、主我的に凝集した捨てがたいものにさせている。彼は剣ひとすじに生きようとして、やがて剣だけではどうしても世に迎えられない壁にぶちあたってしまう。剣をもって、剣以上のことを表現せねば、世間が彼を認めない時代の波にまきこまれていってしまう。

周知のように武蔵は、吉岡一門の跡目(あとめ)相続人、源三郎少年を、一刀のもとに斬ってすてるが、これは戦国の武士が戦にのぞんで踏んだ方法を、まったく忠実におこなったのにすぎない。たとえば織田信長は浅井長政を小谷城(おだにじょう)に亡ぼした時にその嫡子(ちゃくし)万福丸をも木下藤吉郎に命じて冷然と斬殺している。万福丸は当時わずか十五歳の少年であった。

が、年齢のいかんにかかわらず敵であることにかわりない。戦国の倫理が当然のことを信長に要求したにすぎなかった。その意味で武蔵にとって源三郎は、まさに吉岡一門の象徴であり、大将であり、神格であり、倒すべき相手、吉岡一門そのものにほかならなかった。

なるほど、剣によって名をあげねば、戦国を生きる時代の児、彼らは職にありつけなかった。剣は生活に不可欠の手段であった。技術であった。技術はそれ自身を目的とした。武蔵は吉岡を倒すことによって、より高い名声と地位を狙い、彼が寄遇した藩の名声と権威のために小次郎と対決せねばならなかった。それが、直接、彼の栄達につながる大きな役割をはたした。彼はその役割を端的な象徴として受けとめねばならなかった。源三郎少年を斬ることが武士として当然であったように、後年、いくばくもなくして、彼は小次郎を斬ってすてる。相手を倒さねば、永久に失業者の苦痛がもってまわる。

剣を禅になぞらえ、人生の諸観念との連関でとらえる安易な解釈は、いずれ、そうした苦難の時がすぎ、徳川幕府の体制がととのい、政治が安定期に入ってから合成されたデカダンスの産物にちがいあるまい。日本の芸能がこの時期に家元制度を確立したのと、ほぼ同一の思考径路が苦しまぎれに作りだした虚構にちがいあるまい。例の武蔵の円明(えんみょう)流も戸伏(とぶした)太兵(へい)氏の説明によると、武蔵の寄遇した豊前小倉(こくら)藩小笠原氏の出身地明石をあらわす「四智円明の明石の浦」からとったもので、すくなくとも吉川原作が描くように、剣をふるう武蔵の周囲に円をかき、月の光がそれをてらしだした。というくだりの悟りなどとは、まったく無縁のしろものであったと、思われる。同氏は文化七年著作の『常静子剣談』にある「経倫ノ指南ニ執着シテ、心月ノ円明ヲ見ナイ」はゆきすぎの解釈だとしている。

武蔵は、現今の、プロ・ボクサーにもっともちかい境遇におかれた人ではなかったか。あるいは、プロの棋士でもよい。プロ・野球の選手でもよい。いずれにしても、なにがなんでも勝たねばならなかった。相手を倒さねば、食べてゆかれなかった。ファイト・マネーも、稼加報酬もあがらなかった。大きなオウナーやプロモーターにかかえられることもできなかった。彼は戦国の世にうまれた。丁度、現在の私たちが大なり小なり戦災孤児的な生いたちをもち、私たちの腕一本で戦後の荒廃した世の中を生きてゆかねばならぬように武蔵の剣は、典型的なハングリィ・スポーツの生きた標本であった。彼が決斗でふるう一剣は、必殺のKOパンチでなければならなかった。般若坂、蓮台寺野、一乗寺下り松とリングの場はかわったが、彼は自らボクサー、マネジャー、プロモーターのいっさいを兼業で身体をはった。ジャブに、スウェイ・バックに、クラウチングのひとつに、彼の全生活、思考、情念がかけられていた。それは後に室鳩巣や徂徠が出て、「芸ニ遊ブ」という言葉で人生倫理の究極の目標を表現したように、剣の完璧さの実現にいっさいをかける生活の連続であった。

電源車やクレーンやレールが竹やぶの間からあらわれてくる。坂をのぼりつめると、私たちの足もとは切りたった崖道になり、約二百メートル下、人造の三叉路の中央に、人造の下り松がたっている。美術部の鈴木孝俊氏らが苦心の創作になるものである。高さ十八メートル、重量約十トン、地下ふかくまでコンクリート材を埋めて、地上の露出部に松の外皮をはりめぐらした。工費約五百万円。堂々たる威容とても形容のほかない美事さで、この人工の松が周囲にめぐる山の重量を、ひとりで支え、天にそびえている。周囲の水田を改造し、あらたに、六百メートルにわたる道を白河みち、叡山みちなど三本つくり、そこに神社、樹木等を作成して適宜に配置した。

カメラの一台を山頂に、一台を下り松附近の竹やぶの中にすえてある。撮影は早朝、午前五時から日の出までのわずかな時間を狙っておこなわれる。水田に氷がはり、霜が地表一帯におりる。霧がふかくたちこめ、撮影はまさに原作どおり、卯の刻（午前六時）に決斗を開始する。技術的処理としてはこの部分に霧をあらわすカラーが特別にかけられ、後、武蔵が血路をひらき叡山にかけこみ、はじめて蘇生の想にひたる時、セット本来の事物の色彩に復原する。吉田カメラマンの話では、撮影第一日、払暁のシューティングで期待どおりの霧が饗場野一帯をおおい、現場はしせきを弁ぜぬ乳白色のとばりに閉ざされたという。

スタッフ、俳優、総勢百四十有余名、うち、七十三名は吉岡一門の門弟として、下り松を中心に周囲のたんぼ道に散開して、武蔵を迎え撃つ隊勢をととのえる。彼らの提行する刀剣、槍の武具がまばゆく秋の陽光をてりかえす。

ハンディ・トーキーをかかえて、助監督のひとたちが大声で人員配置をおこない、日中のリハーサルの諸段階を指示してまわる。

この山頂にたち、眼下の下り松を中心に散開した吉岡一門をみたとき、武蔵の心中は、もはや敵を倒す以外のなにものの考えもなかったろうと思われる。それは考えというより、熾烈な生理的欲求といったほうが、もっと適切な表現であろう。十七歳、関ヶ原の合戦に参加して以来、彼の辿った生涯、憎悪、憤懣、反逆、充たされなかった感情の枯渇、はたされなかった夢想のかずかず、終にみのることのない愛、別離、流転、要するに武蔵そのもの、彼の人となりにすべてをひきしぼれば、剣をふるって、敵中に一気にかけこんでゆく男、孤空をきって、野獣のように山の斜面をかけおり、余勢をかって一気に、下り松に突入することだけを実行しようとする男、その呼吸、その血汐(ちしお)の鼓動、うずく昂奮、たかまる気合、それだけが、地上の獲物を狙って逆おとしに空をつらぬきおりる鷹の力をこの無名の一牢人の全身にみなぎらせたにちがいあるまい。

中村錦之助に細かい指示を与える内田監督

中村錦之助・武蔵氏にあう。冴えたときわ色の衣服をきている。私は例の第三部の、石舟斎のもとを訪れ、「感覚であるから言葉では云えない」と、石舟斎の石楠花の一枝にきりつけた技能を批評する武蔵がすきだが錦之助武蔵氏も、あの個所に、青年容気の武蔵の倫理が要約されると意見をのべる。理論の剣、思想の剣はいっさいが虚妄の産と断定してよい。剣は剣に語らせよ。決斗についてのみ意味を表明したために殺陣は幾層にも深まりとひろがりをもって、彼の立つ場に、血なまぐさい風を吹きおくる。この観点によって、一乗寺下り松は、剣に生きる男が生れてはじめての正念場にたたされる決斗となる。一対七十三。感覚の剣が、組織、徒弟制度、家柄、伝統、名門、権勢の家の子郎党と、肉を斬らせ、骨をきる死斗をくりひろげてゆく。

　内田監督が、田坂監督に、地形や、撮影方法を説明する。武蔵が下り松にむかって、かけおりる坂道を伝って、私たちは再び山のいただきにむかう。高倉健（佐々木小次郎）河原崎長一郎（林彦次郎）その他山形勲氏らが待機している。日中にいっさいのリハーサルをおこなって、翌朝、早暁の本番に手落ちがないようにするのである。

　陽光が西に傾き、空が茜色にそまりはじめる、風が渡る。すすきの穂が乾いた音をたてて、白々とうちそよぎ、霧がながれ、すでに武蔵も小次郎も、吉岡一門も、スタッフの人々も、すべてが淡いすみえの影にかくれ、なにものの姿かと定かならぬままに、落日の余光のうちに沈んでゆこうとしている。時の鐘がなりわたり、饗場野は一面にすすきの残光におおいつくされてゆこうとしているのである。

（「映画評論」一九六四年二月号）

カメラの向こう側に真実を――『飢餓海峡』と内田吐夢監督

新第三紀に生じた「深部裂隙」が、日本列島に独特の弧曲をあたえ、その中側に緑色凝灰岩地域を形成する。これらの凝灰岩群は緑色の斑点をかすり模様にちりばめた特徴をもって、ふつう、グリーンタフ地域とよばれている。岩群地域は本州を縦断し、津軽海峡でいちど海面下にくぐり、北海道にわたり、あらためて、渡島・檜山・後志の火山帯となって隆起し、北上をつづける。その火山地帯が海峡に面してわずかにのこした平野の南端に七重浜がある。

七重浜は昭和二十九年九月、洞爺丸遭難事件で全国に名を知られた。遭難犠牲者の溺死体が荒むしろ一枚をかぶせられたまま、暗夜の砂浜にならべられた。凄惨のかぎりであった。

刑事弓坂吉太郎（伴淳三郎）はその七重浜を見おろす丘の上に立つ。火成岩の海成段丘が一挙に隆起したと思われる山脈のはてに、暗雲が低くたちこめ風景は光を失いつつある。百八十度に展開するパノラミックな視界は鈍色にとざされ、かげはかげを追い、ひかりはひかりをはしらせ、湿気をふくんで陰鬱な情念をはらむ。わずかに海峡の波頭の運動だけをのこして、視界は沈黙と停止の状態にひたりきる。荒涼とした山塊にかぶさるように、雲は容積と濃淡の変化によって遠近をあらわにするにすぎない。

弓坂は海峡をみつめる。彼はその底流に、貧しい善意にみちた人間たちの、愛と憎しみと執念とが渦巻くのを感じとる。心に反して生き、愛し、人を殺さねば生きられなかった人間と、情に即して生き、愛し、殺されていった人間のうらみが海峡の涯から、遠い海鳴りのようによみがえってくるようである。

『飢餓海峡』は推理作品ではない。それは昭和二十二年秋から同三十二年盛夏の候までの十年間にわたり、日本全土を襲った物心両面の飢餓、日本人の心情の枯渇を描いた作品である。当然、この海峡は日本人が飢え、渇え、貪欲に生活を主張するかぎりにおいて、いわば当時の日本人のもっとも通常な普遍的な状況を背景としてなりたつ限界状況であった。普遍的なという意識が限界と認められるところに、海峡は常に私たちに悲劇を設定する。予兆的な象徴としても存在した。

杉戸八重は本州北端、下北半島の山奥の部落にうまれた。父はしがない木樵であったし、母は生涯を激しい畑の労働に追われ、貧困の底に悶死した。八重は高等小学校をおえると、大湊（おおみなと）で軍港の水兵あいての酌婦（しゃくふ）になった。本篇の主人公樽見京一郎と出逢ったのは二十四歳のときである。父の家に恐山の巫女をよんで、母の霊を地上に呼びかえす日の夕暮れどき、湯野川の森林鉄道の車両のなかであった。樹木の重なりあう葉うらに落日が光っていた。

貧しい者は貧しい者の犠牲の上に、おのれの生活を築かねばならぬのであろうか。偶然がふたりを結びつけた。一夜を共にした樽見は三万四千円の大金を八重に預けて立ちさった。淡いいとなみであったが、八重は男が彼女の体内にのこした痕跡を必死のおもいをこめて体で記憶しつづけた。そして十年の歳月がながれた。記憶は男への感謝から、ほのかな思慕の情へとふくらみ、彼女は東舞鶴に樽見を訪ねてゆく。記憶を維持したのは強い意志であった。肉体を支配する情念であった。売春禁止法の成立をまぢかに、彼女は更生の資金を充分にたくわえ、悪夢のようながい貧困と耐乏の生活をくぐりおえて、平穏で豊かな生活をおくる目鼻がたつにおよび、その因をなした樽見への感謝を、せめても、直接、彼に伝えておこうとした。三十四歳、女の中年がはじまろうとしていた。余生というのにはあまりにも若いが、青春の追憶を静かに、なつかしむ年齢にふさわしい謙虚な感謝がよみがえった。

おそらく、ふたりの善意が大湊の一夜で交応することなかったら、貧しい者がたがいに飢餓状態を心かたくなに、脇目もふらずひたすら、たかぶり生きるのを精一杯の非情さで押しとおしたら、ふたりの出逢いも、いとなみも、金銭の授受もなかったにちがいない。普遍的、常識的な日常のなかにふたりは埋没したまま、それこそ、知ることもなく、知られることもなく、海峡を通過する無縁の男女に終始したはずである。忌わしい殺人の惨劇は現出しなかったであろう、と思われる。

『飢餓海峡』は社会小説ではない。しいていえば、愛している者を、心中ひそかに合掌し、許してくれと絶叫しながら、殺さざるをえなかった男と、そうした男をほとんど疑うことなく信じきったまま、苦難とも知ることなく生きぬいて、男の手によって死に赴いた女の心情を描いた作品である。そして、男女の愛情が飢餓と枯渇の状態に直結することをはばまれたまま、その辿る運命を冷酷な距離によって決定された受難の物語ともよべよう。一言でいえば、それは人間の生きていることそのものの悲しみを朗々とうたい、そのあいまに、うめきにも似て命をさそう嘆息の声がたえまなく反響する一篇の悼歌と要約することもできよう。悲しみのきわまる涯に生の壮大な叙事詩があったのである。

内田吐夢監督がこの作品を十六ミリで撮る。北海道の荒涼とした風景を活写するための方法である。昭和二十年代の荒廃した心情の風土を叙述する手段である。映画カメラの背後にあるものを叙事的に表現するメティエとしてである。話をうかがっても、その輪郭はおよその想像がつくのだが、私たちには正確に具象の姿を脳裡に再現する資質がいちじるしく欠如している。テーマをいかに絵にするかという点にかんして暗中模索の状態のまま、鈴木尚之氏と私は伊東の瓶山（かめやま）で旬日を懊悩してすごした記憶が苦渋と裏がえしの鮮明な印象によってのこっている。それでも鈴木氏は第一稿を作成するまでに、約千五百枚の原稿用紙を書きつぶしていた。あらためて内田監督から指示と教唆があり、第二稿がつくられた。その間、虎の門の旅館で仕事中、鈴木氏が発病、そのまま救急車で入院という事態を招いた。

一方、その間に、いわゆる東映W一〇六方式撮影の実験がくりかえされた。ブローアップ・トリミング様式が特に難題であった。十六ミリを三十五ミリのワイドスクリーンに拡大すると、粒子も五倍に拡大され、シーンによっては原寸の約二十五倍に画面はひろがる。わずかに十六ミリカメラを基調において、レンズの解読力をひたすら盲信して仕事をすすめねばならなかった。現像作業に莫大な費用を必要とした。ゆうに小作品一本分の製作費が、現像処理の段階で消費された。その他、ネガ像とポジ像を密着してポジに焼きつける方法や、現像の途中で意識的に光を入れるサバチエ方式が考案された。それらは、すべて、この作品の特色を生かすための、必然からうまれた、演出様式にほかならなかった。しかし、十六ミリである利点は持ちはこびが便利で、三段折りたたみの小クレーンを利用し、カメラは、現象をこえ常に、現象以前の、物がまさにあるがままの状態でカメラに収められることになった。記録であることを意識させないが、画面にうつしだされたものは、まちがいなく、カメラの向こう側にあるもの、つまり、記録をこえた現実にほかならなかった。

台本があり、カメラがすえられ、演出がある。だから、カメラの前で演技者は演技をおこなう。と、いうのではなく、意識的にはそれとまったく逆なことが眼前にくりひろげられるのであった。カメラは徹底して現実を解体した。貧しい木樵と娼婦の親娘がわびしい林間の温泉にひたったり、追われる男が木洩れ日を全身に浴びて運命の女と出逢った情景をカメラはいっさいの虚飾や修辞法やアングルの変化による多角的な捕捉方法を排除して、より真実の状態でのみ人間や風物をとらえることを目標とした。ひたすら現実性が追求された。

日本のいたるところに散見された海峡の風俗を、くっきりと、定着する作業は、このように実験をかさねたうえで、フィルムに現像されていった。粒子の粗い、きめの粗野な風土がいつしかそれ自身の言語を誕生させたのである。残忍非情の海峡が激しい渦を底に秘め、白い牙をむきだして波だつ。圧倒的なヴォリューム感をともなう怒濤がさかまき押しよせはじめる。烈風がつんざき、雷鳴がとどろく。視界はいよいよ暗い。

周知のように原作は「週刊朝日」に連載されたのち、あらためて、多大の枚数が追加されて現在のような体裁をととのえた。樽見京一郎が杉戸八重を殺さざるをえなかった理由を描述することが、いわば一個人の日常の小状況から、ひろく、日本人の心情全般の大状況に敷衍（ふえん）するものと作者は感じたからであろう。

樽見は八重を惨殺する。動機はむしろ樽見個人の心理のおもむくところが、彼を行為に駆ったのではなく、彼を貧困の底から地方の名士に仕たてあげた日本の飢餓が、その底に生きるための執念と、どろどろの愛情を渦まきたてる飢餓が、自分が不幸であることにも気づかぬくらい不幸な一娼婦を死に追いやったと思われる。作者が彼女の死後にも、幾多の枚数を重ねて樽見の生いたちや、親交の情を描いたのも、飢餓を描くこと、それ以外に理由は考えられない。

そして、わずかに日本の飢餓を飢餓として糾弾できうる立場にあるものとして、刑事味村（高倉健）が後半に登場してくる。が、味村の作品のなかでしめる位置はもとよりすくない。読者の心情はひたすら日本の飢餓の解析に集中してゆくよりほかない。

撮影所内の一隅にあるガラス張りのレコーディングルームの中央に内田監督が坐わる。スクリーンには恐山の巫女の祈禱する姿が映っている。カメラは巫女にちかづき、祈禱の感情昂揚が頂点に達すると、しずかに、移動をはじめ、ほとんど気づかぬままに、彼女の顔を正面にとらえなおす。例のサバチエ方式によって巫女の両眼が白く、鈍い、濁った光をたたえてくる。「地獄極楽には七筋の道があれども、帰る道はひとつもないのじゃ。ひとつもないのじゃ、ないのじゃ……」性的昂奮にちかい絶叫がくりかえされ、カメラは異様に歪んだ女の顔を大うつしにする。せりふをふきこむ文化座の遠藤慎子さんの呼吸音が室内の空気を微塵に踏みくだくようにほとばしる。二回、三回とテストがくりかえされ、せりふの抑揚に細かいニュアンスとまるみと鋭さがくわわってゆく。本番。録音室全体に緊張感がみなぎる。沈黙を突きやぶって、巫女の呼吸音が耳膜につきささり、感情のたかぶりを強調する乾いたせりふの声音がながれはじめる。薄ぐらい室内に殺人犯京一郎の肉体の記憶を素朴に信じた八重の信仰のオリジンが、つきつめた切迫感が充満するシーンだ。奇妙な、幽明がとだえて暁の透明をまつ間の、つきつめた切迫感が画面にみなぎり私たちは息をひそめる。沈黙がつづく。O・Kがでた。吹込みを終って内田監督に挨拶して帰ってゆく美貌の遠藤さんが、歌手の伊藤京子さんにそっくりといってよいほど似ていることを発見する。歌手の生理と体質をもっていないとあの巫女の声はでないのだと思う。

いくつものラッシュをつづけて見る。湯野川の温泉風景がすさまじい効果をあげた。日本映画史上でも特筆に価する臨場感がスクリーンに再現される。貧しい父娘が、万感の想いをこめてひたるひなびた山間の沐浴とはまさに、このように湯に浸り、相対し、言葉もなく視線をさけあい、それ以外の光景は考えられない、といった画面を展開する。従来のテレビの実況中継がおよそデタラメの積みかさねであり、映画のオールロケとか、記録映画というものが、実はレンズや電波の偶然の戯れであったことがあらためて痛感される。前者はかねがね徹底して信用していなかったが後者ですら実は虚像を実像と錯覚していることを承知で、私たちが辛くも写された画をもって真実にちかいものと信じこもうとしていたことが、一挙に無用の逸脱であったことを思いしらされる。長い迂回を経て、私たちはたとえば、円空作品の直截に遭遇する。

十六ミリカメラと俳優との距離感、その截断された空間の立体感がブローアップ・トリミング方式によってのっぴきならぬ現実感を再現するのである。カメラポジションからみた湯ぶねの位置、浴場の空間のとらえかたに、新たに現像効果がくわわって獲得した実在感がなにか、現実の動かしがたい証拠のような重量を、蘇生させてくるのであろうか。衝撃は一瞬、このシーンに関して、度しがたい虚脱状態に私たちを追いこんだほどである。

樽見京一郎は戦後の日本人が大なり小なりに体験した困窮を総合して、東舞鶴の名士に出世してゆく。彼は京都府下の貧しい部落にうまれ、少年時代は月冠の開拓農場に陰惨な青春をおくった。原作にはないが、朝日温泉に一泊後、岩内をめざして、雷電海岸を同行の仮出獄者と彷徨する時など、彼の心中を去来する疎外感は、そのまま、二十二年当時の私たちのすさみきった感情生活を再現するものではなかったか。

同じことは三国連太郎氏と左幸子さんが出逢う森林鉄道のシークエンスでもいえた。十六ミリカメラの特徴を十分に生かした撮影方法によって、たとえば樹々の枝葉をもれる光線の輝き、森林をわたる風のひかり、そして男女のわずかな仕草などに微妙な事物本来のニュアンスと陰翳を生じる結果をうんだ。京一郎と八重という海峡の落し子たちが薄幸の影あわくたたずみ、語り、相寄り、訣別してゆく経過のひとこま、ひとこまにぬきさしならぬ宿命に縛られた人間の業(ごう)がゆきわたっているようであった。

狂乱の海上台風が通過し、下北の山間に死の彷徨をくりかえしたのち、殺人の悪夢からさめはてぬまま、疲労と空腹と虚脱に茫然とした樽見に白米の握りめしをあたえた八重は翌日、樽見の訪問をうける。後になって考えると、共にすごした夜の歓喜以上に、森林鉄道での出逢いは、彼女に純潔のよろこびを喚起したかもしれない。それは彼女の生涯を決定する直前に訪れた、最後のつかのまの浄福のときであったのかもしれない。木々をくぐりぬける光のように、風のように静かに輝いたときであった。「われは知る、幸多かりし束の間を喚び起こす術。君が膝に面を埋めれば浮かびくるわが過ぎし日や。あはれ、君の愛しき身体と優しき心に溶けいらずして、君のものうき美しさ、いかなれば求め得べけむ。われは知る、幸多かりし束の間を喚(よ)び起す術」。海峡の底に、鮮明な通奏低音の響きがわきあがる。

「叙事詩をつきつめたはてに、はじめて実験がうまれる。従来の映画では、監督はカメラの前で、据え膳にむかっているような撮りかたをしていた。私にはもうそれができなくなった。カメラの向こう側に現実があるのだと私は信じているのだ。私は六十幾年生きて、常に、常に淋しくてたまらない。だからそのカメラの向こう側に真実をもとめようとしているのかもしれない。叙事詩のはてに、叙事をこえた真実、それだけをもとめたくてしようがないのだ。そのための実験しかないのです」。伴淳三郎氏の経営する店で、深夜、酒をくみかわしながら、内田監督は、独白にちかい言葉をつづけた。監督は自らの声に耳をかたむけ、一語、一語をゆっくり自らに語りかけているようであった。巨匠の声に次のような光景がだぶってきた。日給七十五銭と子供たちにからかわれて、真昼の炎天をはやくも予約する乾いた夏の朝、轟夕起子さんのデパートの売子が老サラリーマンの父の家を出る。『限りなき前進』の一シークエンスである。彼女を見ながら失職学士の江川宇礼雄氏が朝露を踏んで野菜畠を耕している。彼は彼女に好意をよせている。だが、そんなものはどうにもならない。人生にはもっと大きな枷がはめこまれ、私たちを支配している。私たちは目に見えぬ何かに操られたまま、声をのんで、定められた道を生きているにすぎない。他人の好意は好意として受けながら、私たちは必死にそれぞれの自分の生の重圧に耐え忍んでいる。耐え忍べ。大空高く耐え忍べ。哲学科出身の学士は黙々と鍬を大地に打ちこむ。庶民そのもののあわれさを背中いっぱいに、彼女は近くの郊外電車駅への道を消えていった。

「そうです。それが生の悲しみというものです」

酔いがまわるにつれて、監督は、私はひとりで去ってゆきます。構うてくださるな、とつぶやいた。伴氏も、鈴木氏も、製作の矢部氏も、面をふせたままであった。ひそかに盃がくみかわされた。誰もが声を殺した。

気がついた時、既に監督の姿はなく、深い虚無の底からよみがえったような私たちの頭上には、屋根瓦を叩いて沛然（はいぜん）とふりしきる時雨のすさまじい雨しぶきだけが、夜の深さをいっそうのものにしているだけであった。

そこにもまた海峡は渦まいて流れていた。

（「映画評論」一九六五年一月号）

『自動車泥棒』と和田嘉訓

「東宝から久しぶりに大物監督がでる。——その名は和田嘉訓。」

ながい間、こういう声をきかされた。伝説的人物への讃美である。

和田嘉訓の風ぼうにはじめて接したのは、ある月刊綜合雑誌の巻頭グラビヤにのった、彼の撮影所における仕事を紹介する一連の写真によってである。「助監督・カチンコ人生」というタイトルで、「映画産業の斜陽化がうんぬんされていますが、それは映画自体が内包する本質とは無関係の議論のように思えます。むしろ、映画から商品性をはくだつすることによって、純粋な映画の誕生を僕たちは志向しなければならないと思うくらいです。」と彼の抱負が語られていた。「和田君には、大島渚とともに玉砕したヌーベルバーグの後継者といった期待を抱かせるものがある。」白坂依志夫氏の附記が併載されていたが、彼の才能を高く評価して、かねてから、「東宝に和田あり」と強調していた篠田正浩、石堂淑朗両氏の日頃の賞讃の言葉を思いあわせて、私は、およそ想像する東宝タイプの演出家のパターンの枠にはまりそうもない和田嘉訓の存在に、なんとなく、中西太のような人物を想像したことを記憶している。

その和田嘉訓と六月のむし暑い日々に、一緒に仕事をした。築地の旅館に閉じこもり、不眠不休の連続で、さすがに三日目の朝、私はほとんど呼吸困難を覚えるくらいにへばりきったが、彼は血色爽やかに、一点の疲労の影もあらわさず、鶏のももの肉を喰いちぎりながら、「これから『自動車泥棒』のカメラ・テストに行ってきます。仕事の残りは帰ってから片づけましょう。」と、戦車が行進するように堂々と、胸をはり、大手を振って撮影所に行った。スタミナというか、エネルギーというか、その体力や精気の旺盛さは、まったく唖然として、見つめるよりほかない凄まじさで、彼の立ちさった後から、いかにも精悍な野獣だけが持つ清潔な生命力が発散して室(へや)に充満してゆくように思えた。同宿中、聞きしにまさる彼の日常生活のタフネフさに圧倒されつづけた。

彼の第一回監督作品『自動車泥棒』の魅力とは、一言でいえば、混血児は被害者である、占領下の日本の不幸の象徴である、などという通俗観念を根底から払拭する作業が、現実社会に投げかけるさまざまな波紋の縞目の美しさだと要約できるようである。

映画は混血児の性格や環境や、不幸な境遇を描くのではない。戦後十九年の沈滞した日本のさまざまな障碍(しょうがい)をとりのぞくのには、戦後の歩みを、良い意味でも、悪い意味でも身につけすぎた日本人よりは、むしろ、彼ら混血児の新鮮な生命力のほうが、はるか

撮影の様子。一番左が和田監督

に有効適切な手をうてるのではないか、という命題のもとに、混血児を素材にとりあげる。云うならば、彼ら少年、少女たちは、終戦後重大な危機に幾度もさらされたまま、なしくずしにシャット・アウトされそうに終りかねない日本人にかわって起用されたピンチ・ヒッターの役割をおわされている。

東宝撮影所のすぐ近くにオープン・セットがたてられている。東側に四面ほどの野球グラウンドがひろがり、遠く北側には大蔵団地が、西側は相模台の沃野につらなるといった広々とした場所に、混血児たちを収容するホームが実物とまがうほど精巧な外観をともなって建造されている。その斜め右手に、教会の礼拝堂があり、安岡力也、フランツ・フリーデル、上岡肇の三青年が半裸体で、礼拝堂の入り口に並んでいる。

彼らの視線のゆきつく所では、ホームの賄婦（武智豊子）が、彼らが盗んで食べようとした全裸の鶏の死体を、ホームを支配している大沢神父（田中淳一）や、シスター岩波（細川ちか子）にさしだしている。カメラは幾度もポジションをかえて、時には、武智豊子の横顔をこえ、青年たちの立像をもとめる。彼らは、後に、大沢神父を背後から追い、襲い、転倒させ、馬乗りになる。カメラがとらえた神父は、黒い種牛の姿となり、口に鶏をくわえたまま、青年たちの凌辱を甘受する。

人がもし機会あって、この撮影現場のかたわらを通りすぎても、カメラとか、レフ板がなかったら、実際の教会や収容ホームと錯覚して通りすぎてしまうであろう。事実、前日の新宿ロケで、彼ら混血児たちが街頭で聖書を売るシークエンスでは、隠しカメラのせいか、通行人は誰も撮影とは気づかず、なかには、実際に聖書を買ってゆく人もでたという。

炎天下の午前中の撮影をおえ、私は和田監督、森田プロデューサー、宣伝部の島氏と食堂へゆく。半裸体の混血児たちが食堂の中でもひときわ異彩を放っている。

彼らは物おじしない。逆に、周囲の日本人たちを完全にナメきってしまっている。彼らは外国映画俳優のように骨格がたくましい。全身にスプリンクがきいて、肉が必要、かつ、充分身について、胸の厚さなどは、成人の日本男子の二倍くらいはありそうである。撮影所でよくみられる新人スターたちの、不必要なまでに気をまわした小心さや臆病、遠慮、逡巡がない。いっそ、ドライで、からからに乾きあがった逞しさの魅力を全身からまきちらしている。彼らが食卓につくまで、食堂にいっぱいの日本人男女が、かたずをのんで、彼らの挙止を見守っているようであった。好奇心よりは、何か、彼らのボリュームに圧倒され、周囲が暗黙のうちに、強靭な何物かに心ゆくまで圧倒される快感にひたっている、と、いう雰囲気であった。

「混血児を被害者という目で見る時代ではない。加害者が被害者であり、被害者が加害者である、という公式的な図式で、戦後の日本を把握する試みからは、もう、何もでてこないだろう。るつぼのなかにすべてを叩きこみ、るつぼが回転するうちに、消え、飛びさってゆくものは、当然のように消え、飛ばされ、残るべきものだけが残ってゆく。そんな過程から新らしい美学を、ドキュメンタルでも、フィクショナルでもなく、むしろ、両者の性格をあわせもったものの上に造型してゆきたい。」

と和田監督は語る。

ラッシュ・プリントはかぎりなく、様式美を追求し、たとえば、あるカットはジャン・ヴィゴオを、あるシークエンスは初期のイタリアン・リアリズムをおもわせ、しかも、日本映画の風土の豊かさに、私たちの想いを導いてゆく。奇妙な力づよさと、あふれるばかりの情感が画面を支配して、私たちに何かを物語ってやまない。

一見私たちの現実とはかかわりがないように見えて、はるかに意識の深層で、私たちを揺りうごかすサイキック・ドラマの一節、一節がこうして、この伝説的人物の手によって、丹念に、酷熱の季節に豪華に造られているのである。

（「映画評論」一九六四年九月号）

任俠映画はなぜ栄えるのか

新記録が出た。入場人員ゼロの映画館。ことし二月、静岡県藤枝市でのことだ。

フィルムのかけ持ち、というのがある。一館で上映をストップすると、他の幾館が支障をきたす。やむなく、入場者なしでも、映写機をまわした。侘しい光景だったろう。

「出雲の阿国このかた、はじめてのことではないだろうか」

と、関係者は嘆く。表情は暗い。

突然豆腐屋のラッパが

おなじ頃、ぼくは東映京都撮影所をたずねている。

晴れた日なのに、粉雪が舞っていた。

任侠映画『緋牡丹博徒・お竜参上』の撮影をしていた。ラスト・シーンで、藤純子と菅原文太が吉田港の桟橋で語りあっていた。ふたりの前には、コンクリート造りの木造船が置いてある。

藤純子の素足の裏がなまめかしかった。踵から土踏まずにかけての肉づきがゆたかで、そのくびれに刻まれた灰色の皺が、成熟した女の体臭を感じさせた。手の指は食堂の出前持ちや、工場労働者のそれに似ていた。偏平な、先ひろがりの爪をしていた。仕込み刀を振ってもおかしくない腕の形をしていた。ぼくは女優フェイ・ダナウェイの指を思いだした。

『俺たちに明日はない』のファースト・シーン、ダラスの街の貧しい娘ダナウェイが、夏の昼さがり、ベッドでオナニーにふけるときの指の美しさったらなかった。日頃から、鋤や鍬を振るっているようなたくましい指が、後年、兇悪ギャングに堕してゆく彼女のたぐいまれな美貌に似合った。なぜか、それを憶った。

撮影は慎重にすすめられた。

「むかしは千三百人の従業員がいました。今は、全員で三百人。かえって、能率が上り、無駄が少なくなりました。月に常時三本の割で、撮影に入ってます」

と、かたわらの宣伝部の人が説明してくれた。

撮影所は狭くなっていた。ここの時代劇にかならずといってよいほど勇姿をあらわしたセット「東映城」の跡がないのに、すぐ、気がついた。撮影所と塀を接して、ボーリング場が建ち、民間アパートが空地を埋めていた。雪がやみ、雲を破って陽光が射しこむと、中断していた撮影が再開された。

「ではこれで本番に入ります。用意ッ！」

助監督氏が声をたかめた。全員が緊張した。ブザーが鳴った。

そのとき、突然、アパートの前から、豆腐屋のラッパの音が流れてきた。音は尾をひいて消えかかったが、すぐ、息をふきかえして繰返された。監督はじめスタッフ、俳優が声をころして、耳だけで豆腐屋の行動を追っているようであった。暗黙のうち、撮影は再度、中断をやむなくされた。

「あかん。豆腐全部、買うたろか」

だれかがいったが、むろん冗談だった。言葉の陽気さとは逆に、台風の通過を待つように、全員が眉をひそめて、豆腐屋の行きすぎるのを願っている。だれもが、そんな思いつめた表情をあらわにしていた。

映画はトーキー初期の時代にもどった、と、ぼくは思った。

そして、それを良いことと認めた。斜陽といわれ、無人の映画館すらもあらわれているのである。苦境を乗り切るためには、初心にかえる、それが必要なのだ、と、豆腐屋のラッパを、また、その音を忍従するスタッフの人びとの姿を好感をもって迎えた。日本映画の現状は「任俠映画」でなりたっている。そのいわば、任俠映画の製作の中心部が、豆腐の一行商人の出現にすら仕事を妨げられてしまうのだが、それがかえって製作者に、スタッフに「なにくそッ！」の勇猛心を奮いおこさせるにちがいなかった。

ところで、「任侠映画」は日本映画の中心だ、と、述べたが、現実に、日本の映画会社で確実に黒字なのは、この会社だけである。しかも、ここの製作品は、任侠映画、もしくは、そのバリエーションであるいくつかの種類、すなわち、テキ屋もの、博徒もの、番長もの、暴力団ものなどによって構成されている。極端にいえば文芸もの、メロドラマもの、サラリーマンもの、その他は皆無にちかいといってよい。むしろあるにはあるのだが、上映しても、それらには客のほうで寄りつかない、と極言してよいくらいである。

任侠映画は、深夜興行によるところが多い。たとえば、東映の月間平均興収額十五億円の二八パーセントから、三〇パーセントは、この深夜興行からあがるのである。ただし、二月、三月は少なく、八月でピークに達する。理由は作品の質ではなく、「クーラーがなくて夜眠れない人が、暑さしのぎに大勢来るから」とのことだ。

よござんすね、入ります

その深夜興行を新宿に見に行った。

三月二十一日。お彼岸の中日、土曜日の午前零時ちかくだった。

ウィーク・デイの昼間は、寒々とした入りなのに(この原稿を書くので、東京はもとより、京阪神地区で映画館をいくつも見てまわった。正直いって、日本映画を二本たてつづけに見るのは苦痛だった。画面を見ているより、睡魔と闘うのにものすごく疲労した)、深夜興行の映画館には七割くらいの人が入っていた。勤め人、職人(スシ屋、バーその他)、学生らしい若者、それから、ごくわずかの女性観客たちであった。目につくのは、彼らの半分以上が競馬の予想新聞を手にして、熱心に読みふけっていたことだ。

「よござんすね。入ります」

と、大声でいって、扉をおして通路に入ってくる青年がいると、場内の観客たちが声をあげて笑う。「入ります」というのは、賭場のシーンで、よく使われる言葉である。そんなやりとりだけで場内に観客同士の共感といったものが、波立ちはじめている。

観客の話をしよう。

土曜でないと深夜興行が成功しないのは、つぎの理由によるそうである。

繁華街の新宿、渋谷、池袋、浅草などの日曜は、早朝から食堂、レストランその他が営業をはじめる。となると、その従業員たちは土曜の深夜、営業を終ったあとも、仮眠をとるくらいならと、そのまま、深夜映画に直行してしまう。学生も、授業がないのが大きい。彼らは土曜の夜は、映画ときめて、日常生活のリズムを作っているのである。事実、深夜興行はそうした固定した常連客でなりたっている。浮動観客の数はおどろくほど少ないそうである。

こんな話もきいた。昨年の大晦日から、今年の一月五日まで、繁華街は六夜にわたって深夜興行をおこなったが、大晦日の夜中は、超満員だった。近くの商店街の若い男子店員が観客の九割をしめた。

雇用主のほうでは、給料を三十一日の夜に出した。それ以前に出すと、今の若者たちは、もらったきりで、はい、それまでとさっさと帰郷してしまうか、すこしでも労働条件、賃金のよい他の店に鞍替えてしまう。現に給料を早く出しすぎたために、暮の二十六日以降の書き入れどきに、人手不足で大混乱をきたした店が幾つもあったという（これに類する実例をぼくは繁華街の食堂や喫茶店で聞いている）。今の若い男女は、何時に出店してこいといっただけで、他店へ移ってしまうのだそうである。

一方、三十一日の深夜に給料をもらった若者たちは、行き場がない。深夜興行を見るでもするよりほかなかった。見てみると、それが、結構、面白かった。

クーラーの件といい、大晦日の給料といい、そうした階層の人たちが深夜映画の常連ファンであること、そして、彼らに無条件で喜ばれるのが、任俠映画と考えると、任俠映画の内容と性格が分りやすいかもしれない。

テレてはいけない

このことは後に書くが、ぼくは任俠映画の若い人の間での流行を、世に謂う組織から疎外された一匹狼の生き方への共感云々というよりも、もっと先に、昔からの時代劇映画の型をかえた復活であると見ている。今の大人が若いころ、時代劇の千恵蔵（ちえぞう）や阪妻（ばんつま）や、大河内や嵐寛（あらかん）の孤独な、ニヒルなヒーローぶりに、熱狂したように、今の若い人が鶴田浩二や、高倉健に肩をいれているのだと思っている。

現に、任俠映画は始まったのが昭和三十八年だから、もう数えで八年にもなる。その間、おなじようなパターンの繰返しで飽きられなかったのも、むつかしい疎外論が受けているのではなく、型を新しくととのえた昔ながらの時代劇が若い人の趣向にかないつづけてきたのではないだろうか。任俠映画のふしぎな様式美、カブキを思わせる粉飾過多気味のメリハリがそんなことを考えさせる。

観客たちの話に返る。深夜であるから、腹がすく。みんな、なにかを食べている。場内にはパンの袋や、弁当の空箱が散乱している。映画館の入口では、弁当を売っているのだが、それが、つぎつぎと買われていた。念のために調べてみた。

映画館は法律によって弁当を作ることを禁じられている。が、売るのは許されている。となると、館内にスナック、その他の店を入れてゆけばよい。ぼくの行った映画館には九軒も店をだしていた。この賃貸料が総計二千五百万円。ということはごく小さく見積っても売上げは五千万円とみてよいだろう。その封切館の興行収入が年間二億六千万円。うち約五〇パーセントから五五パーセントが配給収入として本社にさしひかれると、手もとには約一億二千万円の金がのこる。とその二割強は、実は深夜興行用のスナック、簡易立ち食いすし、ラーメン屋、その他から入ってくることになる。当然、任俠映画は夜食への食欲をそそるようなスカッとした作りになっていなくてはならない必然がここにある。胸がモタレるような作りでは落第である。

テレてはいけない。メリハリをはっきりつけること、鬱積（うっせき）した感情、怨恨を一挙に爆発させること。外界との関連をいっさい断ちきった物語構成になっていること。これが、深夜に見るに耐える任俠映画の不可欠の条件である。逆にいえば、一種、独特な階層が、独特な夜をついやすために、彼らの屈折した感受性につよく訴えるために全力投球している映画、それが任俠映画であるということである。

他社作品を比較していえば、大映や日活の任俠映画は、まず製作者側の任俠映画になりきれないふっきり悪さが目立った。常識的な勧善懲悪が勝って、時代劇的メリハリに欠けていた。人物にモノマニヤックな性格が貧しく、作品に耽美（たんび）性が乏しかった。任俠の徒を、純粋に、任俠の場の出来ごととしてのみ追求しなかった。良くいえば、任俠の徒を一般社会に引きもどした視点が気になったし、また、時代劇づくりのツボを心得ていなかった。なによりも観客は深夜に、刺激とエクスタシーをもとめて映画を見ているのである。少し悲愴（ひそう）にいえば、時も場所も、社会から断絶した位置で、スクリーンを見上げていることを忘れていた。（たとえば、こんなエピソードも聞いた。池部良が東映映画のなかで任俠の徒に扮する。その道の人は、あれがいちばんリアルだという。ほんとうの任俠の徒は、鶴田でも高倉でもなく、池部のような姿をしていると、池部を絶賛してやまない。これは、篠田正浩監督が石原慎太郎原作の『乾いた花』で、はじめて池部良をやくざに起用したのが発端だが、篠田は、どうだ俺のキャスティングの目は凄いだろうと、よくぼくに自慢したし、以前、戸板康二氏からも、池部良にむかって君の最高の演技は『乾いた花』のやくざだったと賞めてやりました、と伺ったことがある）その池部良が出てくることで、作品にふしぎな幅と奥行きが出て、鶴田浩二や、高倉健がいっそう引きたってくるのである。

　ところでぼくの観た深夜興行では、ファースト・シーンから、その池部良と高倉健の斬り合いがはじまった。〝昭和初年、浅草〟とタイトルが隅田川の夜景にだぶり、銀杏（いちょう）の葉が散る川岸で、ふたりは恨みはないが渡世の義理で闘うのだ、ということが紹介される。場内は静まりかえり、やがて、ふたりが力をあわせて悪虐横暴な親分宅へ壮絶に襲いかかってゆく。

　高倉がさっと諸肌（もろはだ）をぬぐと唐獅子（からじし）ぼたんの入れ墨があらわれ、満場の拍手がわき、殴り込みに行く道中では「百も承知なやくざな稼業、なんで今更、悔いはない」という流行歌が高倉の口から流れでてくる。もっとも、ぼくが以前に観たある任俠映画では、義理のために殴り込みに参加した村田英雄が、瀕死（ひんし）の重傷を負いながらも、苦しい息の下で浪曲を唸りだすシーンがあったくらいだから（余談だが、ここに典型的な時代劇映画性がある）、流行歌をうたうのは、ごくあたりまえのプロセスなのである。

場内は、こうしてまさに、熱狂と昂奮のるつぼと化すといっても過言ではない。化さないまでも、作る側のサービス精神とか、画面がその場、その場で心情的、視覚的に訴えてくる迫力は、観客それぞれに、それぞれに応じた無気味な感銘を与えずにはおかない。

『飛車角』の成功

任俠映画のはじまりは、昭和三十八年である。製作意図は、当時どうしてもパッとしなかった東映現代劇俳優を活用し、黄金時代を築き終った東映京都時代劇の後継者を作ることであった。疎外とか、断絶などの死に言葉は、後になって、評者が勝手に作りあげたものである。東映現代劇の看板スター鶴田浩二、高倉健はそれまでにいくつかのギャング映画に主演したが、圧倒的な人気を呼ばなかった。一方、京都時代劇にもマンネリがみられ、東映製作部は、その打開策を種々、画策検討中であった。

尾崎士郎原作の『人生劇場』が、偶然からプランに上った。といっても、文芸映画ではない。その『残俠篇』のラストで、片岡千恵蔵がソフト帽をかぶった飛車角に扮して、ピストルを使って殴り込みをかける（ぼくも、この映画を観ているが、前篇の『青春篇』とともに傑作だったと記憶している。千恵蔵のピストルは圧倒的な魅力にあふれ、颯爽のかぎりだった)。映画人のカンというのは、たまたま、ぼくが千恵蔵のシーンを何年たっても正確に覚えているように、ある作品の、あるシーンをきっかけに。あ、これならいけると、画面を先に構成し、それからストーリーを考えてゆくのが常套である。

東映は、これを、現代劇のスタイルをもって任俠の徒を主人公とした新しい時代劇にしようとした。時代劇ならお家芸である。まちがっても失敗することはないと踏んだ。監督は京都時代劇の推進者で、新しい感覚の持主だった沢島忠がわざわざ東京へ呼ばれてきた。沢島は美空ひばりの代表作『ひばり捕物帖　かんざし小判』、中村錦之助の最高傑作『殿さま弥次喜多』を演出し、チャンバラとミュージカルを結びつけた日本映画の功績者である。脚本ははじめに起用された人（この人は航空機映画を書かせたら日本一だった）の本が沢島の気にいらず、急遽、鈴木尚之がピンチ・ヒッターに使われた。鈴木はそのころ、企画部に籍を置きながら、今井正、田坂具隆、内田吐夢監督らのために、いわゆる東映の超大作シナリオを幾本も書き、「巨匠キラー」と渾名されていた人物である。鈴木はのちにＮＨＫの大河番組『三姉妹』を書くに至る。

与えられた期間は十日前後である。鈴木はあえて、原作『人生劇場』を読まないで書いた。会社が命じているのは、時代劇的やくざ「人生劇場」だからだ。鈴木は考えた。

「任俠の徒は、所詮、アウト・ローである。どんなに美辞麗句で飾っても、世の中の除け者にかわりはない。ならばいっそのこと、任俠者に惚れたばかりに転落のかぎりをつくす女を描いたほうが、任俠の悲哀が盛りあがるのではないか」

飛車角は鶴田浩二。これはよい。飛車角に惚れて堕ちてゆく女おとよ、には、佐久間良子をあてた。鈴木の腹案としては、かねてから監督の田坂具隆と相談して、彼女を水上勉原作の『五番町夕霧楼』に用意していた。お嬢さん役ばかりだった当時の佐久間に、文芸作品とはいえ、娼婦役をやらせるのは会社内部でも反対の声があがっていたが、その試金石として、おとよを演じさせよう。おとよは、飛車角の入獄中、彼の弟分の宮川とわずかな出来心で通じ、後には寒夜に屋台車をひく女に没落していってしまう。

その宮川には、内田吐夢の『宮本武蔵』（これも鈴木が脚本担当）で、妙にニヒルで現代的な佐々木小次郎を演じた高倉健をあてた。と、いうより、鈴木は『五番町』の佐久間、佐々木小次郎の高倉健、それに片岡千恵蔵の新しいタイプとしての鶴田浩二を、それぞれ念頭にいれて『人生劇場・飛車角』を書きあげた。こういう本の作り方は、皮肉ないい方だが、かならず、興行的に成功するものである。『飛車角』も、はたして例外でなかったのである。

続篇を作れの声が会社内はもとより、外の館主や、観客からもあがる。第一に、原作者の尾崎士郎氏が、手放しで賞めた。佐久間の演じたおとよこそ、私の『人生劇場』のお袖の理想像にほかならない。尾崎氏は、脚色者の鈴木尚之に漢詩を揮毫した色紙を贈るほどの感激ぶりだった。鈴木は、今でも、それを大事にしまっている。

オリンピックの前年である。巷にはナショナリズムが高揚されはじめ、それに並行して高速道路、新幹線、高層建築がたちならぶ。レジャーが謳歌され、平和と繁栄が賛美されている。

任俠映画『飛車角』の出現は、日本的心情、義理、掟、忠誠心、やむにやまれぬ恋慕、寛容、忍耐、浮世の「しがらみ」を強調しながら、一方では、高層建築にも、レジャーにも見放されたような人びとの湾曲した情念や、傷ついた雌雄の動物が互いに傷をなめあうようないじましい共感などを掬いあげた。「うらぶれて　ここかしこ　さだめなくとび散らふ　落葉かな」である。

三つの〝タネ本〟

沢島忠についで、京都時代劇の主流、マキノ雅弘が呼ばれる。小沢茂弘が呼ばれる。加藤泰が起用される。東映任俠路線の基が敷かれてゆく。面白いことに、この『飛車角』の前年に、有名な『座頭市』が公開されている。その第一作は、すぐれた作品だったが、それほど一般的人気を博さなかった。「座頭市シリーズ」が評判になるのは、五、六作目あたりからだが、そのころには、第一、二作のもっていた良さは、大幅に失くなって、シリーズとしての形骸化のみが印象された。これは先にのべたテレがいけないのである。作る側では、作る者の良心として、シリーズになると、どうしても手法、性格を変えようとしてかえって失敗する。

一方、東映任侠路線は、決してシリーズを作らなかった。せいぜい、続篇がとまりである。映画づくりの長年のカンがその危険を知っていたのであろう。そのかわり、強引に人物と状況と物語をかえただけで、おなじ手を外観と装飾に気を配りながら、すこしのひけ目も、後ろめたさもなく遮二無二使いきっていった。観客年齢は三年で交替する。観客は、常に、新しいものに接しているという錯覚にとらわれ、作品にバイタリティと、活気とサービス精神を感じるのである。

任侠映画の最高傑作『博奕打ち 総長賭博』は、監督山下耕作、脚本笠原和夫が、主演鶴田で作られている。山下耕作には、それより前に『関の弥太ッペ』という中村錦之助主演のすぐれた作品がある。美しいチャンバラ映画で、美しすぎて、戦慄を呼ぶような神経の細かい世界が描かれていた。夏に雨にうたれた葵の花を描けば、秋には紅葉に目もくらむ田野を背景に、関の弥太ッペが白刃をきらめかす耽美の極が展開した。笠原和夫は、鈴木尚之と同籍した企画宣伝部員であった。余談だが、今、婦人評論家で活躍している吉武輝子も、おなじ頃のおなじ部出身である。笠原はマキノ雅弘の大ヒット作品『日本侠客伝』を書き、真の「任侠路線」を軌道にのせた功績を持っている。それまでは同氏の作品のシノプシスばかり書かされていた。

彼はマキノ雅弘から、タネ本を三つ教えてもらった。すなわち、『仮名手本忠臣蔵』『円朝全集』『曾我廼家五郎劇集』。あらゆる劇作のコツは、全部、この中に入っている。こまったらこの三つを読みかえせ。彼は丹念に作劇の秘密を会得していった。

笠原和夫は、はじめ、東宝をレッドパージされた監督や脚本家のひらいた映画学校（といっても、下北沢の幼稚園が借り校舎だった）に学び、ある時期の代表的な映画俳優でありながら、じつは進駐軍相手の淫売屋を経営していた男の命でポン引き、その他をやってから、いわゆる浮世の辛酸を舐めて、東映に入社した。屈辱に敏感で、人情の表裏に通じていたから、プロレタリア意識とカブキ趣味の旺盛な日本的心情にあふれるマキノ雅弘ごのみの本を書くのは、彼にとっては、さして難事ではなかったかもしれない。というより、当時の東映現代劇には、頭でっかちの映画青年作家や脚本家は多かったが、笠原和夫のような本を書ける人がいなかった。

『総長賭博』の長所は、話を任侠の世界にのみ限定し、任侠の徒だけを、忠実に構成したことである。イデオロギーもなければ、その批判もない。ないがゆえに、人間的真実を追求しえたのである。

笠原和夫はマキノ雅弘に教わった、日本的思い入れ、線香花火、朝顔の咲く裏長屋、プロレタリア主義、その他、いっさいを止揚して、ピタリと照準を「任侠」そのものに置いた。

「特殊な世界に生きる男同士のパトスだけを狙った」

と、彼は京都の仕事先のホテルで、ぼくに意図を語ってくれた。

「任侠道か。そんなものは俺にはねえ。俺はただの、ケチな人殺しなんだ。そう思ってくれ。叔父貴（おじき）ッ！……」

鶴田浩二は劇のラストで叫ぶ。若山富三郎は甘んじて、刃に刺されて、彼らは体で「任俠」の厳しさと、悲しさを表現する。それは、比喩的にいえば、純粋音楽の美しさに共通する厳粛、荘厳な美しさ、あるいは快楽そのものの快楽的表現に徹底した。徹しきって、息がつまるほどであった。

サラリーマン脚色者たち

鈴木尚之といい、笠原和夫といい、またその後につづく若手の任俠映画の脚色者たちは、ほとんど例外なしに東映内部のいわば、サラリーマン出身の人たちである。彼らのシナリオ料のランクはトップの笠原クラスで一本百二十万円、それに取材費二十万円がつく。平均、年に五、六本は書く。安いほうでは一本三十万円で年に三本。サラリーマンだからこれを月給制でもらっている人がいた。日本では約二十人の人たちだけが本を書いている。それ以外の作家たちには注文もこないし、また進んで書く人もいない。

外部の作家たちは、ふつう、本を書いていない。なぜか。これらの作品は、まずスター、鶴田、高倉、若山、藤らのローテーション・スケジュールにあわせて作られるからである。つぎに内部出身の作家なら、たとえば、一本の製作費六千五百万円から七千万円のうち、直接費（企画から、監督、俳優、ロケ費、セット費まで）へは二千五百万円（これが大体の相場である）かかるとすると、それに合せてそれぞれの現場の経験で、セットいくつ、ロケいくつと予算に合せた本を無理なくスムーズに作れるからである。

スターに合せて、予算に合せて、コンベヤー・システムに乗ったように作品を作ってゆくためには、外部の作家を必要とせず、むしろ、積極的に東映内部のあらゆる部門から、本を書ける人間を養成していった。このゆきかたは、すでに、七、八年を経過しているが、大ヒットはしなくても、致命的なコケを免れるのにはたいへんに役立った、といえよう。

京都で、高倉健の本をたくさん書いている村尾昭氏からは、こんな話を聞いた。

明治の末年、法律が出て、いわゆる、賭博だけで生きていた任俠の徒は生活の変更をよぎなくされた。土建業とか、港湾労働業とか興行師に転向せざるをえなくなった。以来、真の任俠道は、そこで、終止符をうたれたそうである。

任俠は、ある意味で、人生を我慢、忍耐とみる反面では、人生を花や遊びとも考える。そこに賭博に生きるダンディズムも生じるわけである。だから、任俠の徒の間では、人妻との姦通もおこりやすかった。が、姦通されたほうでも、すべてを「遊び」と見て、それに目くじらたてるのは野暮とされたのである。刹那の恋に、それぞれが炎をもやして、さっと、引きぎわを鮮やかにした。

が、例の法律が出来て、土建業その他の職業が確立されると、不義、密通は厳禁となったという。夫が働いている間に、何という不祥事というので厳罰に処せられた。が、そのかわり一事が万事、融通がきかなくなり、情で事を計らず、金銭ですべてを済ます傾向が生じてきた。

そういわれてみると、任俠映画のなかにも、この二種の生きかたが巧みにストーリーのなかに繰りこんで、善悪の対比を浮彫りにしている作品があることに気づいた。

殴り込みは、勝った、敗けたは問題でなく、どちらが先に殴りこんだかが重要なのだそうである。

気転の利く者は、真っ先に相手の親分の家へ駆け込み、先方の者が寝ている枕もとを走りすぎて、裏口へ逃げていってしまう、が、気おくれした臆病者は、後から入っていって、かえって袋叩きになったりもするとのことであった。親分の家は相手の襲撃にそなえて、三方を崖や民家にかこまれた袋小路の奥にかまえ、敵方を狙撃しやすい造りになっていたそうである。

四国のテレビ局の報道部に勤めていたぼくの友人に聞いたのだが、実際に組と組との殴り込みがはじまると、警察署の刑事もハンテン、ステテコ、腹巻のいでたちで現場付近を走りまわっているので区別がつかなくて、たいへんに、こわかったということである。

＊

任俠映画は、まだつづくであろう。先にものべたように、日本映画がその草創期から提供してきた時代劇が、時代とともに、観客の好みに応じて姿をかえて、現在の任俠映画に甦っているように、この現象は継続してゆくにちがいない。それが、任俠そのものの型をとるか、あるいは喜劇になるか、イデオロギー過多の映画になるかはわからないが、時代劇そのもののパターンは、つづいてゆくだろう、と、ぼくは思っている。

ある人は、任俠そのものを究極の対象として描きながら、ある人は、任俠の世界から脱落していったとき、はじめて人間らしさを取りもどした男女を描きながら、任俠の世界の周囲をめぐって、映画そのものの面白さを、ぼくらに提供していってくれるにちがいあるまい。

（「文藝春秋」一九七〇年六月号）

アメリカ映画の女たち

丸谷才一さんがエリザベス・ボウエンとアイリス・マードックの作品をとりあげ、女流作家の特徴を書いている。

「ベルが家じゅうにひびきわたった。ヘンリエッタはびっくりして身をおこした。——パリでもそうしたことが起こるというのは、どうかすると忘れてしまうことだ。マリエットが部屋からとびだしてきて、玄関のドアをあけ、だれやらにぶつぶつと何かいって、またドアをしめた。レオポルドはぼんやりして裏向けのカードを見つめていたが、ヘンリエッタはまだ耳をすませていた。女性というものはどんな家の中で起こることでも、けっして見のがしたりはしない」

これはエリザベス・ボウエンの『パリの家』の一節である。男は神経過敏なくせに、家の中で起こることにはぼんやりして気持がまとまらず、裏向けになったカードを見ている。女たちは家庭のこと、身のまわりのことに関心をよせ、ゴシップを好み、訪問客の品定めや、女中の悪口を言うのに余念がない。彼女たちは自分の狭い領域を、生活の知恵と、皮肉な観察と、豊かなリアリズムの宝庫とする。彼女たちは男とちがって社会での活動に制限をうけ、家庭にとじこめられているために、夢みることの専門家になっている。彼女たちはシチューの味見をしながら、編物をしながら、人生を、自分を夢みている。

丸谷さんは、このような実例をあげて、外国の女流作家の特徴をあげている。彼女たちは夢想の実行派であり、それに反して、男は行動の夢想家というわけである。しかし、裏向けのカードをぼんやり見ている男も、実は、狩りや、乗馬や、旅のことを考えているのかもしれない。が、女にはそういう男の心の中は理解できない。

外国映画と日本映画の決定的なちがいは、外国映画にでてくる女は、ボウエンや、マードックの描いた女のように、女の日常生活に即して、さまざまな夢を描く女として登場してくるが、日本映画の女は夢のない女として登場してくることである。ぼくは梶芽衣子がヒロインになって劇画を映画化した作品『さそり』のほか、夢を持った女が登場してくる日本映画をみたことがない。外国映画をみるたのしみは、登場してくる女たちの夢について、ぼくたちがさまざまな夢を描けることにある。それはまた外国の小説や、戯曲に描かれた女について、ぼくらがかぎりない夢をひろげられるたのしみにも通じている。残念だが、日本映画にはそういうたのしみがない。だから作品が退屈である。

この場合、夢とは人生へのイメージといった意味である。生きかたへの憧れと言いかえてもよい。生きるということを、どう受けとっているかのニュアンスの濃淡と呼んでもよい。それはまた、充分に体験に根ざしていながら、体験につかず離れずにいる生きる姿勢の凜々しさ、爽やかさと書きかえてもよい。外国映画には多かれ少なかれそうしたことが描かれている。

『ジョーズ』という映画がある。サメが人間を襲う映画である。日本では、この映画を怪物映画ときめつけてしまった。たしかに巨大な怪物が猛威をふるうのだから怪物映画にはちがいないが、そんな映画でも、登場してくる女の描きかたはすぐれて巧い。びっくりするほど巧い。

怪物映画だと頭からばかにしている人のために書くと、この映画はなかなかサメを登場させない。それでいて、観客を画面にひきつけてゆく。理由は簡単である。サメがでてくるまで、登場してくる諸人物がしっかり描けているからだ。小さな海岸町の警察署長とその妻、町の政治家、サメ専門の学者、船乗り、町の住民男女、それらの人たちの生活環境や、性格や、日常感情が充分に描かれているからである。わけても、警察署長の妻が生き生きとしている。アメリカの田舎町の警察署長は志願で任命されている。彼らは将来に、これといった見込みのない男たちである。そんな男と結婚した女の日常の倦怠(けんたい)と失望に淡く色どられた心づかいが、悪達者といえるほど、くっきりとしたデッサンで描かれ、それを無名の、中年の女優がしたたかに血肉化してみせてくれている。現実の出来事には無関心のくせに、本に書いてあることなら頭から信じてしまう女の単純さや、夫がだめな男だから、せめても子供に愛着をよせはじめてゆく女のエゴイズムや、打算や、執着心や、変形したエロチシズムや、夜、海に出てサメを追おうとしている夫にむかって、「今夜はなん時に帰ってくるの？ カゼをひかないようにね。血止め薬を持っていったら？」といういじましいまでの愚かしさが観客に、奇妙に、女の存在感を感じさせる。女の生理とか、体臭が、はっきりと、署長の妻から匂ってくる。その匂いのなかには、平凡な生活を送る女の平凡さぶりを強調するかのように、女の好色さまでもがふくまれている。むろん署長の妻の好色さを描いている箇所は映画のなかにはひとつもない。が、この女はすでに中年の女の淫らさを躰のなかに隠し持っているなと、観客に思わせてくる。若いときにはラブ・ロマンスの三つや、四つ、いつでも身のまわりに持ちあわせていたのに、今はしがない海岸町の署長の妻におさまった女の寂寥感が彼女の肉体や仕草やせりふに翳りを投げ、彼女が登場する画面に奇妙な奥行きを与えている。

たまたま、ひとりの中年の女の描きかたを実例にあげたが、『ジョーズ』は他の人物たちを描くプロセスにも手ぬかりはない。怪物映画なのだが、すくなくともアメリカ東部の地図にものらぬような小さな海岸町の雰囲気と、そこの住民たちの行動は、署長の妻よりももっと強烈な色彩で描かれている。描写の腕はまぎれもなく一流の腕である。

それがなくては、映画がはじまって一時間半あまり、サメがいつでるか、いつでるかだけでは、観客をひっぱってゆけるわけはない。日本の怪獣映画とは、そこが、ちがう。徹底して、ちがう。ここには風景と、生活環境と、住民ひとりひとりの心象模様が的確に浮き彫りにされている。海からの風のにおいもすれば、家庭の食卓のにおいもすれば、女たちのブラウスの肌ざわりの感触もある。だから、前述の署長の妻も生彩を放つ。

『レニー・ブルース』は体制に反逆した寄席芸人を描いた作品である。幾年か前、ぼくはNHKのFM放送で、レニー・ブルースの声をきいた。レニー・ブルースは、ドイツ系ユダヤ人で、寄席芸人を母に、私生児として生れた。彼はアメリカ政治の非民主主義的性格を攻撃した。彼は人種差別、性の弾圧、政治の偏向、階級の差別をとりあげた。ポラック、イタ公、ジュー、ニグロ、それらの言葉を公然と使ってはならぬということは、そのまま、社会が人種差別を認めたことではないか、と、彼は主張した（この点では、日本の被差別用語の使いかた云々とまったく同一である）。彼は寄席で、ラジオで、自分の意見を発表して一歩もゆずらなかった。彼はあえて、コック、サッカー、カント、ファック、その他の卑語（ひご）を、自分の語りのなかにいれて、観客や、聴取者を挑発した。当然、彼は裁判にかけられて、罰せられ、寄席やラジオからしめだされ、芸人としてやってゆけなくなり、最後に、自らの手で生命を絶ってしまう。映画はダスティン・ホフマンが主演した。ホフマンはかねてからレニー・ブルースの映画化を計画していたそうである。

レニー・ブルースの妻は、名もない寄席ストリッパー出身の女である。彼女はあるとき、交通事故で入院するが、その間、夫が病院の看護婦と恋愛関係にはいったのを知ると、レズビアンになり、やがて、麻薬患者として警察に捕えられる。が、彼女は夫が法廷に立たされ、検事たちの審問をうけて、次第に追いつめられていっても、女として、妻としての心情を失わない。彼女はしたり顔で夫の役割を弁護するわけでも、情熱をこめて夫を激励するわけでもない。彼女は終始かわらず、「女らしさ」を、ごくつつましく、さりげなく発揮して、極端にいえば、政府の弾圧も、法律の拘束も、警官の横暴も、自分とは、まったく無関係だといわんばかりの態度をつづける。が、ぼくたちはそんな彼女の生きかたから、彼女こそ、実は夫レニー・ブルースより、もっと強靭な心情をもち、もっと強烈な意志をもって、女としての生きかたを、この阿鼻叫喚の時代に、静かに謙虚に主張していった女ではないか、と、考えるようになってゆく。夫はドラマチックに政府や体制に反抗した。が、それもよく考えてみれば、もしかすると、夫は夫の芸の滋養分として、起爆剤としてそのような生きかたをしたのかもしれないのである。いわば、夫は異色芸人として生きてゆくために、あえて、差別や、卑猥さを、自分の語り芸のなかにとりいれていった。それは、現代のような時代に生きてゆかねばならぬ芸人が、芸人として取らざるをえない芸の姿勢だったのかもしれない。そして、夫は芸人ら

ダスティン・ホフマンとヴァレリー・ペリン（『レニー・ブルース』）

しく波瀾にみちた生きかたをつづけて、破滅していった。と、同様に、レニー・ブルースの妻は芸人の妻として、女として、きわめて、あたりまえの、しかし、充分に女にふさわしい生きかたをしていったわけである。麻薬患者になった彼女は、だからといって、夫と離れなかった。貧困と絶望の日々であったが、彼女はそれに対して不満をのべたこともなかった。彼女は深夜の安食堂でレニー・ブルースにくどかれ、安アパートの一室にたくさんの花を飾られて、レニーと結婚しようとした。そのときから彼女は恋人であり妻であり、なによりも女であり、女としての日常の感情や感覚を忠実に、大切にはぐくみ、そだて、最後に、ひとりぼっちになっていった。彼女は生涯、孤独だったろうし、夫レニーと恋をしながらも恋の不安や、幻影に胸をときめかすことをやめなかった。それでいて、彼女は警察や裁判の弾圧に弱音をあげなかった。

レニー・ブルースの妻を演じたのは、ヴァレリー・ペリンというショー・ガール出身の無名の、若い女優である。が、彼女は天成（てんせい）の女優なのであろう、女のもつ情感や、心理を、まことに淡々と演じて、女の迫力を発揮した。彼女は昨年のカンヌ映画祭で主演女優賞を獲得した。なんということはない朝飯をとる平凡なシーンとか、レニーの母親と初対面で語り合うときの演技は、まぎれもない女の素顔や素肌が画面に表現されて、観客の心をとらえた。そのさりげなさに秘められた女の実在感が圧倒的だった。昨年だけにかぎれば、ぼくは彼女の演技に最高級の賛辞を与えたく思ったほどである。レニー・ブルースは表面に立って、はなばなしく振舞い、つねに舞台の照明をあびている人物であったが、実はアメリカ体制の弾圧とそれに反逆する者のドラマの狂言まわしなのではないか、ほんとうの主人公、映画作品の主題となる人物は、彼女ではなかったか、と、映画を見終った観客はあらためて思いなおさざるをえないのである。

ぼくは、そのような人物のとらえかたに、新しいアメリカ映画の性格を指摘したい。むろん、『アリスの恋』のように、中年の、子づれの女が、強く、逞しく、快活に生きてゆく姿を描いたすぐれた作品もあるが、それは、女を主人公にしてしまうために、かえって、女ひとりの生活にありがちのある種のセンチメンタリズムや、諦念が表面に浮きあがって、映画の主題を弱めてしまう。女の生きようだけがテーマになって、逆に、男の影が皆無というのが、『アリスの恋』の劇映画としてのつまらなさである。『アリスの恋』に啓発されたかのように、「アリスは何もしない」という女性解放の運動がアメリカにおこったが、それが期待されたほどの効果をあげず、また、女性の味方をひきつけられなかった主な原因も、そこにある。『アリスの恋』を見ていて、なによりも、やりきれなかったのは、女の描きかたの陳腐さというか、古臭さであった。類型のくたびれ加減であった。

例のベトナム敗戦とか、バークレイの学生騒動とか、ケント州兵出兵事件とか、ヒッピーの出現、ロック音楽の流行、ケネディ暗殺、ウォーターゲート事件などと、いくつもの外的要因がたがいに関連しながら、『イージー・ライダー』その他が発表されて、いわゆるアメリカン・ニューシネマ運動が日本に紹介された。その特徴の輪郭が明かにされ、その新しい性格が喧伝された。『イージー・ライダー』そのほかのいくつかの作品はたしかに、すぐれた作品だが、それをもって、すぐアメリカン・ニューシネマ運動を体制への反撃とか、体制からはみだした人間を描いた作品とか、体制への抗議の作品とだけでとらえてしまうと、作品の幅も狭まり、良さや、おもしろさも半減してしまう。たとえば、ジェルメイン・グリアなどが指摘している「ホール・アース・カタログ」宣言などを承知していないと、ヒッピー文化とニューシネマとの関連なども稀薄にしかとらえられないだろう。おなじようにアメリカの宗教も、ニューシネマの作品を（だけではなくヒッピー文化をも）、理解する重要な鍵なのである。

スプリング・フィールドという街は全アメリカに八つもあるそうである。その中のテネシーのスプリング・フィールドは人口は二万そこそこだが、典型的なアメリカの小さな市のひとつといってよい。この街には教会が六十近くある。宗派別にしても、狭い地域に十種類ほどの宗派がひしめきあっている。貧しい街だが、農作物のほかに、近年、タバコを作っている。タバコ産業の成長によって、従来、下層労働層だった黒人が工場を持てるようになってきた。この街では住民たちはどの宗派に属し、どの教会にかよっているかで、それぞれの音楽の好みも、小説の好みも、テレビ番組の好みもちがってくる。政治にむかう姿勢もちがっている。それと全くおなじで生活状況や宗教などを頭にいれないで、アメリカン・ニューシネマの疎外感を色づけしたり、そこに描かれた人物像をとりあげ、アメリカ映画の新しい傾向はこうだなどと言ってもはじまらない。

真言宗の僧侶である佐伯真光師の『ヴァニシング・ポイント』論は面白く、有益な文章であった。ぼくのように宗教音痴にとっては、教えられることの多い映画論であった。

この映画はベトナムから復員した男が、ひとにぎりの覚醒剤を手にいれるため、コロラドのデンバーからサンフランシスコへ自動車をはこぶ。彼は猛スピードで国道を走りぬけ、警官に追われる身となる。そんな彼を盲目の黒人ディスク・ジョッキーがラジオ放送で助ける。黒人は国粋主義者とおぼしき連中によって、半殺しの目にあう。復員した男は、道を封鎖されて、最後に自爆して死んでゆく。彼はもと自動車レーサーであり、警官であったが、どの職業についても、うまくやってゆかれなかった。恋人はそんな彼を不甲斐ない男だとみて、去ってしまっている。

　この男がネバダの砂漠のなかで、奇妙な宗教団体にあう。男や女がバンジョーなどの楽器をならし、蛇を空中になげて恍惚状態におちいっている。佐伯師によると、この宗教団体はペンテコステ派というそうである。キリストが復活したとき、キリストの弟子たちは身体を硬直させ、幻覚状態のなかで、キリストの姿を目撃する。そのときこそ、ほんとうの宗教がうまれる。というのでペンテコステ派は性の解放や、蛇によるファンタジーを尊重する。映画は砂漠を彷徨するペンテコステ派の人々を描くことによって復員男の性力の頽（おとろ）えとか、恍惚への憧れを暗示するわけである。彼が恋人に去られた真の原因は、案外、復員兵の社会復帰の困難さではなく、彼の性的能力の稀薄さだったのかもしれない。一方、彼に覚醒剤を与えた黒人男は白人女を情婦にしている。彼はまた荒廃した砂漠の中の一軒家で全裸で生活している男や女に会う。いずれにしても、彼は人生のあらゆる点でポテンシャル・エネルギーを失い、消滅点（ヴァニシング・ポイント）へむかって逸走をつづけてゆく。ぼくは佐伯師の『ヴァニシング・ポイント』論（どの映画批評家の『ヴァニシング・ポイント』論よりもおもしろかったことを、かさねて書く）を読んで、あらためて黒人ディスク・ジョッキーが、ロック音楽専門のラジオ放送をする意味がわかった。それはすくなくとも、単なる風俗としてのロック音楽ではなく、白人女すらを黒人男性のベッドの上にひきずりあげ、彼女をそこに釘づけにしてしまうほどの威力を持っている性の力と、性に匹敵するロック音楽の伝達者を描いているのである。そこではロック音楽が、性とおなじ位置を与えられて、人間男女のかかわりあいを形成している。復員男は、その点で、自らに絶望して、死を選んだ。彼は恋人である女に去られた。だめな男だと言われ、あなたでは満足させられなかった、あなたとは、これ以上、交際してもむだよね、と、女に侮蔑された。戦争があなたをだめにしてしまったのよね、と、女は言外に男の能力低下の真因を告発した。男は女の非難を甘んじて受けねばならなかった。

ぼくは佐伯師のエッセイを読みながら、そんなことを想った。

つい先頃公開された『ナッシュビル』は、アメリカのナッシュビル市でおこなわれた大統領選挙のからくりを題材にした映画である。アメリカのもっとも古い思考や、感情に訴えるウェスタン・カントリー音楽会を使って、大統領選挙に立候補する男が、ナッシュビルでの得票を稼ごうとする。これが、おもてむきの主題である。が、映画を構成するモチーフは男女のさまざまな愛欲である。女流脚色家がシナリオを担当しているせいか、いちばんはじめにあげた『ジョーズ』の署長の妻以上に、さまざまな女の生態や、感情が、いきいきと描かれている。テレビの女性インタビュアーや、女性コーラスのひとりで、政治狂いの夫と、ふたりの身体障害児を持っている人妻、なんとしても歌手になりたいと願っている頭のいかれた女など、その他さまざまな女性群像が、それぞれ女としての愚かさ、女としての夢、女の虚栄心、女の性欲、女の嘆きなどを、記録映画風の淡々とした映画構成のなかにつみあげて、終局的には作品全体のなかに現代政治の暗黒面を鮮明に浮きあがらせてゆく。これが、もし作者たちが男だけに目をそそいでいたら、映画は偏った主題しか提出できずに、映画としては成功しなかったであろう、と、思われるほど、この映画の女性描写は素晴しい。『狼たちの午後』で銀行に人質でとらわれる女たち、あるいは『カッコーの巣の上で』の女医をはじめとする女性たち、と、最近のアメリカ映画はひときわ現代女性を描く力が秀逸である。そのことによって、ぼくたちは、アメリカン・ニューシネマ以来の、新しいアメリカ映画の特徴を明示してもらっているのかもしれない。女性を描けていない映画というのは、あるいは、男性を描けていない映画というのは、どこかで、映画としてのおもしろさを欠落してしまうのである。

（『クラナッハの絵』北洋社、一九七七年）

乾草

シモオヌよ、あなたは乾草(ほしくさ)のにおいがする。

と、うたったのはルミ・ド・グールモンである。

『ゴー・ビトウィン』（邦題＝『恋』）という映画をみたことがある。大富豪の令嬢が、その家の小作の男に恋する。ハートレイの原作をハロルド・ピンターが脚色し、ジョセフ・ロージーが演出した。

舞台はイギリスである。が、階級のない階級性が厳存するイギリスでは、令嬢と小作男の恋は容易にむすばれない。ふたりの間を、ひとりの少年が彼らの手紙をもって行ったり来たりする。これが、間を行ったり来たりする『ゴー・ビトウィン』という題の意味である。

少年は羊が群れる草原や、林の道を走ってゆく。草原も林も令嬢の家の地所の中にある。少年はしだいに令嬢に恋心をおぼえるようになる。一方、小作男は少年に人生から学ぶことがいっぱいあると教える。少年は小作男にも親近感をおぼえる。

が、やがて令嬢に名門出の婚約者がきまり、結婚がまぢかにせまってくる。ある日、激しい雷雨のなかをついて令嬢は小作男と乾草小屋で密会する。

令嬢の母親が少年を促して、ふたりの密会場所に案内させる。

乾草が山とつまれた中で、令嬢は男に抱かれている。彼女の右の太ももがあらわに小作男の腰にまつわりついている。

「見てはならぬ！」

と、絶叫して、令嬢の母親は少年の目を掌でふさぐ。少年の目にたくされた、僕ら観客の目も一瞬でふさがれてしまう。

網膜のなかに令嬢の太もも、脚、脚首、足の指などがフラッシュで照らした早さで焼きつかれる。映画が終っても、令嬢の足の白さがいつまでも残像として消えない。

この映画はカンヌの映画祭で大賞をとった。令嬢に扮したのはジュリー・クリスティーである。小作男はアラン・ベイツである。

僕は超満員のパリの映画館で、この映画をみた。観客はあきらかに、この階級をこえた男女の恋に共感と同情をよせていた。映画館を出てくる男や、女たちの顔は興奮をおさえられずに赤味をおび、目は異様に光をたたえていた。どの観客も思いつめた緊張を全身から表していた。小作男がその夜、銃で自殺し、令嬢は死ぬまで独身をつづけるという終末から、だれもが自分自身の恋に思いをいたすからだった。

シモオヌよ、あなたは乾草のにおいがする。

僕はこの詩を口ずさむと、いつもジュリー・クリスティーの乾草の中でのあらわな腰と脚と足の爪先を思いだす。乾草のなかの情事の光景が目にうかんでくる。

残念ながら、日本女性からは乾草のにおいはしない。

（「アロムが語るアロマ——女性のための香りのエッセイ」資生堂、非売品）

むしろ幻想が明快なのである──ジョセフ・ロージー『恋』

去年六月、パリでこの作品を見た。ビスコンティの『ベニスに死す』と、ほとんど同じ時に公開されたが、現地での評判は、この作品のほうが上であった。諸新聞は、こぞって絶讃というところだった。映画好きの青年男女は、身につまされて映画館を出てくると、喫茶店や、レストランで、好んでこの作品を語りあった。ロージーの人気というのであろうか、彼に共感をよせるというか、一言でいえば、「よくぞ、作ってくれた」の声があがった。だれもが、身につまされて、画面を見ていたからである。

では、どこが身につまされるのか。日本人には、わかりにくい所かもしれない。理解しやすくいえば、この作品にいちばん近い作品は『長距離ランナーの孤独』(アラン・シリトー原作、トニー・リチャードソン監督)である。両作品は同じ根から発して、左右にわかれた二つの枝葉と称してよい。枝葉の方向の相異は、リチャードソンとロージーの表現の技術の相異である。このことは後に述べる。

話を前にもどす。身につまされる点から述べる。

『長距離ランナー』のラストで、主人公の少年は、勝利を目前にして、クロス・カントリー競技の優勝者の栄光をなげてしまう。

少年が競争を中止したのは、なによりも、少年にとって、クロス・カントリー競技は、参加してはならない競技だったからである。彼のように貧しい家庭に育ち、ろくな教育もうけられず、世の中にほうり出された少年にとっては、せいぜい庶民の娯楽であるサッカーか、ドッグ・レースに熱をあげるのが、身にあった自己証明なのである。彼はまちがっても、クロス・カントリー競技のように、本来、地主階級、あるいは、産業革命後に頭角をあらわしてきた新興階級の遊びである競技に参加してはならなかった。もし参加したとしたならば、彼は貧困階級の裏切り者になりさがったことを、自分で表明したことになる。

彼らは、生まれと育ちの悪環境のほかに、少年時代、まず教育で差別をつけられた。では、教育の差別とは何か。

作品『恋』の実例でいえば、主人公のレオや、その学友のマーカスたちは、八歳から小学校に上っている。

一方、一般庶民は早いものは四歳、普通は六歳で小学校に上る。小学校へのあがりかたは、六種類ある。『恋』の登場人物テッドは、たぶん、私塾の小学校も満足に出ていないだろう。

イギリスには憲法がないから、国定教科書はない。したがって学校は、なにを、どのように教えても自由である。『映画評論』を教科書にして児童教育をしても、罪にはならない。しかし、十一歳で、全国民が、おなじ試験問題を受けて、それからの進学コースをさだめられる。『恋』の少年レオや、マーカスは八歳からギリシャ語、ラテン語、代数、幾何、歴史、地理などを教えこまれ、午後はラグビー、ボート、乗馬、テニス等を叩きこまれて、エリート・コースを突っ走る。一方テッドのような境遇のものは、幼少のときから、適当に小学校に自分で見切りをつけ実人生にはいってゆく。それが通例になっている証拠に、この国には、小学校でも中学校でも卒業式がない。だめな者は、早く、実人生につけ。そのほうが、よほど、プラスになる。と、いうわけである。がイギリスの良くできたところ、国の大人ぶりの証拠は、王室の子弟といえども、この試験を受けさすことである。王室だから免除、という特権はない。現に、王室の中からでも、試験に落ちる者はでている。

いずれにしても、幼少のときから、競争に参加させる。（このことはフランス・ドイツでもおなじで、試験の合格率はたいへんきびしい。日本のように猫も杓子も大学へ、大学へというのは、世界でも稀にみる珍しい実例である）そして競争に落ちたら、はやく社会に出ろというシステムが実施される。それによって個人個人の人生の大半がきまってしまう。

こうして、「階級のない階級社会」の基礎づくりが成立する。むろん、貧しい子弟のものでも、勉強さえできれば、大学へゆける。イギリスの場合、大学は、古い有名校をのぞいて、戦後の新制大学はすべて理工科系であり、月謝はただである。欧州の母親は日本の母親の十倍ほど教育ママである。そうでなかったら人生の敗残者を自分で認めなくてはならない。

「階級のない階級社会」の差別は、峻厳である。住む場所、学校、職場、話す言葉、使う酒場、遊び場所、その他等々、すべてに、差別が厳然と存在する。『恋』の登場人物たちの話し言葉は、それぞれ単語はもとより、発音、イントネーションもちがっている。これは、イギリス、フランス、ドイツ社会の大特徴といってよい。日本の社会では、想像もできないことだが、この事実は徹底して実行されている。つまり、自由、平等、権利、義務、デモクラシー、その他これに類した概念、あるいは戦後、僕ら日本人が多分に媚びと衒いをもって使っている言葉は、単に言葉として、想像として、甘やかされた幻覚として、世界をのぞいて、日本にだけ存在する。

そのかわり、それらの国では、差別された階級には、国の産業、生産を犠牲にして、社会保障と、福祉制度が最善の努力をもって実施されている。（詳述すべきだろうが、紙数のつごうではぶく。）これもまた、日本では徹底してない現象である。一例をしめせばフランスの場合、定年六十歳。この時の月給が仮に二十万円としたならば、その四

○パーセントは国家、残り四○パーセントは企業で受けもち、合計八○パーセント計十六万円は、毎月死ぬまでもらえる。その他4DKの住宅。そしてグルノーブル市などでは、朝、昼、晩の三食を市が配ってまわるのである。この方式はグルノーブル方式といわれ、次第にフランス内に普及している。日本では老人の受けとり金額は月平均千円から二千円のあいだである。これは一回ラーメンをたべて、映画を見て、お汁粉をたべバス代をはらうと、なくなってしまう。

どちらが、真のデモクラシーの国の方式であるかは、読者が判断されるはずである。結論を急ぐ。

そのようなデモクラシーの国では、まず競争が激しい。その結果によってきびしい差別が生じる。自由、平等とは、実はそうした差別の上に出来た、身位誇示のリミット・ラインなのである。それ以外の何物でもあるまい。が、幻想の自由や平等よりは、はるかに実質的なものであることは断るまでもない。

読者もよく知っているビートルズ、あるいは『怒りをこめて振りかえれ』の劇作家のオズボーン、この映画の脚本を書いた、おなじく劇作家のハロルド・ピンター、前述の『長距離ランナーの孤独』の原作者アラン・シリトーらは、ことごとく、その十一歳のときの試験におちて、社会のエリート・コースに乗れなかった者たちである。

映画『恋』の舞台は、このような地盤の上に、構成されている。一般の映画観客はこの作品をみて、超えられぬ階級の障碍の高さをあらためて痛感し、わが身の置かれた立場に思いをいたさずにはいられなくなる。もっとも、この垣は社会に深く根ざした宿命と称してもよいものである。社会はこの垣によって構築され、運営されている。垣の崩壊はそのまま社会の崩壊を意味している。

原作者L・P・ハートレイは、すでに八十歳にちかい作家である。ある階級の中のひとりの主人公を描述するのに才能をもっている人である。ロレンス、ハックスレーの後をつぎ、シリトーや、オズボーンらに受けつぐ中継の役割をはたした人である。が、とくに社会主義作家とか、社会派作家というわけではない。これは、人がビートルズを、たとえ、そう思ったとしても、社会主義歌手といわないであろうのとおなじである。

前書きが長くなったが、以上のことは、『恋』を見るために必要な基礎常識として、読みくだしてほしい。

『恋』のなかでイングランド、ノーフォーク州の広大な田園のなかに大邸宅をかまえるモーズレイ家の領地の、はるか遠方に、テッドの家がある。テッドは小作人で、その家はモーズレイ家の地所に属している。少年レオが手紙をもって走って、走って、やっと辿りつく感じである。この距離のありようは、十一世紀ごろにすでにジェントリー（地主）と、ヨーマンや小作人の間に生じた主従関係の延長にあるものである。十世紀から十一世紀にかけ、こうした小作人を扶助するのは、ジェントリーと教会の「義務」とさだめられている。女主人公マリアン（ジュリー・クリスティ）が、小作人テッド（アラン・ベイツ）に身をまかせたのは、恋情、性的欲望、階級の垣をこえた自己主張、同情、おなじ階級人への嫌悪のほかに、もうひとつ、「扶助の義務」観があるのを見落してはならない。この「義務」こそ、別ないい方をすれば、「階級」観を裏側から確立しているのである。女性が男性に性的にひきずりまわされていることが、実は、女性の身分（心情と位置）の確保にほかならなかった。これは女性のマゾヒズムを煽りたてる。やさしい日本語でいえば、「下淫」であるが、下淫は女性の欲情のエッセンスである。下淫をよろこばぬ女性はいない。

少年レオは恋の使者である。
が、映画では、「使者」に道のりの長さは感じさせないので、観客だけに、道のりの長さが感知できる撮り方になっている。

使者は両者、エリートと、差別された者との異和感や隔絶感を埋める役割をしているのだが、使命の遂行感はあっても、使命への絶望感はない。彼は一種の社会改良主義者の原型といってもよい。が、彼の目をもってすれば、エリート（女性）にも、被差別者（テッド）にも距離を埋めるための焦燥感はあっても、それ以上の進みようは、到底、望みうべくもない。観客だけが、はるかに、隔たりあっているために、接近欲にもえている両者を熟知するだけである。観客は両者の隔絶を埋める少年の成長に、すべてを俟（ま）

たねばならない。これが、映画のモチーフである。改良の虚しさと、いいかえてもよい。なぜなら、少年は、やがて時がくれば、この大邸宅から去ってゆかねばならぬ人物設定だからである。少年は女主人公と小作人双方の善意だけを信じている。これは、観客の心を絶望的なものにさせる。善意とか、愛情はかならずしも、明快であるわけではなく、むしろ、階級の垣を超えるという幻想だけが、明快なのである。これが映画の重要なテーマである。

表現の面でいえば、ジョセフ・ロージーは、いささかの破綻をみせていない。表現の破綻のなさという点では、昨年公開された『哀しみのトリスターナ』に匹敵するものである。これはハロルド・ピンターのシナリオと、ジェリー・フィッシャーの撮影によって、全く、確定されたものである。

第一はモーズレイ家の邸前のシーンで、女主人公が椅子にもたれ、その遠く背後に四人の人物を置き、さらに奥に邸宅のテラスや窓をみせた光景でおこなわれる人物紹介から物語がはじまる個所である。映画の成功の主要な要因である。

第二は領地内での小川に水浴にゆくシーンで、上部のカメラ・サイズのきりかたと、左右に人物（少年たちや女主人公たちとテッド）を散らして、いつしか、草むらを歩む女主人公へとはいってゆく情況設定である。描写の分散を極力避けて、画像はひたすら、中心人物への収斂（しゅうれん）という形をとるのだが、この撮影プロセスは称讃に価するものである。

『恋』のジュリー・クリスティ

（前述のリチャードソン『長距離ランナーの孤独』は、人物接写の乱用があり、監督、脚本、カメラは人物に忠実でありすぎる反面、風景への依存が極力高いという欠点を持っている）

第三は邸内の温室、納屋、とくに少年ふたりがふざけあったり、女主人公の母親が少年の手をひいて、邸内を急いですぎてゆくシーンの空間のとりかたである。おそらく、この映画では、ノーフォークの目もはるかな田園のひろがりや、屋敷の設定以前に、ロージーの脳裡にまっさきに浮んできたのは、左右を壁にかこまれた邸宅の裏手の、納屋や、温室へ至る小径の設定と、そこを激情と不安におそれおののいて通過してゆく老婦人と少年の急ぎ足の通行であったろうと思われる。映画製作のモチーフである。必死に老朽した権威を守る女主人公の母と、極力、善意を貫こうとする少年の心理的格闘を、激しい移動で追える場所の設計ができたとき、ロージーは作品を完璧なものに作れると思ったにちがいない。映画の最大のおもしろさである。

一篇の作品で、いわんとしたものは、いったい、何なのであろうか。那珂太郎（なかたろう）の名作、「塔」の詞をかりれば、

ももいろの靄もえる靄のなか
ゆめみるゆびは

うつつにたどるあえかにあまいはてしない肌の……で、あろうか。非現実の現実であろうか。

最後に、『恋』という邦訳題名はひどい。この映画の唯一にして最大の欠点は、この題名である。

（「映画評論」一九七二年三月号）

女は誇りをもって過去を語る

「フランスの女がフランス語で話すことを、フランスの男は必ずしも解っているわけではない」

と、僕の友人のフランスの女性が語ってくれたことがある。フランスの女が、愛というとき、あるいは、セキシーというとき、フランスの男たちは彼女の云う愛や、セキシーという言葉にたくされた彼女の思考や、感性の内容を、彼女が考えたり、感じたりしているようには受けとっていない、と、いう意味である。男たちは、男たちの流儀で、彼らのつごうのよいように女の言葉を、男の言葉で理解しているわけである。もし、正しく理解しているならば、恋の破局とか、失恋とか、心情の誤解などということは、ありえない。恋が始まる以前に、すべては了解され、男も、女も、破滅することがわかりきっているような恋には陥っていくはずがない。が、現実の女性の言葉は、そのままストレートに男性には受けつけられてはいない。

トマス・ハーディの小説『テス』は、テスという女性を主人公にしているが、小説の内容は恋愛ではない。と、言うより、『テス』には、テスの目から見た彼女の恋愛感情は、いっさい描かれていない。その特徴をしいて述べれば、『テス』に書かれているのは、ある環境におかれたテスという女性を、作者のハーディがどう見ていたかということである。その意味では、『テス』は、『ボヴァリー夫人』や、『女の一生』に似ている。前者には十九世紀末の英国社会の情況が、後者にはおなじく、十九世紀のブルジョワジーが成立していく時期のフランスの社会の変遷が描かれている。作品の主題はそれであって、作品内に登場してくる女性は、彼女らの一生の推移をめぐって、彼女をとりまく社会のありようを反映する鏡の役割をはたしている。彼女らは、むしろ、時代感情をうつしだす意図を作者からたくされた女主人公として、作中の中心人物でありえたのである。

ボヴァリー夫人が作者フロベールの言をかりれば、「ボヴァリー夫人は私だ」ったように、「テス」もまた、ハーディその人にほかならなかった。「テス」は、実は、男性であった。男性のように考え、夢想し、想像し、行動し、生活する女性だった。彼女の語る言葉は、言いかえれば、男性の言葉そのものであった。彼女は男性の意志と行動力と、忍耐と寛容、忠節と変心の的確な具現者であり、彼女は男性のように想像し、男性のような自己確認をかさねていく女主人公として、小説の終始をつうじて、描かれていた。すくなくとも、彼女は男性の意志を、感性を、心象を濾過(ろか)して、再構成された女性なのである。上述のフランス女性の表現にしたがえば、本来のあるべきテスの言葉は、すべて、男性語に翻訳されてからのち、あらためて、女性用語を装って、テスの口から発せられている。――そして、ポランスキーの映画もまた、おなじような経過を辿って、テスの肉づけ作業を中心にすえて、冷酷な時代と社会への観照をおこなっていった。それが作品の魅力に集約されていた。

僕がこの映画を見ていて、いちばん、興味ひかれたのは、その部分であった。映画を見ながら、僕が心をときめかした箇所は、ことごとく、この「男の見た女」が活写されているシーンである。そして、それらは、見事な風景描写と相俟って、『ライアンの娘』『恋』『午後の曳航』以来、たえて久しかったイギリスの独特な風土と人間の相関関係を映像化するのに成功した。たとえばドーセット地方の農村の夕方の娘たちの踊りや、小作人たちの集団描写や、彼らの田園での労働風景などのなかに、テスが投げこまれていくと、画面はにわかに極度の緊張と充実感にみなぎって、生彩を放った。作品の背後に牢固として構成されている産業革命以後のブルジョワジー、わけても一九七〇年このかた一層、権力と富を身につけたブルジョワジーと、無産階層の人びととの落差が浮き彫りにされてきた。僕はその箇所に目を見張った。小説のもっともおもしろい部分が、映画によって、さらに視覚効果をたかめ、風景も、風俗も、登場人物も、ことごとく、色彩の明暗を鮮明にして、それぞれの輪郭をあらわにした。風景と、人物が奥行きをともなって、均衡と調和を競いあい、僕をひきつけてやまなかった。

テスが奉公にあがったダーバヴィル家は、産業革命によって擡頭してきた地方ブルジョワジーである。財力によって家名を買い、農村に君臨する地主の位置を獲得した家に入ったとき、没落階級のなれのはてとでも言うべき家の娘テスは、ほとんど傲岸とでも云えるかたくなな姿勢を崩さず農作業や、鶏小屋の仕事に黙々と従事する。彼女は彼女をめぐる、「家」の権威や、にわか仕たての、時流にたくみに乗って、財力をきずきあげた処世術に、屈辱感の裏がえしともいうべき抵抗と反撥をみせる。彼女は彼女の周囲を黙殺することに誇りすらを抱く。彼女は毅然として、背すじをのばし、目から、およそ彼女の年齢の女性にふさわしいあらゆる光を抹殺し、それを沈黙と冷酷の敵意の表徴に変えてみせる。彼女はダーバヴィル家の息子アレックを侮蔑に近い目で見ている。僕はそのテスがダーバヴィル家の鶏を追いかけさせられるシーンに感心した。ここは演出もいいが、主演女優の演技もいい。画面いっぱいに、土のにおいや、鶏小屋の乾いて、すえた空気のにおいや、鶏を追うテスの下着の汗のにおいまでが伝ってくるようなシーンである。この鶏を追うシーンはもとより、テスが荒地で農耕に従事する箇所や、脱穀機のでてくるシーンなど、テスが地面に直接、働きに出てくると、画面は一挙に張りと艶を放ってくる。

僕はナスターシャ・キンスキーという若い女優に、その美貌を支えている、女性特有の泥くさい現実感を覚えた。いかにも、西欧人特有の奥の深い肉体の所有者という感じである。この女優からは、ふしぎに、西欧の農村に漂っているにらや、にんにくや、土や、枯れ草のにおいが発散していた。僕はそのことに、奇妙な、実在感を抱いた。この年齢の西欧の女性にありがちの孤独と退廃、傲慢とナルシシスム、泥くささと弱さなどが混淆して、一見、高雅を装って、実は未開の欲情が堰切ってほとばしりでようとする瞬間を待つ不安と焦燥とが、いかにも、この年齢の手指のつけねが太く、肉ぶとり気味の、感情の硬直しがちな女性にふさわしい混沌を形づくっているのに、ある驚愕すらを覚えた。映画『テス』の魅力のある部分はまさに、そうしたナスターシャ・キンスキーという女優の「若さ」によってなりたっている。感情の振幅度の狭さや、想像力の不足や、思いつめた直情の激しさなどが逆に、ここでは、硬直した姿勢を余儀なくされた没落家庭の娘の生きていく弾力となって表現されているおもしろさが、女主人公テスの魅力に要約されているのである。それは、ちょうど、ブルック・シールズがルイ・マルによって『プリティ・ベビー』で、生まれながらの娼婦として活写され、独特な魅力を発揮していたのとおなじ意味で、キンスキーもまたポランスキーによって、なまみの女としての実在感を与えられている。女としての誠実さ、きまじめさ、ひたむきさなどが、自己陶酔と、エゴイズムと、自己省察と、心情告白などのもろさとあやうさなどと、ほとんど、背を接するように表裏一体となって、その時、その場に応じて、変幻自在に外にあらわれてくる。その刻々の変化が、上述のような肉体上の泥くささ（主として肌の部厚さに由来するのかもしれない）と、内部の混沌と未整理のリアリティに裏うちされて、テスの存在感を虚飾なしに表現してしまうのである。僕は久しぶりに東欧女性（彼女はドイツ人の父と、ロシア人の母の混血だそうである〔編集部注：母親もドイツ人とされる。父クラウス・キンスキーは現ポーランドのダンツィヒ出身〕）らしい肌のにおいのする女優を見たと思った。と、同時に、映画『テス』の女主人公テスに親近感を覚えた。

はじめに、テスはトマス・ハーディの、そして、ポランスキーの作った男製の女だと書いた。僕がそのことを痛切に感じるのは、つぎの箇所である。それはいわば物語の骨子というか物語としての重大な成立部分にあたる出来事の女の描きかたである。

ダーバヴィル家の息子アレックに捨てられたテスは、牧師の息子エンジェルに再会する。エンジェルは、映画の冒頭で、村の娘たちが野で踊っているときに、テスを見ている。彼はテスに求婚する。テスはエンジェルに手紙で自分の過去を打ちあける。が、その手紙は読まれぬままに、ふたりの結婚式になってしまう。ふたりは新婚旅行に出て、その旅先で、エンジェルは彼の過去を語り、テスもアレックとの件を話す。ところが、エンジェルはテスの過去を知ると、それまでの態度が一変し、彼女から去ってしまう。テスはふたたび荒地の重労働によって、飢えを凌がねばならなくなる。

テスははじめ、手紙で自分の過去を述べた。これは、あきらかに、求婚に対すること わりのしるしである。自分にはかつてこのような過去があった。それゆえにあなたの求愛は受けられない、と。彼女は心中をあきらかにする。それなのに、彼女は新婚旅行の旅先きでは、エンジェルが過去を話すと、彼女も過去を話してしまう。この場合、女性の心理としては、彼の愛にむくいるのには、自分に、こういう過去があるのだと率直に語ることしかないと考えたすえでの告白である。自分はあなたを愛してる。その愛を証明するものは、今は、私の過去しかないのだ、私はこのように生きてきた女なのですと、すべてをあかるみにだしてしまう以外、あなたの愛に答えるすべはない、と、彼女が判断した以外に、彼女の告白をなりたたせる理由は、ひとつもない。

と、同時に、女性が愛している男にむかって過去の告白をする場合には、話してよい過去と、話してはならない過去との識別が厳然とおこなわれているのがふつうである。彼女は愛している男とむかいあったとき、とくに肉体交渉がはじまった時点で、この男によって自分の未来が開かれていくのだという想いを激しくつのらせながら、その未来ゆえに、捨てていく過去と、未来へ持ちこんで、未来とおなじ直線上で結ぶ過去、すなわち、もっとも忠実に自分の影を投射している過去とを粛然と分かっていく。すくなくとも、話してならぬ過去ならば時と機会をまって話すべきだという自覚を持つ。この場合、未来とは、実は彼女の過去の性体験が彼女の心情に要請した想像の産物であり、そして想像の産物であるゆえに、彼女にとっては現実なのである。この微妙な転換作業が、一瞬のうちに、彼女に話すか、話さないかの即断をせまる。そのとき、彼女はどんな過去を話すのか？　実らなかった恋だが、しかしその恋ゆえに、あなたを恋するようになれたのだと、彼女が判断したら、彼女は彼女の過去を話すであろう。あなたと私の未来は、こういう現在の私であるからこそ、未来としてなりたっていけるのだ、と、彼女がいいきれる確信を持っているために、彼女は過去を話すことに、ためらいも、不信も、疑いもよせない。私にはそれしかあなたの愛に応える方策がない、と、彼女は自信をもって告白するのである。すくなくとも、女性が自分の過去の恋愛体験を、あたかも罪人か過去の犯罪を告白するように、男にむかって言うことはありえない。彼女は誇りと、自負と、矜持と、ナルシシズムをもって、彼女の過去を語るのである。

が、多くの男は、彼女らの過去の告白、とくに恋愛体験を、一種のざんげと、悔恨と、罪状告白と、情けと許しを乞う請願と受けとってしまう。女は未来への約束手形のひとつとして、未来への確信への証拠として、過去を旅立ちへの引き出物として「ご祝儀」として、未来にくりこめる過去をひきあいに出してくる。が、男はそれを罪状の醜怪な痕跡として受けとってしまう。男が女を愛する時に必要としているのは、彼の現在の感情や、行為の反応だけである。彼には過去もなければ、未来もないのである。エンジェルは、彼の現在の誠実の証明としてのみ、彼の過去の過失を語っているが、テスは本来ならば未来への愛の確認として、過去をすらも祝福すべきものとしてあるいは、祝福に価した過去だけを取りあげて、エンジェルの誠実に答えるはずである。そうでなくして、彼女がどうして、この男から自分の未来がはじまるのだという自分への説得が可能であろうか？　結婚に踏みきれるであろうか？

この点が、ハーディの小説も、ポランスキーの映画も、いかにも、弱い。つまり、女ではなく、男の見た女に描いている。ひとことでいえば、女の誠実を罪状告白か、あるいはざんげ僧へのざんげとして描いてしまっている。むろん、西欧人の思考では、罪も、誠実もすべては、（たとえば自由、平等、博愛すらも）神の前での罪であり、誠実であるとみなされている。人間は社会の中で自由であり、平等であるのではなく神の前で自由であり、平等であるのだ。だから神に誓った結婚だから、過去の汚点も、過失も、告白すべきだという考えもあるのだが、テスの恋愛感情や心理はそれとは、まったく別のものである。むろん、小説には、信仰の問題は出てくる。が、小説も、映画も、その部分からのテスのとらえかたを西欧の伝統的な手法でとおりすぎていってしまうので、現世の宗教上の倫理観と、女性の現実の恋愛心理との相剋（そうこく）や、矛盾が、テスの生きかたに、どのような影響を与えていくのかという部分で日本人の映画観客にとっては説明不足になっている。が、テスの心情はある意味ではほとんど宗教的にちかい潔癖さを持っている。ハーディはその所を熟達した筆で書きすすめているが、そしてそれゆえに、ますます男から見た女にテスを描きすぎている。ポランスキーはその箇所を断って捨てることによって、逆に、テスの心情を男の視点からのみとらえてしまっている。僕はそのとき、わずかにテスの肉体だけを女としてみた。

肉体上の処女はともかく、精神的に処女であるという女性は、洋の東西をとわず、時代のいかんにかかわらず、この世に皆無であろう。テスもまたその意味では、それこそ土と泥のにおいのふんぷんと漂う現実に生きるなまみの女なのである。が、テスの語る言葉は、どうしても、男たちには理解されなかった。彼女は男たちの観念になぞらえ、感情に殉じ、死をもって、男の無理解に答えるよりほかに方法がなかったのかもしれない。

（「キネマ旬報」一九八〇年九月上旬号）

編者あとがき

本書は、スポーツ、映画、文学、演劇、音楽、旅、ギャンブル、恋愛論、女性論などの幅広いテーマの評論を手がけた伝説の作家、虫明亜呂無の文庫オリジナルのエッセイ集である。

私がこの神秘的な響きを持つ名前の文学者を初めて知ったのは、一九七一年、当時、もっともヒップで無敵な面白さを誇っていたリトルマガジン「話の特集」に掲載されていた「アメリカの野球」に始まる連作だった。なかでも、戦前、未公開に終わったジョン・フォードの映画をマクラにして、メリー・スチュワートとエリザベスという二人の女王の相克を流麗な筆致で描いた「北斗七星」、そして、アムステルダム・オリンピックの女子八百メートルで二位入賞を果たした天才ランナー、人見絹枝をモチーフにした「大理石の碑」という小説ともエッセイともつかぬ美しい散文には深い感銘を受けた。石岡瑛子のイラストレーションも素晴らしかったが、この連載は、大幅に加筆され、ようやく一九七九年に、彼女のモダーンな装丁で、話の特集より「スポーツ恋愛小説」と銘打たれ、『ロマンチック街道』という単行本として刊行された。

この『ロマンチック街道』が出た一九七〇年代後半というのは、虫明亜呂無がもっとも脂が乗った旺盛な執筆活動を行なっていた時期ではなかったろうか。

当時、テレビの競馬中継にはたびたび寺山修司とコンビで登場していたのをよく憶えている（寺山とは、対談集『対談・競馬論――この絶妙な勝負の美学』〔番町書房、後にちくま文庫〕も出している）。たしか、短い期間ではあったが、民放の深夜に放映されていた映画劇場では解説を担当していたし、資生堂がスポンサーだったFM東京の「渡辺貞夫マイ・ディア・ライフ」というジャズの番組では「虫明亜呂無のブラバス・エッセイ」という彼が書き下ろした短いエッセイを自ら朗読するコーナーがあった。どちらも江戸前のイントネーションによる虫明の独特のシブい声には魅了されたものである。

とりわけ、その頃「スポーツ・ニッポン」紙で連載が始まった傑作コラム「うえんずでい・らぶ」は毎週、愛読し、できうる限りスクラップしておいた。

だいぶ後になって気づいたことだが、驚いたことに、虫明亜呂無は、この時期に並行して競馬新聞「競馬ニホン」と月刊誌「みんおん」にもエッセイを連載していたのである。テーマは、当時、話題になっていた映画、演劇、文芸、クラシック音楽、ジャズ、歌謡曲、テレビ番組と多岐にわたっているが、今、考えてみても、埃っぽいスポーツ新聞や競馬新聞の片隅にこんなハイレベルのカルチャー・エッセイが数年間にわたって連載されていたということ自体、空前絶後ではないかという気がする。

私は当然のことながら、熱烈な虫明ファンとなり、古本屋をめぐっては、直木賞候補になった短篇集『シャガールの馬』(講談社、後に旺文社文庫)、『クラナッハの絵——夢のなかの女性たちへ』(北洋社)、『時さえ忘れて』(グラフ社)、『愛されるのはなぜか』(青春出版社)などのエッセイ集を買い求めたが、幻の処女作『スポーツへの誘惑』(珊瑚書房)だけはどうしても見つけることができなかった。

一九八〇年代に入ってしばらくすると、虫明亜呂無の名前を雑誌で見かける機会が少なくなり、やがて知り合いの編集者から、脳梗塞で倒れたらしいという噂が耳に入ってきた。

そして、一九九一年、筑摩書房から玉木正之の責任編集により「虫明亜呂無の本」全三巻の刊行が始まったが、その最初の巻が出た直後に、虫明亜呂無が肺炎のため急逝したことを知った。享年六十七。私は、さっそく哀悼の思いで『虫明亜呂無の本・2　野を駈ける光』を手に取ったが、私が長い間、探して見つからなかった『スポーツへの誘惑』のエッセイが幾つか収められていて、とても嬉しかった。

ただ、編者がスポーツ・ジャーナリストであったために、内容が主にスポーツをテーマにした評論、小説に絞られており、私がかつて愛読していた映画評論や、とくに「うえんずでい・らぶ」のコラムがまったく入っていないことがやや残念ではあった。

多彩なフィールドで絶妙なる才筆をふるったポップなコラムニストとしての虫明亜呂無の魅力をなんとか再発見につなげたい。そんな思いをずっと抱えていた私は、二〇〇九・一〇年に、清流出版からエッセイ集『女の足指と電話機――回想の女優たち』、『仮面の女と愛の輪廻』、短篇集『パスキンの女たち』を続けて編纂し、世に問うことにした。とくに二冊のエッセイ集は意想外の反響を呼び、その結果、スポーツ以外の幅広いテーマをめぐって魅惑的な上質の文章を紡いだ虫明亜呂無という稀有な文学者の全貌が明らかになったと自負している。

たとえば、ノンフィクション作家の黒岩比佐子が『女の足指と電話機』の書評で次のように絶賛していたのが忘れられない。

「本書に収録されている文章の多くは30年以上前に書かれ、46年前のものさえある。その時期の評論がいま、古さをまるで感じさせないのは、ある種の奇跡ではないか。どの一篇も、書かれたばかりのように清新で瑞々しい。（中略）虫明亜呂無の筆にかかると、リタ・ヘイワースが、マリー・ラフォレが、早世した「忘れられた美女」及川道子が、艶やかに輝き始める」

作家の堀江敏幸も『仮面の女と愛の輪廻』の書評で次のように書いている。

「特筆すべきは、女性を描くときの呼吸の艶だ。岩下志麻、岸田今日子、吉永小百合、池内淳子、太地喜和子、ジェーン・フォンダらの肖像の、冷静な距離を置きながら、眼で愛撫（あいぶ）するようなまなざしの蕩尽（とうじん）は、小説だのエッセイだののジャンルを超えて印象深い。「僕は女優としての岩下志麻はもとより、女優としてのだれだれには、まったく興味がない。あるのは、ひたすら、彼女らが女であることである」と彼は記した。ほとんど片思いにも似た女性への注視は、だから年齢に左右されない」

その後、二〇一六年には『女の足指と電話機』が中公文庫で復刻されたこともあり、ふたたび虫明亜呂無に注目が集まりつつある。そこで、私は文庫オリジナルという形で虫明亜呂無のベストアルバムをつくってみようと考えた。「レトロスペクティブ」というサブタイトルも、名画座で偏愛する映画作家の特集を企画するようなワクワク感がある。その際、私が心がけたのは、なるべく単行本未収録の文章を数多く収録すること。そしてキーワードとして思い浮かべたのが〈映画批評家としての虫明亜呂無〉である。

虫明亜呂無が映画ジャーナリズムに最初に登場したのはドナルド・リチイの『映画芸術の革命』（昭森社、一九五八）の翻訳者としてである（共訳者は加島祥造）。

その後、佐藤忠男編集長時代の「映画評論」で健筆をふるい、一時は同誌の編集者として数多くの撮影現場ルポを手がけている。

かつて虫明亜呂無は「わが名はアロム」というエッセイのなかで、その不思議な名前の由来について、二科会で萬鉄五郎（よろずてつごろう）に師事した洋画家だった父親、虫明柏太（はくた）が九月に生まれた息子に、菊が香るというイメージからの連想で芳香を意味するフランス語「アロム」と名づけたと述懐している。

それゆえだろうか。虫明亜呂無の映画評論、エッセイの中で〈におい〉という言葉は特権的な意味合いをもっている。とりわけ、ヒロインを描写する際に、五感をすべて研ぎ澄ますように、ひたすら官能に身をゆだねるようにして紡ぎだされる言葉は、まさに〈眼で愛撫するようなまなざしの蕩尽〉というほかない。本書には、そんな触覚的で、なおかつ嗅覚をも刺激するようなエロティックな文章を数多く収めている。

第一章の冒頭におかれた「女王と牢獄」はナチスによって命運を分けた二人の女優の数奇な生涯を交錯させたひと筆書きのような秀逸なエッセイである。ほかに太地喜和子、三田佳子、岩下志麻、木原光知子などのお気に入りの女性たちをめぐる印象的なスケッチがある。

第二章は『スポーツへの誘惑』から「名選手の系譜――野球について」と「芝生の上のレモン――サッカーについて」という二つの名編を収めている。

戦前の職業野球や野球場の暗く、寂しい、うらぶれた光景をこれほどの愛惜をこめて追想した美しいエッセイはほかにない。三島由紀夫が『スポーツへの誘惑』を読んで、〈最後の浪漫派〉と絶賛し、凄絶な自決を遂げる一年前に『三島由紀夫文学論集』（講談社文芸文庫）の編纂を虫明に依頼したのもむべなるかなと思われる。

第三章は前述の人見絹枝を描いた哀切きわまりない「大理石の碑」と「朽ちぬ冠――

長距離走者・円谷幸吉の短い生涯」を収めている。後者は数多のノンフィクション作家が流布させてしまったセンチメンタルに神話化されたイメージとはまったく異なる円谷幸吉の陰影に富んだポルトレの傑作である。

第四章は「スポーツ・ニッポン」の名コラム「うぇんずでい・らぶ」から映画を中心に纏めている。『カッコーの巣の上で』、『グリニッチ・ビレッジの青春』『アニー・ホール』『キング・コング』などの魅力が一九七〇年代という同時代の空気感とともに鮮やかにとらえられていて感嘆するほかない。

第五章は「競馬ニホン」と「みんおん」に連載された「ときには馬から離れますが」と「虫明亜呂無の音楽エッセイ」というふたつのエッセイからの収録で、競馬と音楽の話題からいつのまにか優雅に逸脱してゆく、誰にも真似のできない、その洒脱な名人芸を味わっていただきたい。

最終章はルポライター、映画批評家としての虫明亜呂無の端倪すべからざる凄みを堪能できる力編を揃えた。

とりわけ巨匠内田吐夢監督の畢生の大作『宮本武蔵 一乗寺の決斗』と『飢餓海峡』の撮影現場ルポは、ときおり内田吐夢が不意に呟く〝肉声〟を入念に掬い取りながら、作品が内包する途轍もない巨きなテーマに肉薄していくさまがなんともスリリングである。今どき、現場の熱気をアクチュアルに把握しながら、これほど深い省察に満ちたルポルタージュを書ける映画評論家がはたしているだろうか。

　虫明亜呂無はジョセフ・ロージーの映画『恋』について何度も繰り返し書いているが、「乾草」と「むしろ幻想が明快なのである」というふたつのエッセイは、この悲痛なまでの名作の背景と疼(うず)くような官能性を相補的な視点で綴った名品である。このエッセイを読み返すたびに、私は乾草のなかであらわになったジュリー・クリスティーの腰と脚と足の爪先の鮮烈なイメージを思い浮かべる。

　掉尾(とうび)を飾るのはロマン・ポランスキーの『テス』をめぐる長篇評論だが、ここでも、いつしか旧弊な主題はわきに置かれ、ヒロインを演じたナスターシャ・キンスキーをあたかも視姦するかのような、あるいは、においを嗅ぎ、舐めまわすような虫明亜呂無のあまりに官能的な筆致にただ溜め息が漏れるばかりである。

　本書によって、虫明亜呂無という類(たぐ)い稀(まれ)な〝エロティシズムの作家〟が幅広い層に再発見されることを願っている。

二〇二三年六月吉日　　高崎俊夫

【編者略歴】

高崎俊夫（たかさき・としお）　一九五四年福島県生まれ。「スターログ日本版」「月刊イメージフォーラム」「一枚の繪」「AVストア」編集部等を経て、フリーランスの編集者・映画評論家。編集した書籍に『ものみな映画で終わる――花田清輝映画論集』（清流出版）、『テレビの青春』（今野勉・NTT出版）、『ニセ札つかいの手記――武田泰淳異色短篇集』（中公文庫）、『親しい友人たち――山川方夫ミステリ傑作選』（創元推理文庫）、『インディペンデントの栄光――ユーロスペースから世界へ』（堀越謙三・筑摩書房）ほか多数。著書に『祝祭の日々――私の映画アトランダム』（国書刊行会）がある。

写真協力：公益財団法人川喜多記念映画文化財団（二三三頁、二四七頁、二八一頁、三七五頁、三九三頁）

本書は文庫オリジナルです。出典については各文章末に記しています。編集作業として、一部の語句・人名の表記の修正・統一を行い、また新聞・雑誌に発表された文章については、読みやすくするために、ごく一部で改行を行いました。また誤字・脱字を修正し、事実と明らかに違うと考えられる部分については修正、もしくは注を加えました。一部、今日の人権意識に照らして不適切と考えられる語句や表現がありますが、時代的背景と作品の価値とにかんがみ、また著者が故人であることから、そのままとしました。

※カバー袖の著者写真の撮影者の方を探しております。お心当たりがございましたら、編集部までご一報いただければ幸いです。

ちくま文庫

むしろ幻想(げんそう)が明快(めいかい)なのである
――虫明亜呂無(むしあけあろむ)レトロスペクティブ

二〇二三年七月十日　第一刷発行

著　者　虫明亜呂無（むしあけ・あろむ）
編　者　高崎俊夫（たかさき・としお）
発行者　喜入冬子
発行所　株式会社　筑摩書房
東京都台東区蔵前二―五―三　〒一一一―八七五五
電話番号　〇三―五六八七―二六〇一（代表）
装幀者　安野光雅
印刷所　株式会社精興社
製本所　株式会社積信堂

ISBN978-4-480-43896-6 C0195